JN162723

HP9999999999の最強なる覇王様

The Most Powerful High King who has HP9999999999

ダイヤモンド

Illustration
はるなさやつぐ

TOブックス

目次

Contents
The Most Powerful High King who has HP999999999

イラスト：はるなさやつぐ
デザイン：TOブックスデザイン室

第一章　異世界転生

ここは『ラルアトス』と呼ばれる異世界。僕は三日前に一度人生を終え、この世界の悪魔達を統べる〝覇王〟として転生した。

死ぬ前の年齢は十六歳、名前は阿空悠人《あぞらゆうと》。死因は交通事故とかだった気がするけどその辺の記憶はあやふやである。

そして現在僕は、覇王っぽい城の中の覇王っぽい広間で覇王っぽい玉座に覇王っぽい服装で座っている。


……いや、なんで覇王？


僕も子供の頃は正義のヒーローとか世界を救う勇者とかに憧れてたから、この世界に転生した時は「キター!!」と思ったものだ。でもなんだよ覇王って。思いっきり世界を滅ぼす側じゃないか!!

そして事実、僕には世界を滅ぼすだけの力が宿っている。実際に力を行使したことはないが、僕にはその確信があった。ではその根拠は何か？　僕は自分の右斜め上に表示されているステータス画面に目をやった。

覇王　Ｌｖ９９９

ＨＰ　９９９９９９９９９／９９９９９９９９９

ＭＰ　９９９９９９９９９／９９９９９９９９９

ＡＴＫ　９９９９９

ＤＦＥ　９９９９９

ＡＧＩ　９９９９９

ＨＩＴ　９９９９９

何このチートスペック。こんなのがゲームにラスボスとして出てきたら速攻でソフト叩き割るぞ。

ちなみにＨＰは体力、ＭＰは魔力、ＡＴＫは攻撃力、ＤＥＦは防御力、ＡＧＩは速さ、ＨＩＴは命中率。この世界の人間の平均ＨＰは５００程度と聞いているので、その差は歴然である。またステータスには表示されていないが、強力な呪文も多数所持している。

まあだから、世界を滅ぼそうと思ったら多分一日も掛からないんじゃなかろうか。しかし僕にそんな大層な野心はない。むしろ世界を救いたい側だったのに、なんでこんなことになったんだろうな……。なんだか憂鬱になり、僕は深く溜息をついた。

「覇王様、どうかなされましたか？」

すると僕の目の前で膝をついていた女悪魔が心配そうな表情で尋ねてきた。彼女の名前はアンリ。

僕に仕える〝四滅魔《しめつま》〟と呼ばれる悪魔の一人である。悪魔と言っても姿は人間にかなり近く、綺麗な長い黒髪にそこそこ立派な胸。正直かなり可愛い。

四滅魔というくらいだから他に三人の滅魔がいるはずだが、今は何かの任務で覇王城から出ているらしく、城にいる滅魔はアンリ一人である。他の三人の滅魔はまだ顔も見たことがない。ちなみに地位は覇王（僕）>>>>>>四滅魔>>>その他の悪魔といった感じだ。

「気にするなアンリ。それより余のことは〝ユート〟と呼べと言ったはずだろう」

僕は覇王っぽい声と口調でそう言った。覇王を演じるのも一苦労である。ただ〝覇王様〟と呼ばれるのはなんだかムズ痒いので、この城にいる悪魔達には〝ユート〟と呼ぶように言ってある。前世の名前は悠人だったからな。

するとアンリはとても動揺した様子で頭を下げた。

「もも、申し訳ございませんユート様!! この罪を償うため自害します!!」

しなくていいから!! と思わずツッコミたくなるが、それは覇王っぽくないので心の中に留めておく。

「その必要はない。間違いは誰にだってあるものだからな」

「あ、ありがとうございます!! お救いいただいたこの命、一生を掛けてユート様に捧げる所存です!!」

うーん、この台詞を聞くのも何度目だろうな。そんなことを思いながら、僕は玉座から腰を上げた。

「ユート様、どうかなされましたか？」

「ん？ 喉《のど》が渇いたので飲み物でも取りに行こうと思ってな」

「そ、そんな！ ユート様が自ら動くことではありません！ 私が飲み物をお持ちいたします！」

「……そうか。ではオレンジジュースを持ってきてくれ」

「御意！」

アンリは嬉しそうに広間から出て行く。飲み物くらい自分で取りに行くんだけどな。オレンジジュースはちょっと覇王っぽくない気もするが、まあいい。未成年のまま死んだから酒とかワインは飲めないし。

にしても転生したばかりの頃に紫色でドロドロに濁った謎の液体を飲み物として出された時は目眩がしたな。一応悪魔達の間では最高級の飲み物だったらしいが、僕は中身は普通の人間のままなのでそういうのは拒絶反応が起きてしまう。

「お待たせいたしました、ユート様」

「うむ、ご苦労」

僕はアンリからオレンジジュースを受け取り、それで喉を潤した。それから少し経った後、僕は再び玉座から腰を上げた。

「ユート様、どうかなされましたか？」

「ん？　少し城の外を散歩でもと思ってな」

「そ、そんな！　覇王様が自ら動くことではありません！　私が代わりに散歩してきます！」

それに何の意味が⁉

とまあ、こんな感じで身の回りのことはほぼ全てアンリがやってくれるので、僕は城の外はもちろん今いる大広間からもほとんど出たことがなかった。せっかく転生したというのに、まるで引き籠《こ》もりみたいな生活である。

そしてアンリはというと、ずっと僕の目の前で膝をついている。この三日間、朝から晩までずっとだ。僕が何かしようとすれば全て代わりにやってくれる。ありがたいと言えばありがたいんだけど、果たしてアンリはこんな毎日を送って楽しいのだろうか。

「……アンリよ。別に四六時中余の側にいる必要はないのだぞ？」

俺は気遣いのつもりでアンリに言った。するとアンリの顔がみるみるうちに青ざめていくのが分かった。

「私、何かユート様のご機嫌を損ねるような振る舞いをしてしまったのですか……!?」

「え？」

「ご期待に添えられず申し訳ありません!!　今すぐ自害してきます!!」

なんかもの凄く曲解してる！　どうやらアイリには僕の言葉が「お前は不要だからさっさと死ね」みたいな感じに聞こえたようだ。

「そういう意味で言ったのではない。お前は本当によくやってくれているし、感謝もしている」

「も、勿体《もったい》なきお言葉！　嬉しさのあまり自害してしまいそうです……!!」

どんだけ自害したいのこの子。

「ただ、ずっとそうしてるのは退屈ではないかと余は心配しただけだ」

「退屈など感じるはずがございません。私にとってはユート様のお側でお仕えすることこそが至高の喜びなのです」

本当だろうか。

「それに害ちゅ——人間の中にはユート様を打ち倒さんと画策する輩も多いと聞きます。不躾かとは思いますが、ユート様をお一人にするわけにはいかないのです」

人間のこと害虫って呼ぼうとしなかった？

「しかしご安心ください。この覇王城の内外には常に悪魔達による厳戒態勢が敷かれておりますから、ユート様の御身の安全は我ら〝覇王軍〟が保証いたします」

「……そうか。ご苦労」

まあ覇王なんてものが存在していたらそりゃ討ち取りたくもなるよね。

だが仮に僕の命を狙う者がすぐ目の前に現れたとしても、こんだけステータスが高いと逆にどうやったら打ち倒せるのかと問いたい。だからぶっちゃけ厳戒態勢なんて敷いてもらわなくても自分の身は自分で守れる。

そこで僕は考えた。悪魔を統べる覇王として僕が最初にやるべきことは、彼女達をこの束縛から解放してやることではないのかと。ただ僕を守り続けるだけの人生なんて絶対に楽しくないだろう。僕が悪魔達の立場だったら絶対に耐えられない。

よし、決めた。

「アンリよ。一つ頼みたいことがあるのだが、よいか？」

「はい！　何なりとお申し付けくださいませ！」

「余に仕えている悪魔達を、全員この広間に集めてほしい」

「……覇王軍を全員、ですか？」

不思議そうな顔でアンリは言った。

「ああ。余から皆に伝えたいことがある」

「……分かりました。ですが念の為、城外を見張らせている悪魔は数体残してもよろしいでしょうか？」

「ああ、構わない」


約三十分後。覇王城にいる悪魔達がこの大広間に集合し、僕に向かって膝をついた。

……多い。

最低でも一万人はいるのではないだろうか。中には広間に入りきれず扉の外で膝をついている者までいる。一度城内を軽く歩き回ってみた時至る所に悪魔を見かけたから、この城には一体どれくらいの悪魔がいるんだろうと気にはなっていたが、まさか覇王軍がこれほどまでの規模だったとは。

まあ、それはいい。とにかく僕のやるべきことを果たさなければ。

「全員、面を上げよ。今日は皆に重大な報せがある」

悪魔達が一斉に僕の方に注目する。前世の頃も大勢の人の前で話すのは苦手だったから思わず尻込みしそうになるが、それではダメだ。僕は勇気を振り絞って立ち上がった。

「本日をもって覇王軍は解散とする」

一瞬広間に沈黙が訪れる。この悪魔達を自由にしてあげること、それが僕の覇王としての最初の務めだ。

「ゆ、ユート様!?　それは本気でおっしゃっているのですか!?」

一番前で膝をついていたアンリが動揺した声で言った。

「本気だ。今日からお前達は自由の身。それぞれ好きなように人生を歩むがよい」

いや人じゃないから人生というのは変か。だがこれでいい、悪魔達もさぞ喜ぶことだろう。間もなく悪魔達がザワつき始める。

「ユート様は何故突然このようなことを……!?」

「我々は何かユート様のお気に障るようなことをしてしまったと……!?」

「はっ！　もしやユート様は我々の忠誠心を試されているのでは!?」

「そうだ、きっとそうに違いない！」

いやなに深読みしてんの!?　そのままの意味で受け取ってくれよ！

「そ、それでも私は城に残ります!!」

「私も!!　ユート様に仕えることこそ至上の喜び!!」

「私もです!!」

次々と立ち上がる悪魔達。なんだこの空気。こういう流れにしたかったんじゃないんだけど。そしてついに全ての悪魔が立ち上がった。

「覇王軍再結成だあああぁーーーーー!!」

「ユート様万歳!!　ユート様万歳!!」

「うおおおおおおおおーーーーーー!!」

悪魔達から歓声が湧き起こった。自由を与えたつもりがむしろ逆効果になってしまったようだ。どんだけ忠誠心が高いんだこいつら。

「先程はユート様の真意を汲み取れず平静さを失ってしまい、誠に申し訳ございませんでした。ですがご覧の通り、ここにいる悪魔達はユート様の為に尽くすことを最大の幸福としているのです。もちろん私も含めて」

深々と頭を下げるアンリ。なんか勝手に真意を決めつけられたんだけど。

「ですからどうか、今後も悪魔達の頂点に君臨するお方でいてください。我々もそれを心から望んでおります」

「……そうだな」

僕は諦めたように言った。多分何を言っても「ユート様万歳！」の流れになりそうな気がする。

「ユート様、ご報告申し上げます！」

窓の外から声がしたのでそちらに目をやると、そこには翼を羽ばたかせる一人の悪魔がいた。おそらく城の外を見張っていた悪魔が直接ここまでやってきたのだろう。

「貴様!!　そのような所からユート様に声をかけるなど無礼極まりない！　罰として自害せよ！」

「よいアンリ。緊急の報告なのだろう？」

この大広間って城のかなり上の方にあるし、普通に外からここまで来てたら時間掛かるもんな。

「は、はい！　南西の方角からこの覇王城に向かって大量の軍勢が押し寄せてきております！　その数推定五万！」

「軍勢……？」

僕は玉座から腰を上げ、窓の近くまで歩み寄る。すると確かに馬に乗った人間達が土煙を巻き上げながらこちらに向かっているのが見えた。

「アンリ、お前も見えるか？」

「はい。どうやら人げ――害虫の軍勢のようですね」

今度は言い直した方が間違ってる。

「覇王であるユート様を討ち取ることが狙いでしょう。なんと愚かな……!!」

表情を歪《ゆが》ませギリギリと歯ぎしりするアンリ。やばいメッチャ恐い。それからアンリは悪魔達の方に振り向いた。

「皆に命じる!!　これより我ら覇王軍はあの害虫共を骨も残さず全滅させる!!　我らに楯突くことがいかに無謀であるかを思い知らせてやるのだ!!」

「うおおおおおおおおおおおおお!!」

ほ、骨も残さず全滅!?　ストップストップ!!

「待てアンリよ。あの軍勢を皆殺しにするつもりか?」

「当然でございましょう。確かに数は害虫共が有利ですが、覇王軍の力をもってすればあの程度、赤子の手を捻るより簡単でございます」

「いやそういうことを言いたいのではなく……」

「ご安心くださいユート様。ただ害虫スプレーを散布させるだけですから」

アンリの口角が上がる。絶対分かってないよねこの子。たとえ狙いが僕の命だとしても、元人間として五万もの人間が虐殺されるのを黙って見過ごすなんて僕にはできない。

「では行くぞ!!　必ずやユート様のご期待に応えるのだ!!」

「うおおおおおおおおおおおおお!!」

いや誰も期待してないんだけど!　早く僕がなんとかしなければ!

「静まれ!!」

僕が大声で叫んだ途端、悪魔達の決起の声がピタリと止んだ。

「皆はそのまま待機せよ。ここは余に任せておけ」

悪魔達の間からどよめきが起こる。

「ユート様御自ら!? しかしユート様がお手を煩わせなくとも我々が……!!」

「なに、余も久々に力を使いたくなってな。アンリ達はそこで静観しているがいい」

「ぎょ、御意!」

僕は改めて窓の外に目をやった。ここから軍勢までの距離はまだ数キロはある。だけど今の僕ならこの距離でも問題ないだろう。覇王に転生してから呪文を使うのは初めてだから少し緊張するな。

ただし当然僕にはあの軍勢を傷つけるつもりなんて毛頭ない。僕が目指しているのは、虫の一匹も殺さない善良な覇王だからな。ちょっと軍勢の近くで爆発でも起こしてやれば驚いて逃げてくれるだろう。それから僕は指の先を軍勢の方に向けた。

「呪文【災害光線《ディザスター・キャノン》】!」

我ながら中二っぽい呪文だなと思いながら、僕は【災害光線】によって指の先から紫色の細いビームを放った。これでも本来の力の1%も出していないし、あの軍勢を巻き込むようなことは――

「……え?」

僕は唖然とした。核爆弾でも投下されたのではないかと思ってしまうほどの凄まじい大爆発が起こったからである。爆風が城の方まで届き、悪魔達も驚きの声を上げる。気が付けば南西の土地は焼け野原と化しており、あの軍勢の姿はどこにもなかった。

しばらく開いた口が塞がらなかった。まさか、これほどとは……。

「ご報告申し上げます！　只今五万の軍勢の全滅を確認致しました！　一兵たりとも残っておりません！」

「……うむ、ご苦労」

僕は頭を抱えながら言った。虫の一匹どころか人間を五万人も殺しちゃったよ……。するとアンリが恍惚とした表情で僕の所まで歩み寄ってきた。

「まさしくゴミを焼却処分するかのような所業、流石でございます。私は人間共を害虫と呼称しましたが、覇王様はもはや生物としてすら認識していなかったのですね。このアンリ、ただただ感服するあまりでございます」

「……は、ははは！　そうであろう！」

僕は笑った。もはや開き直るしかなかった。

「凄かったなユート様……」

「明らかに本気を出されていなかったのに、あの威力とは……」

「流石は我々の頂点に立たれるお方だ！」

「ユート様なら世界征服も夢ではない！」

「ユート様万歳！　ユート様万歳！　ユート様万歳！」

湧き上がる万歳コールの中、僕は深々と溜息をついたのであった。

＊

その翌日。いつものように玉座に腰を下ろす僕は、昨日の出来事を猛省していた。五万もの人間を一瞬で全滅させるなんて、とんでもないことをやらかしてしまった。

まあ覇王の振る舞いとしては正しいのかもしれないけども……。いくら姿や力が覇王になろうと中身は人間のままだし、どうしたって心が痛んでしまう。

「ユート様、一つ質問をお許しいただいてもよろしいでしょうか?」

相変わらず僕の前でずっと膝をついているアンリが顔を上げて言った。

「なんだ?」

「ユート様はいつ頃人間共を滅ぼされるおつもりなのでしょうか?」

そんな「いつ散髪するつもりなの?」みたいなノリで聞かれても。いつ頃もなにも滅ぼすつもりなんて全くないっつーの!! ここは一度ビシッと言ってやらねば。

「アンリよ。お前は一つ大きな勘違いをしている」

「あっ、失礼致しました。人間共ではなく害虫共でしたね」

そうじゃなくて!!

「明日ですか? 明後日ですか? それとも今日滅ぼしますか?」

どんだけ人間を滅ぼしたいんだよ。

ちなみにこの世界『ラルアトル』は、人間の住む〝人間領〟が90%、悪魔の住む〝悪魔領〟が10%を占めている。こうして比較すると悪魔が肩身の狭い思いをしているように見えるかもしれないが、個体数は悪魔の方が遙かに少ないので、これでも十分な数値である。

とはいえ、やはりこれに納得していない悪魔は多い。例えばこのアンリのように。

「お前はそんなに人間が嫌いか？」

「当然でございましょう。数ばかり無駄に増やして世界の資源を食い散らかす害虫共は即刻滅ぼすべきなのです」

うーん、説得してみようかと考えたりもしたけど、こりゃ絶対無理だな。何と言ったらいいのやら。

「……そう逸るなアンリ。人間など余の力をもってすればいつでも滅ぼせる。今はせいぜい残り少ない人生を謳歌させてやろうじゃないか」

「なるほど、流石はユート様。害虫を滅ぼすことなど児戯にも等しいのですね」

よし、とりあえず先延ばしには成功した。根本的な解決にはなってないけど。

「ところでアンリよ。そろそろ人間を害虫と呼ぶのはやめたらどうだ？」

「……何故でございますか？」

どうしてそんなことを聞くのか分からない、といった顔でアンリは首を傾げる。元人間として人間が害虫呼ばわりされるのは結構傷つくからな。とはいえ「僕は元々人間だから害虫と呼ぶのはやめてほしい」なんて言えるわけないし……。

「お前は昨日の余の所業を見ていなかったのか？　余は人間を生物して扱うことすら不快なのだ」

「はっ……！　も、申し訳ございませんでした！」

「だからこれ以上人間を害虫などと呼ぶのはやめろ。害虫も迷惑するだろうしな」

これでよし。かえって人間の地位を下げてしまった感があるけど気にしない。

「かしこまりました。ではこれから人間のことは◯痴と呼ぶことにします」

悪化した!!

「アンリよ。お前も女の子なのだから、そのような汚い言葉を発するのは控えた方がいいと思うぞ」

「!! ゆ、ユート様は私を異性として扱っていただけるのですか!?」

「ん? それはそうだろう……」

するとアンリは歓喜に打ち震えるような顔をした。

「このアンリ、これほどの喜びを感じたことはございません!! 今すぐユート様にこの身体を捧げます!!」

急にどうしたのこの子!? なんか服を脱ぎ始めてるし!!

「何をやってるんだアンリ! 冷静になれ!」

「はっ!? も、申し訳ございません、今はまだ夕方でした……」

いや時間帯の問題ではなくて。

「まったく、可愛い女の子がそう簡単に身体を捧げるなどと言っては駄目だろう。少しは言葉に気を付けろ」

「か……かわい……い……!?」

バターン。アンリは目をハートマークして泡を噴きながら倒れた。どうやら気を失ったようだ。なんというか、色々と残念な子である。

「呪文【万能治癒《オールマイト・ヒーリング》】!」

僕は所持呪文の一つをアンリに対して発動した。【万能治癒】は怪我や病気といった身体の状態異常を一瞬で治す呪文である。おそらく気絶にも有効だろう。

MP　9999999599／9999999999

僕は自分のステータス画面を確認した。どうやら【万能治癒】はMPを400消費するようだ。まあこんだけMPがあるのなら消費してないも同然だし、覚えておく必要はないか。

「はっ!?　わ、私は一体……!?」

呪文を発動して数秒後、気絶状態から復活したアンリが慌てて身体を起こした。

「お前が気を失ったから余の呪文で回復してやったのだ」

「そ、そうだったのですか!?　ユート様の前で見苦しい姿を見せただけでなく、ユート様のお手まで煩わせてしまうとは……!!　今すぐ自害します!!」

「その必要はない！」

若干取り乱しながら僕は言った。覇王に転生してまだ四日だけど、アンリから何度「自害」という単語を聞いたか分からないな。

そんな時、広間のドアをノックする音がした。僕が「入れ」と言うと、メイド服を着た女悪魔が三人入ってきて膝をついた。

「ユート様、アンリ様。食堂にてお食事の用意ができました」

あ、もう晩ご飯の時間か。

「報告ご苦労。下がってよいぞ」

女悪魔達は頭を下げ、広間から立ち去った。「なんでメイド服着てるの?」とか「報告だけなら三人も来なくてよくない?」など言いたいことは尽きないが、もうそういうのは気にしないことにした。

「ユート様。前にも申し上げたかもしれませんが、お食事でしたらユート様自ら食堂まで足を運ばれなくとも、大広間まで料理を持ってこさせてもよいのですが……」

食堂に向かう途中、アンリが言った。

「なに、余が信頼する悪魔達と共に食事をするというのも一興だと思ってな」

「……勿体なきお言葉にございます」

あんな高校の体育館みたいな広い場所で一人で食えとか虚しいにも程がある。それならたとえ悪魔達しかいなくとも大勢の中で食べる方が数倍マシだ。

「ユート様だ!」

「ユート様がいらっしゃったぞ!」

僕が食堂のドアを開けると、そこにいた悪魔達が一斉に僕の方に注目し、膝をつこうと席から立ち上がった。

「よい! 皆の者、そのまま食事を続けよ!」

僕は食堂全体に響くように大声で言った。図体がデカくなったせいか声がよく通る。にしても僕と顔を合わせる度にいちいち膝をつかなくてもいいのに。かえって気を遣ってしまうじゃないか。

「ユート様。席はあちらにございます」

先程のメイド悪魔の一人が僕の所までやってきて、左手で方向を示した。その先に一つだけとても豪華な装飾が施された椅子がある。あれが覇王専用の椅子だ。別に普通の椅子でいいんだけどなと思いながら、僕はその椅子に腰を下ろした。

テーブルには既に料理が置かれている。他の悪魔達が紫色のドロドロとしたスープや何かの目玉が入ったスパゲティなど思わず吐き気を催すようなものを食べているのに対し、僕の料理は――ごく普通のオムライス。これは僕が予め頼んでおいたものである。

「いただきます」

僕は両手を合わせた後、スプーンでオムライスの一部を掬い、口に運んだ。ふわりとした卵の食感に、舌の上で広がるケチャップの味。ああ、これだ。オムライスは僕が人間だった頃の大好物。覇王になろうとそれは変わらない。

「ユート様。以前から気になっていたのですが、どうして最近は害ちゅ――人間の料理をお召し上がりになられているのですか？」

斜め前の席で芋虫の死骸《しがい》のようなものを食べているアンリが僕に尋ねてきた。そりゃ元人間の僕がそんなグロテスクなものを食べられるわけないだろう。口に入れた瞬間に吐く自信がある。

「……ふっ。余が人間共を滅ぼせば、人間共の料理もこの世界からなくなるだろう。ならば今の内にせいぜい味わってやろうと思ってな」

「なるほど。流石はユート様、広い度量をお持ちなのですね」

無論、人間を滅ぼす気なんて更々ないんだけど。こうでも言っておかないとアンリも納得しないだろう。

「ですが、もしよろしければ普通の料理も用意させましょうか？　本日のお薦めは私が食べているこの――」

「いや、よい。余はこれで十分だ」

君達の普通は僕にとっては普通じゃないんだよ。そんなの罰ゲームでも食べたくない。

「ご馳走様でした」

オムライスを食べ終え、僕は両手を合わせる。明日はカレーを作ってもらおうかな。

「お味はいかがでしたかユート様」

「ん、まあまあだったな」

僕がそう答えると、アンリは顔を真っ青にして持っていたフォークを床に落とした。どうしたんだ？

「まあまあ……つまり全然満足できなかったということですね⁉　誠に申し訳ございません‼」

なんでそうなる⁉

「今すぐユート様の料理を作った者をここに呼ぶのだ‼　即刻自害させる‼」

「落ち着けアンリ‼　余はとても満足している‼」

僕は心の中で大きく溜息をついた。アンリの思い込みの激しさはどうにかならないものか……。

同日の夜。就寝の時間になり、僕は寝室に移動した。覇王城の中ではこの空間が一番落ち着く。ならずっと寝室に籠もっていればいいじゃないかと思うかもしれないが、覇王という立場上そういうわけにもいかない。あの大広間の玉座に堂々と腰を下ろしていることも覇王としての立派な責務なのである。退屈でしょうがないけど……。

「！」

いざ寝ようとベッドに横になろうとした時、寝室のドアをノックする音がした。アンリか？　こんな時間にどうしたんだろう。

僕が「入れ」と言うと、ドアが静かに開いた。そこには案の定アンリが立っていた。何故か三人のメイド悪魔も一緒である。

「夜遅くに申し訳ございません、ユート様。今お時間よろしいでしょうか？」

「ああ。よいぞ」

するとメイド悪魔達が深々と頭を下げた後、寝室に入って僕の前に横並びになった。三人とも近くで見ると結構可愛いな……ってそれよりどうしてこの子達が僕の寝室に？

「アンリ、この者達は？」

「ユート様の夜の相手になる者達でございます」

「ぶほっ⁉　ごほっ、げほっ‼」

僕は思わずむせてしまった。夜の相手⁉　それってそういうアレだよね⁉

「どうなされたのですかユート様⁉　大丈夫ですか⁉」

「あ、ああ。それよりアンリよ。余はそういうのを頼んだ覚えはないが……」

「はい、私の判断でございます。本日のユート様は気分が優れておられないようでしたので、この者達の身体で発散してもらおうと考えたのです」

「発散……⁉」

「はい。それがメイド悪魔の仕事の一つでもございますから」

そりゃ人間を五万人も殺しちゃったばかりだし確かに落ち込んではいたけども。僕的には普段通りに振る舞っていたつもりだったけど、アンリには見抜かれていたか……。だけど発想がぶっ飛びすぎだろう。こちとら生粋の童貞なんだけど。

「もし私の判断が間違っていましたら、このアンリ、今すぐ自害する所存でございます」

「い、いや。お前の心遣いはとても嬉しい」

「ありがたきお言葉にございます」

ああ、言ってしまった……。

「しかし、お前達は本当にそれを望んでいるのか？」

僕はメイド悪魔達に問いかける。すると真ん中のメイド悪魔がこう答えた。

「当然でございます。私共はこの時の為に今日まで生きてきたと言っても過言ではありません」

いや過言だと思うよ!?　自分の身体はもっと大事にしようよ!!

「本当ならこの私がユート様の相手を務めたかったのですが、もう少しダイエットやバストアップをしてからの方がいいと判断し……」

「アンリよ、何をブツブツ言っている？」

「ハッ!?　しし、失礼致しました！　それよりユート様、何かご不満な点はございませんか？」

不満というか、何から言ったらいいのやら……。

「もしや三人では物足りませんか？　確かにユート様の精力を考慮すると三人では心許ないのではないかと私も不安を抱きましたが……」

「いや、数の問題ではない……」

「経験ありか経験なしか、気になっておられるのですか？　ご安心ください、全員処女でございます。ちなみに私も処女です」

「そうではなくて……」

「ハッ！　まさかこの者達の容姿やスタイルがお気に召さなかったと⁉」

「え？」

「申し訳ございません‼　このような者共を用意した私の責任です‼　このメイド悪魔共々自害いたします‼」

だからなんでそうなる⁉　てか他者を自害に巻き込むのはやめようよ‼

「落ち着けアンリ。この者達は余の理想を十分に満たしておる。お前の配慮に不満などあろうはずがない」

って言うしかないよなあ……。

「ほ、本当ですか！　このアンリ、歓喜の極みでございます……‼」

なんかもう引き返せないところまで来てしまった。

「それではユート様。心ゆくまでお楽しみくださいませ」

そう言ってアンリはこの場から去り、三人のメイド悪魔が寝室に残った。

さて、これからどうしたものか。まさか本当にこの子達と〝そういうこと〟をするわけにはいかないし……。

「うおっ⁉　ま、待つのだお前達‼」

早速メイド悪魔達が服を脱ごうとしていたので、僕は慌ててそれを止めた。

「……お前達、自分の年齢を言ってみよ」

「十六です」

「十七です」

「十五です」

全員未成年かよ！

ちなみに悪魔というと何百年と生きているイメージがあるかもしれないが、この世界における悪魔の寿命や成長速度は人間とほとんど変わらないらしい。まあそれはそれとして……。

「皆、今日はもう自分の部屋に帰ってよいぞ」

僕は気遣いのつもりで言った。女の子達に無理矢理〝そういうこと〟をさせるわけにはいかないし、未成年なら尚更だろう。するとメイド悪魔達の目からポロポロと涙がこぼれ始めた。

「やはり、私共では夜の相手としては不合格ということでしょうか……？」

「違っ――そうではない。さっきも言ったがお前達は余の理想を十分に満たしている。ただ、お前達も本心ではこういうことには躊躇《ためら》いがあると思ってな」

「滅相もございません!!　メイド悪魔にとってユート様の欲求を満たせること以上の喜びなどありましょうか!!」

メイド悪魔達が潤んだ目で僕を見つめてくる。やばい、この子達本気だよ。一体どうすれば……。

その時僕の頭に名案が浮かんだ。いや名案というほどでもないかもしれないけど、とりあえずアイデアを思いついた。

「……一つ聞きたい。お前達はどういった経緯で余の寝室まで来たのだ？」

「アンリ様が『今のユート様には夜の相手が必要である』とおっしゃられたので、私共が喜んで引き受けた次第でございます」

やはりそうか。アンリにも困ったものだ。

「どうやらお前達は大きな勘違いをしてしまったようだな。確かに余は夜の相手を求めていることをアンリに仄めかした」

仄めかしてないけど。

「しかし余が求めていたのは、お前達が思っているようなことではない」

「え……？」

「呪文【創造《クリエイション》】！」

僕はこの呪文によって、あるものを生成した。それは——トランプである。

「余は夜の〝遊び〟相手を求めていたのだ」

一瞬シンとなる寝室。うん、アンリは〝夜の相手〟としか言ってなかったし何も間違ってないよね！　でもやっぱりちょっと苦しいか……？

「そ、そうだったのですか⁉　早とちりしてしまい申し訳ございません‼」

メイド悪魔達は深々と頭を下げる。よかった、なんとかごまかせたようだ。

「気にするな。余がアンリに正確に伝えてさえいればこんなことにはならなかった。余にも非はあるだろう」

「な、何をおっしゃって……‼」

「だからお前達が余に身体を捧げる必要はない。よいな？」

「……御意。ですがユート様、私共の身体が必要な時はいつでもお申し付けくださいませ。私共はその時が来るのを心待ちにしております」

「そ、そうか」

メイド悪魔達は少し落ち込んでいるようだった。

「ところでユート様、その手に持たれている紙の束は一体……？」

あれ、トランプを知らないのか？　まあ異世界だし知っている方が不自然か。

「……これは余が考案したトランプというものだ。遊び方は余が教えるから早速始めるとしよう。きっと楽しいぞ」

「御意！」

こうして僕は三人のメイド悪魔達と二時間ほどトランプをした後、彼女達をそれぞれの寝室に帰したのであった。

彼女達の純潔を守れたし、彼女達も満足したようだったし、一件落着だな。一方でちょっとだけ後悔している、心は思春期男子のままの僕であった。

＊

覇王に転生して五日目。本日も僕は大広間の玉座に堂々と腰を下ろしている。

ＭＰ　９９９９９９９９９９／９９９９９９９９９９

改めて自分のステータス画面を確認してみたところ、ＭＰが元の数値に戻っていた。この二日間でＭＰは睡眠によって自動的に回復することが分かった。おそらく回復量は睡眠時間に比例する。ＨＰの回復方法はまだ減ったことがないから分からない。

ちなみにこのステータス画面はこの世界の者全てに表示されているらしく、基本的に自分のステータスは自分にしか見えない。だがその気になれば他者にも見せることは可能らしい。方法は簡単で、頭の中で「ステータス開示」と念じるだけ。まあ僕は自分のステータスを誰かに見せびらかすつもりはないし、それをやることはないだろう。

でもこの世界に転生してまだ一度も自分以外のステータス画面を見たことがないんだよな。他者のステータスにもちょっと興味がある。

「アンリよ。唐突ですまないが、お前のステータス画面を余に見せてほしい」

相変わらず僕の前で膝をついているアンリにお願いしてみた。するとアンリは何故か頬を赤くし、無言で俯《うつむ》いた。

「……どうしたアンリ？　具合でも悪いのか？」

「いえ、そうではなくて、その、恥ずかしくて……」

え？　恥ずかしい？

「取り乱してしまい申し訳ございません。ただ、ユート様がご覧になりたいのでしたら、私は……」

「いや、よい。今のは忘れてくれ」

恥ずかしいという言葉は予想外だった。きっとこの世界におけるステータスは女性にとって三サイズと同じくらい内緒にしておきたいものなのだろう。ゲームとかじゃボタン一つで簡単にステータスが表示されてたから、そこまで気が回らなかった。

はあ、それにしても退屈だ。ずっとこの玉座に座ってるだけなので退屈で当然だが、これが五日も続くとさすがにノイローゼになりそうだ。やっぱりたまには外に出たい。

「アンリよ。余はこれから城の外を見て回りたいと思う」

「ご安心くださいユート様。悪魔達による厳戒態勢は常に万全ですので、ユート様が自ら動かずとも不穏分子の接近はいち早く察知することができます」

そうじゃないんだよなあ。ただ気分転換がしたいだけなのに……。何か上手い言い訳はないものか。

「悪魔を統べる覇王として、我が領土の様相を今一度この目で見ておきたいと思ってな」

「なるほど、承知しました。それでは悪魔百体をユート様の護衛につけさせます」

そんな大名行列じゃないんだから。

「いや、その必要はない。余一人で十分だ」

「そ、そんな！　ユート様お一人で外を歩かせるなど、心配のあまり自害する前に心臓が止まってしまいます!!」

「…………」

とまあ、こんな感じで僕が一人で外に出ようとしても心配性のアンリがそれを許してくれない。

「お前は過保護な親か！」とツッコみたくなる。

でも今日こそは絶対に外に出るぞ！　考えろ、アンリに気付かれずに城の外に出る方法を……!!

「ユート様。少しの間、席を外させていただきます」

「ああ」

アンリは頭を下げ、大広間から退室した。基本的にずっと僕の前で膝をついているアンリだが、このように一日に何度か大広間を出ることがある。理由は聞いたことがないが、まあ、十中八九トイレだろう。悪魔といえど生理現象は止められない。

ちなみに僕がトイレに行く時はアンリがきっちりトイレのドアの前まで付いてくる。いい加減やめてほしいんだけどな……。

なんにせよ城から抜け出すなら、大広間に僕以外誰もいない今が最大の好機。だがすぐに抜け出したことがバレるのはマズい。アンリに気付かれないように城から出る一番の方法は何か。アンリがトイレから戻ってくる前に早く決めなければ。

間もなく僕は玉座から腰を上げた。うん、やっぱりこれくらいしか思いつかない。子供騙しの策だけど……。

「呪文【創造】！」

僕は呪文によって僕そっくりの〝等身大の人形〟を生成し、玉座に座らせた。

ひとまずこれでよし。正直こんなものでアンリの目を欺けるかは微妙なところだが、アンリから僕に話しかけてくることはあまりないし大丈夫だろう。きっと多分おそらく。

「呪文【瞬間移動《テレポート》】！」

続けて僕は呪文を発動し、城の外に瞬間移動した。

目の前には広大な緑の大地が広がっている。この世界に転生して初めて外に出た。先日僕が【災害光線】で焼け野原にしてしまった大地も一瞬視界に入ったが、見て見ぬフリ。それから僕は警備の悪魔に見つからないよう近くの巨木の陰に身を隠した。

やった、ついにやったぞ！　感動のあまり涙がこぼれそうになる。思わず何か叫びたい衝動に駆られたが、誰かに聞こえたらマズいので心の中だけに留めておくことにした。

「………」

それから僕は腕を組み、近くの木に背をもたれる。

で、これからどうしよう。

城から抜け出すことだけに頭が一杯で、それが成功した後何をするかまでは考えていなかった。僕って転生したくてしたわけじゃないから何か野望というか目標を持ってるわけじゃないんだよなあ。

よし、せっかく自由を手にしたことだし、まずは何でもいいから目標を立てよう。やはり転生したからには名を上げたりしたい。名を上げるには、やはりこの世界の悪を滅ぼすのが一番手っ取り早いだろう。決めた！　僕はこの世界の悪を滅ぼす決意を――

って僕が悪そのものやないかい!!

僕は勢いよく木に額を打ちつけた。そうだ忘れてた、僕は悪魔を統べる覇王。むしろ滅ぼされるべき存在だった。

「おい、今何か音がしなかったか？」

「ああ、俺も聞こえた」

すると城の外を見張っている悪魔達がザワつき始めた。しまった、何をやってるんだ僕は。

それから悪魔達があちこちを駆け回る音が聞こえる。僕はその場で体操座りをし、内心ビクビクしながらジッと待機する。

「どうやら気のせいだったみたいだな」

「ああ」

やがて駆け回る音が止み、僕はホッと安堵の息を漏らした。では改めてこれからの目標を考えよう。

ていうかよく考えたら「覇王＝悪」というのは所詮は主観でしかない。この世界で僕がめっちゃいいことをすれば人々の間に「覇王＝善」という認識が浸透し、やがて人間と悪魔が共存できる日が来るかもしれない。「いやアンタもう人間を五万人も殺しちゃってるし手遅れじゃね？」とかそういうことは言ってはいけない。

よし決めた。とにかくめっちゃいいことしてやるぞ。その為にはまずその足掛かりになりそうなことから探そう。何か使えそうな呪文はないだろうか……。

実を言うと、僕はまだ自分が所持している呪文を全て把握しているわけじゃない。それほどまでに呪文の数が多いのだ。これまで使った呪文は【災害光線】【万能治癒】【創造】【瞬間移動】の四つだけだが、感覚的に最低でも全部で百個はあるだろう。

僕は目を閉じ、他にどんな所持呪文があるか頭の中を模索してみる。えーっと、【悪魔契約】【絶対障壁】【育毛促進】【能力付与】……。本当に色々あるな。ってちょっと待て育毛促進って何!? そんな呪文まであんの!?

「！」

すると僕は【千里眼】というのを見つけた。これは使えそうな呪文だ。僕は早速【千里眼】を発動し、視界を色々な所に飛ばしてみる。距離に制限はないらしく、僕の視界は悪魔の領土を飛び出して人間の領土を映し出した。

「おっ」

やがて僕は一つの村を発見した。そこでは山賊らしき奴らが村人達を襲っている最中だった。

これだ！　この山賊をやっつけて村を救えば、僕は人々から英雄と称えられるに違いない。せっかくチートステータスを備えてるんだから、こういう時こそ活かさなければ。

村人達を救うことを決意した僕は、【千里眼】を解いた後もう一度【瞬間移動】を発動し、その村に転移した。

「金になりそうな女は捕らえろ!!　それ以外の奴は皆殺しだ!!」

「ヒャッハー!!」

そこでは【千里眼】で見た通り、山賊共が剣を振り回し、村人達が逃げ惑っていた。血を流して倒れている者も大勢いる。山賊の数は五十人強といったところか。やっぱり異世界ともなるとこういうことが起きるんだな。日本では考えられなかったことだ。

「うおっ!?」

「な、なんだテメーは!?　どこから現れた!?」

山賊共が瞬間移動してきた僕を見て驚きの声を上げる。

さて、それじゃ始めようか。こいつらには「覇王はめっちゃいい人」という認識を人々に浸透させる為の礎となってもらおう。今こそＨＰ９９９９９９９９９　ＭＰ９９９９９９９９９　ＡＴＫ９９９９９（以下略）の僕の力を知らしめる時だ。

「なんだかわかんねーが凄そうな加勢が来たぞ!!」

「ヒャッハー!! このままやっちまおうぜ!!」

って山賊共に仲間だと思われてる!!

「ああ……もうお終いだ……」

「神は我らを見捨てたのか……」

村人達は僕の登場で更に絶望を深めていた。こんな禍々しい身なりじゃこうなっても仕方ないか。

まずはこの誤解を解くことから始めなければ。

「どうやら何か勘違いをしているようだな。余は貴様達を成敗しに来たのだ」

僕がそう言うと、山賊共の間から「はあ?」「なんだこいつ?」などの反応が返ってきた。

「けっ、そんな格好でヒーロー気取りのつもりかよ。たった一人で何ができる!」

山賊の一人が僕に言った。この覇王の姿を目の当たりにすればビビッて逃げるかもと思ったけど、そう簡単にはいかないか。

「たった一人で何ができる、か。むしろ貴様達はその人数で余と戦う気か? 応援を呼ぶなら早い方がいいぞ」

とまあハードルを上げてみたりもしたけど、大丈夫……だよね?

「はっ、寝言は寝て言いやがれ!!」

山賊の一人が僕の所に向かってきた。

「ぐっ!?」

その山賊の剣が僕の腹に突き刺さり、僕は声を漏らした。

「ははははは!!　口程にもないとはこのことだな!!」

「…………」

山賊達の高笑いを聞きながら、僕は剣が刺さったところに目をやった。そこには傷一つ付いておらず、痛みも全く感じなかった。

ＨＰ　９９９９９９９９９９／９９９９９９９９９９

ステータス画面のＨＰにも変動がない。どうやら今のはダメージとして認識すらされなかったようだ。まあＤＥＦは９９９９９もあるからな。身体に剣を刺されたのなんて初めての経験だったから思わず「ぐっ⁉」なんて声を出してしまった。いや、もはや刺されたと表現していいのかどうかも分からなかった。

「な、何だ⁉　一体どうなっている⁉」

僕が全くダメージを受けていないことに気付いたのか、僕に剣を突き刺してきた山賊の顔が青ざめる。僕は右手でその山賊の服を掴んで持ち上げ、放り投げた。

「あっ」

するとその山賊の身体はジェット機のように遙か遠くの空まで飛んでいき、キラリと光るお星様になった。しまった、力を入れすぎた。

「何だこいつは……⁉」

「一体何者だ……⁉」

山賊達は動揺した様子で数歩後退する。こいつらが怯んでる隙に……。

「村人達よ!!　死にたくなければ余の背後に集まるがいい!!」

僕は大声で呼びかけると、村人達は慌てふためきながら僕の後ろに固まった。

「呪文【絶対障壁《アブソリュート・バリア》】！」

村人と僕の間に巨大な障壁を出現させる。あらゆる攻撃も呪文も通さない無敵のバリア。これで村人が山賊の標的にされることも、僕の呪文で彼らを巻き込む心配もなくなった。

「さあ、どうした山賊達よ。まさか今ので怖じ気づいたのか？」

僕は改めて山賊達の方に向き直る。

「ぜ、全員、一斉に奴を攻撃せよ!!」

山賊のリーダーっぽい風貌の男が指示を出した。山賊達は「うおおおおお!!」と声を上げながら僕に斬りかかってくる。僕は敢えてその場から一歩も動かず、そいつらの攻撃を全て受け入れた。続いて大量の矢が放たれ僕の身体に降り注ぐ。しかし相変わらず僕へのダメージは0だった。

「無駄なことを……。0はいくら足したところで0にしかならない。子供の頃に習わなかったのか？」

僕は嘲笑うように言った。山賊達の表情が驚愕の色に染まっていく。

「攻撃が効いていない……!?」

「ひ、怯むんじゃねえ!!　奴は何か物理攻撃を無力化するような呪文を使っているに違いない!!　誰か呪文で奴を攻撃しろ!!」

「ここは俺が!!　【災害光線】!!」

山賊の一人が僕に向かって紫色のビームを放ってきた。おお、人間の中にも呪文を使える者がいるのか。しかも僕も所持している【災害光線】とは――などと感心している間に僕の身体にビームが直撃し、その場に土煙が巻き起こった。

「は、ははははは！　見ろ、やはり呪文は通じるようだぞ！　このまま一気に――」

「通じる？　貴様の目は節穴か。この程度、マッサージにもなりはしない」

僕は右手で土煙を振り払った。唖然とする山賊達。やはり僕に比べると威力は高が知れている。

ＨＰ　９９９９９９９９９／９９９９９９９９９

これでもダメージはなしか……。これじゃＨＰがただの飾りではないか。ＨＰが削られた時の感覚を体験しておきたいと思ってたけど、どうやら無理そうだ。

「しかし奇遇だな。余も【災害光線】の呪文は所有している。ここは一つ、先生がお手本を見せてやろう」

僕は静かに指の先を山賊達の方に向ける。

「【災害光線】!!」

僕の指先から放たれたビームによって、先程とは比べものにならないほどの大爆発が起きた。

「うわあああああ!!」

「ぎゃあああああ!!」

その爆風で山賊達の身体が宙を舞う。これでも先日よりはだいぶ威力を抑えてある。下手したら村人の家まで壊しかねないからな。

「……余はこう見えても人間想いでな。本来なら人間を殺傷するような真似はしない。だが貴様達のような外道であれば話は別だ」

地面に這《は》いつくばる山賊達に、僕はゆっくりと近付いていく。

「神に代わって、余が貴様達の愚行を裁いてやろう……」

「う、動くなあ!! こいつらがどうなってもいいのか⁉」

少し離れた所に大きな荷車が置かれており、山賊の一人がその中にいる彼女達に剣を突きつけていた。さっき「金になりそうな女は捕らえろ」とか言ってたし、あれは山賊に捕らえられた人達だろう。

危うく僕の【災害光線】に巻き込むところだった。

「呆れたものだ。もう人質を取るくらいしか手が残っていないとはな」

僕は溜息交じりに言った。人間想いと言ったことが仇になってしまったか。

「いいか動くんじゃねーぞ⁉ 一歩でも動いたら――」

「動いたら、何だ?」

「……へ?」

僕は一瞬でその山賊の背後に移動し、頭に拳骨を喰らわせる。山賊の身体は地面深くまでめり込んだ。

「仮にも山賊なら、人質くらい満足に取れるようになっておくことだ」

言っておくが【瞬間移動】を使ったわけではない。9999あるAGI（速さ）を活かし、ただ山賊の背後まで走っただけだ。と言っても人間の目には瞬間移動でも使ったようにしか見えないだろうけど。

「ひえええええ!!」

「ば、化け物だ!!」

「退却!! 退却ー!!」

山賊達は蜘蛛の子を散らすように村から逃げていった。

さて、これくらいにしておくか。全員始末しようと思えばできただろうけど、僕は「覇王がいい人」という認識を広める為に来たわけだし、これ以上は逆効果になりかねないからな。

「もう安心だ。この村は救われた」

僕は村人達の方を振り返り、【絶対障壁】を解いた。歓声を上げる者、安堵のあまり涙を流す者、家族と抱き合う者、様々である。やっぱりいいことをした後というのは気持ちいいものだ。

「この村をお救いいただき、本当に感謝いたします……」

すると白髪の老人が僕のもとまで歩いてきて、深々と頭を下げた。おそらくこの村の村長さんだろう。

「面を上げよ。余は当然のことをしたまでだ」

元人間として目上の人にこの口調は少し失礼な気がしたけど、この見た目で敬語を使うと違和感が凄いだろうしなあ……。

「ところで貴方は一体何者なのですか？ 人間ではないようですが……」

「余は覇王である」

僕がそう言うと、時間が凍結したかのように村人達の声が止んだ。あれ、何この空気。なんかみるみる内に皆の顔が青ざめていってるし。

「覇王……⁉」

「覇王ってあの、悪魔の頂点に君臨していると言われている……⁉」

「こ……殺される……‼」

殺さないよ⁉　何の為に君達を助けたと思ってんの⁉

「さ、差し出せるものは全て差し出しますから、どうか、村人の命だけは……‼」

目の前の村長もこの世の終わりのような顔でカタカタと震えている。僕を一体何だと思ってるんだ。

「お前達は誤解している。余はそのような目的でこの村に来たのではない」

「そ、それでは、一体何故……？」

「簡潔に言うと、余はイメージアップを図りに来たのだ」

「……イメージアップ？」

キョトンとする村人達。

「世間一般では余を——覇王を諸悪の根源のように思っている者が多いだろう。だが実際はそうではない。余は正義の味方であり、皆に幸福をもたらす存在なのだ」

「…………」

村人からは何の反応もなく、なんだか恥ずかしくなり身体が熱くなる。自分で何言ってるんだ僕は。

だが屈しない。この羞恥を耐え抜いた先にこそ光はあるのだ！

「で、では、この村をお救いいただいた見返りは……？」

「見返りなど求めていない。強いて言うなら、この村を山賊から救ったという余の功績を人々に広めていってほしい」

そうすれば人々の覇王に対する認識も大きく変わるはずだ。でもここは念には念を入れて……。

「今から余が〝唱和〟をするので、お前達にもそれを繰り返してもらいたい」

「唱和……?」

僕は両手をバッと上げた。

「覇王はとてもいい人！　さんはい！」

「………」

「さんはい!!」

「は、覇王はとてもいい人！」

村人達は戸惑いながらも繰り返してくれた。よし、ここはもう一押し！

「覇王はこの世界の救世主！　さんはい！」

「は、覇王はこの世界の救世主！」

うん、ちょっと調子に乗りすぎた。これ以上は宗教っぽくなるから自重しよう。

「……では、余はこれで失礼させてもらう」

「お、お待ち下さい！　本当に何も要求しないのですか!?」

この場から立ち去ろうとする僕を村長が呼び止める。

「金銭でも食糧でも、お望みとあらばすぐに用意させていただきます！」

「必要ない。先程も言った通り、余の功績を広めてくれればそれで十分だ」

「で、ですが、それでは私達の気が収まりません……!!」

そう言われても、欲しいと思ったものは所持呪文の**【創造】**でだいたい手に入っちゃうからなあ。

きっと覇王が何も見返りを要求しないことがかえって不気味なのだろう。とりあえず何でもいいから適当に貰《もら》っておいた方がいいだろうか。

「！」

僕が困っていたその時、一人の女の子に目が止まった。推定十六歳、胸は大きすぎず小さすぎず、髪型はポニーテール。服は小汚いが、顔は凄く可愛い。正直僕の好みど真ん中だった。

そこで邪な考えが頭を過ぎり、僕はその女の子を指差した。【創造】でも作り出せないものが一つだけ存在する。それは生命。

「どうしても余に何か差し出したいというのなら、その女を渡してもらおうか」

なんちゃって。当然本心で言ったわけではない。女の子を無理矢理連れ帰ったりしたら逆にイメージダウンになりかねないからな。これで村人達も観念するだろう。

「ふん、やはり無理のようだな。ならば余が求めるものはこの村には――」

「どうぞどうぞ!!」

「こんな女でよければ貰ってください!!」

え？

「それで満足していただけるのなら喜んで差し上げます！」

「いや待て、今のは冗談……」

「ほら何してる、さっさと行け！」

村人達に背中を押され、その女の子は僕の前にやってきた。ちょっと待ってこの人達薄情すぎやしないか!?　こんな可愛い女の子を簡単に差し出すとか！

「………」

女の子は無言で僕の顔を見つめてくる。や、やっぱり可愛い……!!

「では、この女を頂いていこう」

つい僕はそう言ってしまった。ホッと安堵の息を漏らす村人達。まさかこんなことになるなんて……。

その後、村人達に見送られながら、僕と女の子は村を出た。

「はあ……」

思わず溜息が出てしまう。やっちゃったなあ……。

これで「覇王が村の女の子を連れ去った」なんて噂が広まったりしたらイメージアップどころの話じゃなくなってしまうではないか。そもそも大勢の悪魔が蔓延る覇王城に人間の女の子を連れ帰れるわけがない。人間嫌いのアンリに見つかったらどうなるか、想像するのは容易《たやす》い。

「………」

女の子は相変わらず無言で僕の後ろを付いてきている。この子もこの子だ、どうして差し出されることに全く抵抗しなかったんだ？　少しでも嫌がる素振りを見せたら村人達も考え直したかもしれないのに。

村人達の姿が見えなくなったあたりで僕は足を止めた。やっぱりこういうのは駄目だ。覇王の評判どうこう以前に、女の子を物みたいに受け取るのは道義に反する。僕は女の子の方を振り向いた。

「お前、名は何という？」

「……リナです」

弱々しい声で女の子は答えた。

「リナよ。お前はあの村に戻るのだ」

「えっ……？」

リナは目を丸くして僕を見る。

「お前を渡してもらおうと言ったのはほんの冗談のつもりだったんだが、どうも村人達は本気にしてしまったようでな。だからお前はもう帰ってよい」

「…………」

「見返りのことなら心配するな。本当に余には何も欲しいものなどない。今後あの村に関わることはないから安心するがよい」

「…………」

女の子は無言で俯いている。変だな、ここはとても嬉しそうに「ありがとうございます！」と言うところだろうに。今にも覇王に連れ去られようとしてるんだぞ？

「どうした？　お前も村に帰りたいだろう？」

「……いえ」

それは予想外の答えだった。

「村に家族はいないのか？　親は？　兄弟は？」

「……いません。私はあの村では奴隷でしたから」

僕は衝撃のあまり、一瞬言葉を失ってしまった。

「奴隷……だと？」

「……私は四歳の時に両親に売られ、あの村にやってきました。そして一つの家庭の奴隷として、十年以上過ごしてきました」

そんな幼少期から……!?

「……奴隷ということは、色々と酷い目にも遭ってきたのだろうな」

「女性しかいない家庭でしたので、性的な暴力を受けることはありませんでしたが……」

リナは肩の部分を少しだけ露出させる。そこには思わず顔をしかめてしまうような生々しい傷跡が残されていた。よく見るとそれ以外にも、この子の身体にもいくつもの傷があった。

でもこれで村人達が簡単にリナを差し出した理由が分かった。あの人達はリナが奴隷であることを知っていたから、差し出すことに何の躊躇いもなかったのだろう。奴隷だろうが何だろうが、この子が一人の女の子であることは変わらないのに。

「だが、余は万の悪魔を統べる覇王だ。前の家庭にいた時よりもっと酷い目に遭うかもしれない、とは考えないのか?」

「……そうかもしれませんが、私は奴隷です。選択権などありませんから」

まるで機械のような口調でリナは言った。

「私にとっては本日からご主人様が変わるだけのことです。男性のご主人様に飼われた時の覚悟もできております。私の身体でよければ、どうぞお好きになさってください」

僕は悟った。この子の心は壊れかけている。今までどんな過酷な環境に置かれていたのか、とても僕には想像できない。

僕の中から静かな怒りが込み上げてくる。この子を奴隷として飼っていた家庭だけではない。簡単に覇王の僕に差し出した村人達に対しても、僕は憤りを覚えていた。

「まったく、胸糞悪い奴らを助けてしまったものだ」

「……？」

こんな話を聞かされた後じゃ、もう「あの村に帰れ」なんて言えないな。

一瞬あの村を殲滅《せんめつ》したくなる衝動に駆られたが、そんなことをしたら僕のイメージアップ大作戦が台無しだ。それにあの村人達には僕の功績を広めてもらわないと困るし、ここは我慢しよう。

「きゃっ……」

「おっと危ない」

するとリナが石に躓いてコケそうになり、僕はそれを右手で支えた。

「あっ！　すす、すみません、無断でご主人様の身体に触れてしまいました！」

リナは慌てて僕から離れ、素早く土下座をした。突然の行動に僕はギョッとする。

「殴っていただいて構いませんので、どうか怒りをお鎮めください！」

「……いや、触れたのは余の方からだし、触れるくらい何の問題もない。だから土下座などするな」

前の家庭では触れることすら許されていなかったのか。にしても今の動き、どうやら奴隷としての振る舞いが身体に染みついてしまっているようだ。

僕はその場でしゃがみ、リナに目線を合わせる。

「余は前の主人とは違う。お前の望みを一番に優先させたいと思っている」

「私の……望み……？」

「ああ。お前はこれからどうしたい？　自由の身になりたいと言うのなら、余は喜んでお前を解放しよう」

「そう……言われましても……」

困惑したようなリナの顔。きっと今まで自由というものを与えられたことがなかったので、逆にどうしたらいいのか分からないのだろう。

僕は少しの間考えた後、静かに立ち上がった。

「よし、やはりお前の身は余が預かろう。お前がやりたいことを見つけるまで余が面倒を見てやる」

「……ありがとう、ございます」

無機質な声で女の子は言った。とはいえ普通に人間の女の子を覇王城に連れ帰ったりしたら大変なことになってしまう。何か手を打たなければ。

「と、その前に……」

僕は右手をリナにかざした。反射的な反応か、ビクッとリナの肩が揺れる。

「呪文【万能治癒】！」

僕が呪文を唱えた途端、女の子の身体中の傷がみるみるうちに治っていった。

「えっ……!?」

リナは目を丸くしながら、肩の部分を露出させる。当然そこにあった傷跡も綺麗サッパリなくなっていた。

「ど、どれだけ手を尽くしても治らなかった傷が、一瞬で……!?」

「この程度、余には朝飯前だ。お前も女の子なのだから身体は大事にしないとな」

するとリナの目からポロポロと涙がこぼれ始めた。

「ありがとうございます、本当に嬉しいです。ありがとうございます……‼」

それは先程の無機質な声と違い、心の底から嬉しそうな声だった。そんなリナの姿を見て、僕にも思わず笑みが生まれた。

「わ、私はどうやってこの恩を返したらいいのでしょうか……？」

「その必要はない。お前はただ喜んでいればそれでよい」

さて、これからどうしよう。ひとまず【瞬間移動】で僕の寝室に連れ帰るとするか。そこなら悪魔達にもバレないだろうし。ちなみに【瞬間移動】は自分だけでなく半径約三メートル以内に存在する人や物も同時に転移させることが可能である。

「呪文【瞬間移動】！」

僕は呪文を唱え、僕はリナと共に覇王城の僕の寝室に帰還した。困惑した様子でキョロキョロと周囲を見回すリナ。

「ここは一体……⁉」

「余の寝室だ。余の呪文で一瞬でこの部屋に移動したのだ。驚かせてすまない」

「い、色々な呪文をお持ちなんですね……」

「まあな」

そういえば大広間がどうなってるのか気になるな。なんせ僕の人形を身代わりにして勝手に外出しちゃったわけだし。アンリにバレてないといいんだけど……。

とりあえず僕は【千里眼】で大広間の様子を見てみることにした。

「……は⁉」

その光景を見て思わず僕は声を上げた。大広間には城中の悪魔達が集結しており、その中心にいるアンリが天井から垂らされたロープの輪に今にも首をかけようとしていたのである。

何この自殺ショー!? なんでこんなことになってんの!? とにかく早く止めなければ!!

「リナよ、余はしばらくここを離れる！ 余が戻ってくるまで絶対にこの部屋から出るんじゃないぞ！ ダチョ○倶楽部的なアレじゃなく絶対に！」

「ダチョ○倶楽部……？」

「すまん、それは忘れてくれ。とにかくこの部屋からは絶対に出るなよ、よいな!?」

「……かしこまりました。ご主人様の命令とあらば必ず従います」

そのご主人様という呼び方はやめてほしいんだけど、今は気にしてる場合じゃない。僕は【瞬間移動】を発動し、寝室から姿を消した。


「ユート様……無能な配下で申し訳ありませんでした……愛しています……」

アンリが一筋の涙を流し、ロープの輪に首をかけた、その時――

「むぅんっ!!」

瞬間移動によって大広間に現れた僕はすぐさま手刀でロープを千切り、落下するアンリの身体を受け止めて着地した。ぎ、ギリギリ間に合った……!!

「ユート様だ!!」

「ユート様がお帰りになられたぞ!!」

同時に大広間に集まった悪魔達から歓声が湧き上がった。

「ユート様……戻ってきてくださったのですか……!?」

アンリが頬を赤く染めて尋ねてくる。どうやら僕が城から抜け出したことはバレていたようだ。あんな子供騙しの策じゃやはり無理だったか……。

「それよりアンリ、何故このような真似をしている？　他の者もどうして見ているだけでアンリを止めようとしなかったのだ」

「も、申し訳ございません！　我々も思い留まっていただくよう何度も説得を試みたのですが、聞き入れてもらえず……!!」

悪魔の一人がそう答えた。まあアンリは僕の次に地位が高いし、立場上無理には止められなかったのだろう。

「アンリ、説明してもらおうか」

「は、はい。ユート様が大広間からいなくなったことに気付いた私は、すぐに覇王軍を騒動員してユート様の捜索にあたらせました」

そんな大事になってたの!?

「ですが、いくら捜してもユート様は見つからず……。そこで私は悟ったのです。ユート様は私に愛想を尽かし、この城から出て行かれたのだと」

なんでそうなる!?　被害妄想にも程があるだろ！

「ユート様を失った私には、もはや生きる価値などありません。だから命を絶つ決意をするに至ったのです」

動機はともかく、自害を決断した原因は僕にあったというわけか……。

「……いつ余が大広間から姿を消したことに気付いた？」

「ユート様が人形と入れ替わっていることはすぐに気付きました。あの人形からはユート様のニオイがしませんでしたから」

ニオイで分かっちゃうのかよ！　どうやら僕はアンリを甘く見すぎていたようだ。

「しかし、ユート様は何故そのようなことを？」

「……ずっと城に閉じこもっているのは少々退屈でな。気分転換に外出しようと思っただけだ」

僕は正直に答えた。

「……そうだったのですね。確かに今までの私はユート様の御身を心配するあまり、ユート様をこの城に縛り付けてしまい、逆に御迷惑をおかけしていたのかもしれません」

アンリは辛そうな表情で言った。これはまた「自害する」と言い出しそうな流れだ。

「主の心情を察することのできない配下など、もはや不要でございます。この罪を償う為にも、やはり自害を――」

「しなくてよい。余も勝手に城から抜け出すような真似をしてすまなかった。今回のことは余にも非があるし、お前だけが責任を感じる必要はない」

「そ、そんな！　滅相もございません！」

「いつも余のことを想ってくれているアンリにはとても感謝している。これからも余の為に尽くしてほしい」

「あ……あ……ありがたきお言葉……!!」

アンリの目からポロポロと涙がこぼれ落ちる。一日に二回も女の子の泣き顔を見ることになるとはな。

「お前達、いつまでそうやって見ているつもりだ。そろそろ自分の持ち場に戻れ」

「は、はい！」

僕の一言で大広間に集まっていた悪魔達はすぐにいなくなり、僕とアンリの二人だけが残った。

「ところでユート様は今までどこで何をなされていたのですか？」

アンリの質問にギクッとする僕。「山賊に襲われている村人達を助けて人間の女の子を一人連れ帰ってきた」なんて正直なことは言えない。人間に肩入れするなど覇王にあるまじき行為だろう。

「ユート様……？」

答えに詰まっている僕を見て、アンリは不思議そうに首を傾げる。ここは適当に答えておこう。

「……なに、退屈凌ぎに人間を数匹殺してきただけだ。久々に人間の悲鳴を聞きたくなってな」

「そうだったのですね！　流石はユート様です！」

アンリの顔が太陽のように明るくなった。山賊を何人か殺しちゃったのは事実だし、全くの嘘《うそ》というわけではない。

「それとユート様、あの人形はどうなさるおつもりですか？」

アンリが玉座の方に目を向ける。そこには僕の身代わりとして【創造】で生成した人形が座ったままになっていた。我ながらそっくりな人形だけど、アンリにすぐダミーだと見抜かれちゃったし生成した意味なかったな。

「あの人形はもう不要だし、処分しようと思っているが」

「で、では、私が頂いてもよろしいでしょうか!?」

「ん？　まあ、別に構わないが……」

「ありがとうございます!!」

アンリは僕の人形をギュッと抱き締めると、とても嬉しそうな顔で僕に一礼し、大広間から出て行った。あんなの一体何に使うんだろうか。


「すまない、待たせたな」

僕が寝室に戻ると、床にちょこんと正座をしているリナの姿が目に入った。

「……床ではなく、椅子かベッドに座ったらどうだ？」

「い、いえ、私はこれで十分です……！」

フルフルと首を振るリナ。女の子を床に座らせるのはなんだか心が痛むけど、今はそれでいいか。

僕はベッドに腰を下ろし、腕を組む。さて、これからどうしよう。人間の女の子をいつまでも僕の寝室に匿《かくま》うわけにはいかないしなあ。かと言ってリナを見捨てるつもりは全くない。やりたいことを見つけるまで面倒を見ると言ったのは僕だし、ちゃんと言葉に責任は持たないとな。何かいい方法はないものか――


「!!」

すると寝室のドアを二回ノックする音がし、僕は肩をビクッと揺らした。もしかしてアンリか⁉

まずい、リナのことがアンリにバレたら確実に殺され――いや自害させられる!!

「リナよ、今すぐあの中に隠れるんだ」

僕は奥のクローゼットを指差しながら小声で言った。リナは抵抗することなく小さく頷き、クローゼットの中に身を隠した。

「すまない。少しの間だけ辛抱してくれ」

僕はクローゼットを閉める。それから僕が「入れ」と言うと、静かにドアが開いた。やはりアンリだった。

「ユート様、今日は外にお出かけになられてさぞお疲れでしょう。お飲物を持ってまいりました」

「おお、ちょうど喉が渇いていたところだ。アンリは気が利くな」

「勿体なきお言葉にございます。私はユート様の配下として、できる限りの――」

途中でアンリの言葉が止まり、眉がピクリと動く。そしてアンリの表情が険しくなるのが分かった。

「どうしたのだアンリ？」

「この異臭……。間違いなく人間のニオイがします」

またニオイ⁉　身代わり人形もニオイで僕じゃないことが分かったとか言ってたけど、アンリってめっちゃ鼻が利くのか⁉　とにかくごまかさなければ‼

「……ふっ。外出先で長いこと人間共とじゃれ合ってきたからな。余の衣服に人間のニオイが染み付いてしまったのかもしれん。不快な思いをさせてすまな――」

「いえ、明らかに人間そのもののニオイがします」

そこまで分かっちゃうの⁉　もはや犬以上じゃないか‼　するとアンリの目がクローゼットの方に向けられた。

「ニオイのもとは、あそこからですね」

ギクッ‼

「ユート様。無礼なのは十分に承知ですが、あのクローゼットの中を拝見してもよろしいでしょうか？」

「……だ、駄目だ!!」

「何故でございますか？」

「思春期男子のクローゼットの中なのだぞ⁉　何が入っているのかは大体想像がつくであろう!!」

「……？　申し訳ございません、おっしゃっている意味がよく……」

しまった、僕はもう思春期男子じゃなかった！　ていうか仮にそういうものが入ってたらそれはそれで駄目だ！

「後ほど如何様《いかよう》にも罰はお受けいたします。ですからどうか、あのクローゼットの中だけ確認させてください」

「そ、それは……!!」

「…………」

「…………」

しばらく沈黙が訪れる。僕の【瞬間移動】は視界の中にあるものに対してのみ有効なので、一時的にリナを避難させることもできない。

僕の額からダラダラと大量の汗が流れ出る。今に限っては僕とアンリの立場は完全に逆転していた。

「失礼させていただきます」

「あっ⁉　ちょっ……!!」

アンリが一直線にクローゼットのもとまで向かう。僕がそれを阻止しようと動く前に、アンリはクローゼットを開けてしまった。中には当然、身体を丸めているリナの姿があった。

お……終わった……。

「ユート様……これは一体どういうことなのでしょうか……!?」

今まで見たことのないような凄い形相のアンリ。僕は心臓が止まったかのような感覚に襲われる。

「私ではなく何故このような人間の女に手を出したのですか!? 私ならいつでも準備はできておりますのに……!!」

そっち!? 城に人間を連れ込んだことじゃなくてまずはそっちで怒るの!?

だがどちらにせよ危機的状況であることに変わりはない。覇王である僕が人間に慈悲を与えたことが城中に知れたら大変なことになる。何か、何かないのか!? この状況を切り抜ける為の言い訳は……!!

その時僕の頭に一つの弁解が舞い降りてきた。そうだ、これだ!!

「アンリよ。どうやらお前は誤解をしているようだな」

「……誤解、ですか?」

「お前は余がこの人間の娘に情を抱いてここに連れ込んだと思ったのかもしれないが、それは大きな間違いだ」

「で、では何故!?」

「知っての通り、余はいずれ人間を滅亡させるつもりだ。だが余はこう見えて石橋を叩いて渡る性格でな。それを実行に移す前に、人間の生態を熟知しておく必要があると考えたのだ。つまりこの人間はただのサンプル、いやモルモットにすぎない」

「………」

僕は一旦目を閉じる。もちろん僕に人間を滅ぼす気なんてないが、今はこれくらいしか言い訳が思いつかなかった。

どうだ、やっぱり厳しいか……⁉　僕は恐る恐る目を開けた。

「そうだったのですね！　流石はユート様です！」

そこには敬意の眼差しで僕を見つめるアンリの姿があった。

ホッと胸を撫で下ろす。やった、なんとか切り抜けられたぞ。にしても前から思ってたけど、アンリって結構単純だよな。

「そのような意図があるとは知らず、とんでもない無礼を働いてしまいました。この罪を償うべく――」

「自害はしなくてよいからな？」

「自害を――えっ⁉　な、何故お分かりになったのですか⁉」

それくらい子供だってお分かりになるぞ。

「しかしユート様、それなら何故その人間をクローゼットの中にお隠しになっていたのですか？　まるで誰かに見つかるのを避けるように……」

ギクッ‼

「……ふん。人間如きにこの広い部屋は勿体ないと思ってな。せいぜいクローゼットのような狭小な空間がお似合いだろう」

「なるほど。確かにその通りでございます」

再び安堵の息を吐く僕。アンリは鋭いのか鈍いのか分からないな。

「しかし人間の生態調査であれば、ユート様がお手を煩わせずとも我々が引き受けてもよいのですが……」

「いや、よい。人間の恐怖に歪んだ顔を眺めるのも余の楽しみの一つだ。それにお前や他の悪魔達も普段の業務で疲れているだろうから、ここは余に任せておけ」

「御意。ユート様の我々への気遣い、勿体ない限りでございます」

この子をアンリ達に預けたらどんな目に遭わされるか分かったもんじゃない。少なくとも五体満足ではすまないだろう。

「それではユート様、ごゆっくりお楽しみくださいませ」

「うむ」

アンリは充足した表情で僕の寝室から出て行った。それと同時にどっと身体に疲れが押し寄せてきた。

な、なんとか凌いだ……。我ながらよくあんな次から次へと言い訳が出てきたものだ。中にはちょっと苦しい言い訳もあったりしたけど、アンリを欺くことには成功したので御の字だ。

ひとまず直近の危機は去ったが、状況が変わったわけではない。この寝室にリナを匿い続ければ、僕の言ったことが全てデタラメだとバレるのは時間の問題だろう。その前になんとかしなければ……。

「リナよ。怖い思いをさせてすまなかっ――ん？」

改めてリナの方を見ると、まるで地獄でも見たかのように顔を真っ青にしてカタカタと震えていた。そんなにアンリが怖かったのか。実際凄い迫力だったもんな、覇王の僕が恐怖を覚えるくらいに。

「人間を滅ぼす……モルモット……!?」

いや違う、これ僕のせいだ！　さっき僕が言ったこと全部信じちゃってる！

「安心しろリナ。先程アンリに言ったことはほんのジョークだ。余には人間を滅ぼすつもりも、お前をモルモットにするつもりも全くない」

って、こんな覇王の姿で言ってもまるで説得力がないよなあ……。案の定リナの身体の震えが止まる気配はなかった。

「だだだ大丈夫です、私は奴隷ですから、もももモルモットになる覚悟くらいはできております……!!」

ダメだ、完全に怯えきっている。これでは誤解を解くところではない。まずはこの子の警戒心を解くことから始めよう。でも覇王の姿で警戒心を解くなんてかなり困難を極めそうだけど——

ここで僕に一つのアイデアが浮かんだ。そうだ、僕が一時的にでも覇王じゃなくなればいいのか。

「呪文【変身《トランスフォーム》】！」

僕は呪文を唱え、あるものに姿を変えた。それは……。

「……どうも、阿空悠人です」

人間時代の僕だった。キョトンとした顔で僕を見るアンリ。

僕は近くに置いてあった鏡で僕の姿を確認した。うん、これは紛れもなく覇王に転生する前の僕だ。若干イケメン補正がかかってる気がするけど多分気のせいだろう。

ただしこの【変身】という呪文には一つだけデメリットがある。それは別の呪文を発動したら変身が強制的に解除されてしまうということだ。

まあ仮にそのデメリットがなかったとしても、アンリ達の前で人間に変身しようものなら「ユート様ともあろうお方が人間ごときに姿を変えるなど言語道断です!!」と怒られるのがオチなので、こういう使い方は滅多にできないだろうけど。

「あの……貴方は……?」

リナは困惑した顔で尋ねてくる。そりゃそうだよな、目の前の覇王がいきなり人間に姿を変えたのだから。

「びっくりしたか？　これが本当の僕……って言い方は変か。もう僕は人間じゃなくなってるわけだし。とりあえず外見だけでも人間に戻ってみたんだ」

「……!?」

リナはますます意味が分からない様子だった。ま、いきなりこんなこと言われても理解できないのは当然だ。

よし、決めた。リナは人の秘密を言い触らしたりするような子には見えないし、僕の秘密を明かしても大丈夫だろう。

「リナ、今から僕が話すことをよく聞いてほしい」

それから僕は自分の身の上をリナに話した。僕が元々人間であったこと、僕が別の世界の出身であること、転生して気が付いたら覇王になっていたこと、などなど。リナは終始静かに僕の話に耳を傾けてくれた。

「とまあこんな感じだけど、理解できたか？」

「は、はい。不思議なこともあるものですね……」

リナは僕の話を信じてくれるようだ。てっきり疑われると思ってたけど。

「……僕が人間に化けて適当な作り話で君を騙そうとしている、とは考えないのか？」

「え⁉　そうだったのですか⁉」

「い、いや違う！　今のは例えだ！」

どうやらリナはとても純粋な心の持ち主のようだ。不用意なことは言わない方がいいだろう。

「でもこれで僕が人間を滅ぼしたり君をモルモットにしたりすることはないって分かっただろ？　元人間の僕がそんなことするはずがない」

「は、はい。納得です」

「……まあ、アンリ達は人間を滅ぼす気マンマンだから困ってるんだけどさ」

僕は溜息交じりに言った。

「しかし、どうしてそのような身の上を私に話してくれたのですか？」

「…………」

僕は少し考える。確かに僕の身の上をリナに明かしたところで何か利益があるわけでもない。リナの信用を得る為とはいえ、何故僕はこのような話をしたのだろうか。

「……ただの気まぐれだよ」

きっと嬉しかったんだろうな。この世界に転生して以来、人間とまともに話すのなんてこれが初めてだったし。だから僕のことをリナによく知ってもらいたいと無意識に思ったんだろう。

とはいえ、これからリナをどうするかという最大の問題が解決したわけじゃない。人間嫌いのアンリ達を説得することなんて不可能に近いだろうし……。

「あ、そうだ」

そこで僕に名案が浮かんだ。確か以前所持呪文を確認した際に【悪魔契約】というものがあったはずだ。これを使ってリナを悪魔にすれば文句を言う者は誰もいないだろう。ただしもちろんリナがこれを承諾すれば、の話だけど。

僕は【変身】を解除し、元の覇王の姿に戻った。

「リナよ。今から余が説明することをよく聞いて――ん？」

するとリナが口を手で押さえながら小さく笑っていることに気付いた。

「どうした？　何かおかしいか？」

「あっ、す、すみません。その、姿が変わったら急に口調も変わるのが面白くて、つい……。ふふっ」

「……なるほどな」

僕も自覚がなかったので、思わず苦笑いがこぼれた。覇王の姿に戻ったことで僕の中の「覇王スイッチ」が自動的にオフからオンに切り替わったのだろう。そうじゃなくても覇王の外見での人間口調は違和感が凄いだろうし、これで問題ないよな。

それにしてもリナが笑ってるところは初めて見たな。笑顔になったリナは更に可愛く、僕もなんだか嬉しい気持ちになった。

「では改めて、余の説明を聞いてほしい。お前にはこれより余と契約をして悪魔になり、余の配下になってもらいたい」

「!!　私が、悪魔に……!?」

リナの表情が強張る。まあ悪魔になれと言われて喜ぶ人間なんてほぼいないだろうし、この反応は予想できていた。

「だが安心してほしい。これはわりとお手軽な契約でな。もし人間に戻りたくなった時は契約を解除すればいつでも人間に戻れる。もちろんこの契約によって何か代償が伴うこともない」

「………」

リナは無言で俯く。

「とはいえ、やはり悪魔になることには抵抗があるだろう。しかしお前をこの城に置いておく為にも、この契約は必要なことだと余は思っている。よく考えて決めてほしい」

「わ、私が決めていいのですか?」

「もちろんだ」

「…………」

少しの間、静寂が訪れる。やがてリナは決心したように顔を上げた。

「分かりました、契約します。いえ、させてください」

「……よいのか?」

「はい。先程のお話で、ご主人様がとてもお優しい方だということが分かりました。そのご主人様が必要なことだと言うのでしたら、私は喜んでそれに従います」

決意を秘めた目でリナは言った。

「元々奴隷の私に選択権なんてありませんのに、私に決断を委ねてくださったご主人様の心遣いに感謝します」

「……承知した。では早速契約を始めたい、が……」

言い淀む僕を見て、リナは小首を傾げる。

「どうしたのですか？」

「その、なんだ。この契約を行うにはまず……お前に裸になってもらう必要があるのだ」

「!! は、裸……!?」

リナの顔が赤くなる。それはまさしく年頃の女の子の顔だった。一応言っておくがこれは本当に契約上必要なことだ。断じてリナの裸を見たいがために嘘をついているわけではない。

「だがお前も男に裸を晒《さら》すのは抵抗があるだろう。どうしても無理だと言うのなら、契約は諦めようと思うが……」

「い、いえ、大丈夫です！ それくらいの覚悟はできておりますから……!!」

「そうか。では……脱いでくれ」

「……はい」

リナがぎこちない手つきで服を脱ぎ始める。僕はしばらく顔を下に向け、リナの方を見ないようにした。

これはやばい。衣擦れの音が僕の妄想を更に掻き立ててしまう。すぐ近くで可愛い女の子が脱いでいると思うと……!!

「お……終わりました……」

僕は静かに顔を上げる。そこには左手で胸を、右手で大事なところを隠す、生まれたままのリナの姿があった。

「……っ‼」

一瞬意識が飛びそうになったが、僕はなんとか耐えた。年頃の女の子の裸を生で見るのは初めてのことだった。

「男の人に裸を見られるのは初めてですけど……やっぱり恥ずかしいです……」

顔をリンゴのように真っ赤にし、ギリギリ聞こえるくらいの声でリナが言う。この恥じらっている姿がまた堪らない。僕の本能が暴走する前に早く契約を済ませなければ。

「では契約を始める！　まずは目を閉じるのだ！」

「は、はい！」

リナは言われた通りキュッと目を瞑る。僕は右手の人差し指を立て、トンとリナの額に当てた。

「呪文【悪魔契約】！」

間もなくリナの身体が紫色のオーラで覆われる。それから約一分後、そのオーラは徐々に収束していき、やがて消えた。

「契約完了だ。これでお前は悪魔になった」

「えっ……もう終わったのですか？」

「ああ。どうだ、お手軽だろう？　外見に変化はないが、人間の時より身体能力は数段パワーアップしたはずだ。そ、それより、もう服を着て大丈夫だぞ？」

「っ‼　は、はい！」

リナは慌てて服を着始める。危なかった、あと少しで僕の理性が限界を迎えるところだった。中身が思春期男子のままというのも困りものだな……。

「リナよ。予め言っておくが、余はお前を奴隷として扱うつもりはない。余からすればお前も立派な一人の女だ」

「……！」

僕の言葉を受けて、リナの瞳が揺れる。

「だからこれからは余のことをご主人様と呼ぶのも、自分のことを奴隷と言うのもやめるのだ。こうして契約もしたことだしな」

「……はい、ご主人様――あっ」

「ふっ。ま、最初の内は慣れないだろう」

しかしリナを悪魔にするだけではまだ十分とは言えない。リナは可愛いから、この城にいたら他の悪魔達に（色んな意味で）狙われることも大いに考えられる。リナの安全を１００％確保するには……。

「では、私はなんとお呼びすればよいでしょうか？」

「ん？　そうだな、他の者達はユート様と呼んでいるし、お前がよければそれで――」

その時、僕の頭に名案が舞い降りてきた。あったぞ、絶対に他の悪魔達が手出しできなくなる画期的な方法が！　今日の僕はなんだか冴えてる！

「……どうしたのですか？」

「すまないリナ、呼称の件は保留ということにしておいてくれ」

そうと決まれば早速行動に移そう。僕は〝念話〟を使ってアンリにこの部屋に来るよう伝えた。念話とは、簡単に言えばデバイス要らずの携帯のようなものである。

それから数十分が経過した。やけに遅いなと思いながら寝室で待っていると、ようやくアンリが姿を現した。何故か超スケスケの色っぽいパジャマ姿で。

「大変お待たして申し訳ございませんユート様!! 予想以上に準備に時間が掛かってしまいました!!」

準備? 何の?

「ついにユート様は私の身体をお求めになられるのですね!! このアンリ、この時が来ることを夢にまで見まし――」

「待てアンリ。余はお前が思っているような理由でお前を呼びつけたのではない」

「……え?」

アンリの目が点になる。

「先程飲み物を運んできてもらったばかりなのに、また来てもらってすまないな」

「……いえ、問題ありません」

明らかに落胆した様子でアンリは言った。

「ところでユート様、その女悪魔はどちら様でしょうか? 城内では見かけない顔ですが……」

アンリの目線がリナの方に移る。ついさっき会ったばかりなんだけどな。外見は同じなのに悪魔になっただけでリナだと分からなくなるなんて、本当に人間は害虫程度にしか見えてないのか……。

だがやはり「元々人間だった悪魔」と「普通の悪魔」を嗅ぎ分けることはいくらアンリでもできないようだな。というか一応僕も前者だったか。

「ユート様がどのような女に手を出そうと私に口を挟む権利などございませんが、正直そろそろ嫉妬してしまいそうです……」

だから違うってば。

「そういえば、先程の人間の女はどうなされたのですか？　姿が見えないようですが」

今度は開きっぱなしのクローゼットにアンリの目線が移る。もはやアンリの中では契約前のリナと契約後のリナは完全に別人になっているようだ。

さて、どう答えようか。普通に帰しました、では覇王っぽくないし……。

「あの女か。あいつは用済みになったから余が丸呑みにして喰ってやったわ」

「本当ですか⁉」

「お世辞にも美味いとは言えない味だったがな。まさか余があの人間に情を抱いていたと思っていたのではあるまいな？」

「め、滅相もございません‼」

ちょっと大袈裟すぎた気もするけど、まあいいか。

「それとこの女悪魔に関してだが、この城にいる者全員に伝達したいことがある」

「全員に、でございますか？」

「うむ。とても重大なことだ。だからアンリにはこれより皆を大広間に集めてもらいたいのだ」

「……かしこまりました。すぐに招集をかけてきます」

そして数十分後。城内の悪魔達が大広間に集結し、壇上に僕とリナが立った。なんだかこれから転入生を紹介する教師になった気分だ。

「ユート様の隣りに立っている悪魔って誰だ？」

「さあ、私にも分からない……」

「でも凄く可愛くないか？」

「確かに。私の彼女にしたいくらいだ」

「ふざけるな、私が先だ！」

悪魔達の間からはこんな声が聞こえる。転入生を前にした男子高校生みたいになってるな。やはりこのままではリナの身が危ない。だが、こいつらからリナを守る方策は既に考えてある。

「諸君、こんな夜遅くに集まってもらってすまない。既に聞いているかもしれないが、余から皆に重大な報せがある」

悪魔達の声が止み、大広間は一斉に静まり返る。

「余の隣りにいるこの女悪魔が何者か、気になっている者も多いだろう。それを今から皆に明かそう」

僕は一呼吸置いた後、静かに口を開ける。絶対に他の悪魔達が手出しできなくなる画期的な方法、それは……!!

「この者の名はリナ。余の生き別れた――妹だ」

どうよ、この我ながらナイスなアイデア！

一瞬、大広間にいる悪魔達が石像のように固まる。そして間もなく激しいどよめきが起き始めた。

「ユート様の妹君だと!?」

「ユート様に妹がいらっしゃったのか!?」

「知らなかった……!!」

そりゃ知らなくて当然だ。だってついさっき考えた設定だし。この衝撃的な発言に皆は驚きを隠せない様子だったが、やはり一番驚いていたのはリナ本人だった。

「あ、あの、私が妹とは一体……!?」

「お前は何も心配するな。余に全て任せておけばよい」

僕は小声でリナに話しかける。

「実は余が本日外出したのは、余の妹を捜すという目的も兼ねていたのだ。そして苦難の末ついに見つけることができた。今の余は歓喜に打ち震えている」

再び悪魔達は静まり返り、僕の方に注目する。リナを僕の妹ということにしておけば、リナに手を出す者は絶対にいなくなる。皆を騙すのは少し気が引けるけど、リナの身を守るにはこれが最善の方法だと考えたのである。妹にする契約呪文でもあれば尚よかったんだけど、残念ながらそういう呪文は持ってないし。これで全てが丸く収まれば——

「ユート様。一つだけよろしいでしょうか?」

するとと悪魔達の先頭に立っていたアンリが言った。

「なんだアンリ?」

「無礼を承知でお尋ねしますが、そのお方がユート様の妹君であると証明できるものなどはございませんでしょうか?」

「……証明?」

「はい。ユート様の妹君でおられるのなら、我々もそれ相応の忠義を尽くすつもりでございます。ですがそれを証明できるものがなければ、中には不審がる者も出てくるのではないかと危惧したのです」

「…………」

僕の額からダラダラと汗が流れる。まさかそんなことを言われるなんて思ってもいなかった。リナが僕の妹というのは真っ赤な嘘なんだから証明なんてしようがない。どうする、なんて答えればいい……⁉

「リナよ。何でもいいから妹っぽいことをするのだ」

「えっ⁉」

動揺のあまり、思わず僕はリナの耳元でこんなことを言ってしまった。何を言ってるんだ僕は、こんなの無茶振りにも程があるだろう。

「すまない。今のは忘れて――」

「分かりました。やらせていただきます」

分かったの⁉

一体何をするつもりなんだと僕がハラハラしていると、リナは腕を組んで頬を少し膨らませ、プイッと僕から顔を逸らした。

「べ、別にお兄ちゃんのことなんか全然好きじゃないんだからねっ！」

やばい、リナも相当テンパってる‼　ある意味妹っぽいけどそんな知識どこから仕入れたの⁉　まさかこの世界にもそういう文化が存在するのか⁉

「こ……これは……」

「ああ……」

そんなリナを見て、悪魔達の間からどよめきが起きる。もはやここまでか。こんなのが僕の妹であることの証明になるはずが——

「間違いなくユート様の妹君だ!!」

「ユート様にこのような態度をとれるのは妹以外に考えられない!!」

「このツンデレっぷりで妹でないはずがない!!」

なるんかい!!

「疑うような真似をして申し訳ございませんでした、リナ様。貴女様は紛れもなくユート様の妹君でございます……!!」

アンリまでもが認めてしまっていた。こんなことがまかり通るなんて、逆に心配になってくるんだけど。

「オホン。これでリナが余の妹であるとお前達も確信を得たはずだ。もし妹の身に何かあった時は……分かっておるな?」

「は、はい!!」

「我々一同、リナ様に忠誠を誓います!!」

まあ、これでリナの安全を確保できたことだし、よしとするか。

大広間に集まった悪魔達を解散させた後、僕とリナは城の最上階にある一つの部屋の前にやってきた。

「さあ、ここが今日からお前の部屋だ。一応城内で二番目に広い部屋となっている」

「こ……ここが私の……!?」

部屋の中を見てリナが目を丸くしている。最上階の部屋にちょうど空きがあったのは幸いだった。僕の部屋もここから近いし、何かあった時はすぐに対応できるだろう。

「どうした、そんなに驚いたか？」

「は、はい。前の家庭では馬小屋で藁を敷いて寝てましたから……」

僕はその光景を想像し、胸を痛める。寒い日はさぞ辛かったことだろう。

「それと先程保留した呼称の件だが、お前が余の妹になった以上、余のことは『お兄様』と呼んでもらうことになる」

「お、お兄様、ですか？」

「ああ。それが嫌なら『お兄ちゃん』でも構わないが」

「そ、それはさすがに……」

「ふっ、今のは冗談だ」

僕は一人っ子だったから「お兄ちゃん」と呼ばれることにちょっとした憧れを抱いていたものだが、覇王という立場上そう呼ばせるわけにはいかないだろう。

「では、お兄様と呼んでよろしいでしょうか？」

「うむ。お前の許可も貰わず勝手に妹ということにしてしまってすまないな」

「あ、いえ、全然大丈夫です！　ご主人様が私の為にその考えを打ち出したということは分かってますから！」

「お兄様、な」

「あっ！　も、申し訳ありません、お兄様！」

リナは慌てて頭を下げた。自分で言っといてなんだけど、お兄様って呼ばれるのもなんだかむず痒いな。

「それで、私はこれからこの城で何をすればいいのでしょうか……？」

「好きに過ごして構わない。この城には図書館もあるし、知識を蓄えたいのならそこで本でも読むといい。今までずっと奴隷として生きてきたのなら、まともな教育も受けていないだろうしな」

「い、いいんですか？」

「うむ。お前は余の妹ということになっているから文句を言う者は誰もおるまい。もっとも同じ元人間としてお前にしかお願いできないことが出てくるかもしれないから、その時は何か頼み事をするかもしれないが」

「わ、私にできることがあったらいつでも言ってください！　何でもしますから！」

その発言は誤解を招いてしまう気がする。

「ああ、それと……。呪文【能力付与】！」

僕はリナに右手をかざした。この呪文によって僕は所持呪文の一つをリナに与えた。

「たった今、余の【災害光線】をお前に授けた。何か危険が迫った時はその呪文で身を守るといい」

「あ、ありがとうございます……」

これで僕は【災害光線】を使えなくなったわけだけど、攻撃系の呪文なら他にも腐るほどあるので特に問題はない。でもちょっと過保護すぎるかな？

「ではそろそろ寝るとしようか。初めてのベッドの感触を思う存分堪能するといい」

「あ、あの！」

その場から去ろうとした僕をリナが呼び止める。

「どうして私のような者の為に、ここまでしてくれるのですか……？」

「………」

僕は改めてリナの方に向き合った。

「お前は十年以上も奴隷として〝自由〟を奪われた人生を送ってきた。ならばせめて少しでもお前に自由を与えてやりたいと思ったのだ。もっともこんな狭苦しい城の中で得られる自由など、高が知れてるだろうがな」

「そんな、狭苦しいだなんて……」

「だがお前が本当の自由を手にするのは、お前自身がやりたいことを見つけ、この城を出た時だ。その時が来るまでお前は余が支えよう」

「……!!」

リナの目からポロポロと涙がこぼれ落ちる。

「ありがとうございます……本当に……ありがとうございます……!!」

「ふっ、お礼ならもう何度も聞いた。早く部屋に入って身体を休めるがよい。色々あって疲れているだろう」

「はい……」

リナは涙を拭いながら部屋に入り、静かにドアを閉めた。

それから僕は大きく息をつく。何故僕がリナにここまでするのか。リナに自由を与えてやりたい、それが二つの内の一つ目の理由だ。もう一つの理由は——

「やっぱ、可愛いからだよなあ……」

男子高校生に戻ったような口調で、僕は呟《つぶや》いたのであった。

第二章　七星天使編

覇王ユートが村人達を山賊の脅威から救った、同日の夜。人間領のとある一室にて、各国の大臣達が集まって緊急会議を開いていた。議題は覇王の対策である。

「覇王、一刻も早くこいつをどうにかせねば我々人間に未来はない」

「しかし先日五万の軍隊を送り込んで全滅させられたばかりではないか。これ以上大きな犠牲を出せば民衆も黙ってはいないだろう」

「民衆などどうにでもなる。覇王を打ち倒すことさえできれば犠牲などいくら出しても構わん」

「おや、今のはいささか問題発言のような気がしますな」

「本日入手した情報によると、覇王は村人を洗脳して『覇王はこの世界の救世主』など叫ばせているそうだ」

「なんと卑劣な。人間を大量虐殺するだけでは飽き足りないということか……！」

「明らかにこれは『人間滅亡の序曲は始まっている』という我々に向けたメッセージに他ならない」

「やはり早急に覇王を抹殺せねば……」

「だが一瞬で五万の軍隊を消し去る力を備えた覇王を倒す方法などあるのか？」

「うむ……」

室内が重い空気に包まれる中、一人の大臣が得意気に人差し指で眼鏡を上げた。

「ご安心ください。既に覇王を打ち倒す算段はついております」

「なに……!?」

「それは本当か!?」

その場にいる全員が一斉にその大臣の方に注目する。

「実は本日スペシャルゲストをお招きしております。悪魔を滅殺するのは天使の役目と昔から相場が決まっていますからね……」

「天使……だと!?」

「まさか……!!」

その大臣は再び眼鏡を人差し指で上げ、ドアの方に目を向けた。

「お待たせしました。どうぞお入りください」

ドアがゆっくりと開かれる。そこに昂然と立っていたのは、背中から白い翼を生やした一人の男だった。まるで自らの存在を誇示するかのように、その大きな翼を堂々と左右に広げている。

「あ、貴方は七星天使の一人、ウリエル様!!」

「何故七星天使がこんな所に……!?」

「ずっとドアの前で待機してたのか……!?」

思わず大臣達は席から立ち上がった。ウリエルはその大臣達をあからさまに蔑むような目で見る。

「いかにも。私が七星天使の一人、ウリエルだ。それで？　この私と相対してお前達のやることは、そうして間抜け面を浮かべることだけか？」

「はっ……！」

大臣達は慌ててその場で膝をつく。それを見てウリエルは満足そうな顔をした。

「それでいい。人間は人間らしく、ちゃんと身の程は弁えているようだな」

ウリエルは適当に空いている席を見つけ、悠然と腰を下ろした。

「い、今我々は、覇王を打ち倒す策を講じていたところなのですが……」

「話は聞いている。要は覇王を殺せばいいのだろう？　覇王はお前達人間如きでは手に余る相手であろう。もっとも私の前では覇王など赤子同然だかな」

「で、ですが、覇王には五万の軍勢を一瞬で消し去るほどの力があり、侮っていい相手では……」

ウリエルはその大臣をギロリと睨みつけた。

「貴様、七星天使の一人である私の力を疑っているのではあるまいな？」

「い、いえ!!　決してそのようなことは……!!」

「……よかろう。では特別に私のステータスを貴様達に見せてやる。人間如きがお目にかかれることを光栄に思うがいい。ステータス開示！」

ウリエルの頭上にステータス画面が表示された。

ウリエル　Lv999

HP　67908／67908
MP　30976／30976
ATK　653

ＤＦＥ　８５４
ＡＧＩ　５２３
ＨＩＴ　６１２

「おおっ……!!」

「ＨＰとＭＰが五桁、その他も全て三桁とは……!!」

「流石は七星天使の一人……!!」

大臣達が感嘆の声を上げる。大臣達はもちろん、ウリエルも覇王のステータスなど知る由もなかった。

「さて、先程そこの人間が『侮っていい相手では……』などとほざいておったな。その続きを聞かせてもらおうか」

「も、申し訳ありませんでした!!　撤回いたします!!」

「確かに、このお方なら覇王を打ち倒せるかもしれない……!!」

「……かもしれない、だと?」

ウリエルは憤然とした表情を見せる。

「も、申し訳ございません!!　打ち倒せるに違いない、に訂正いたします!!」

「……ふん、まあいい。それより報酬はちゃんと用意してあるのだろうな?」

「はい。ウリエル様が覇王を打ち倒された暁には、金貨千枚を献上させていただきます」

この『ラルアトス』における通貨は金貨・銀貨・銅貨の三種類が存在し、金貨は銀貨百枚分、銀貨は銅貨百枚分に相当する。銅貨一枚は日本円でいうと十円ほどの価値なので、金貨千枚では約一億円という計算になる。

「金貨千枚？　もしやそんな端金でこの私が満足すると思っているのではあるまいな？」

「！　も、もちろんですとも。その他にもウリエル様がお求めになられるものは全て差し上げる所存でございます」

ウリエルは口の端を吊り上げる。

「よかろう。貴様達の依頼、このウリエルが引き受ける。覇王を抹殺するのは明後日ということにしよう。明日は久々の地上を観光でもしようと考えているからな」

「そ、そんな悠長な……」

「ん？　人間の分際で私に何か文句でもあるのか？」

「い、いえ!!　何も問題ございません!!」

ウリエルは席から立ち上がり、大臣達に背を向ける。

「明後日が覇王の命日だ。報酬と引き替えに覇王の首を持ち帰ってやろう。貴様達は覇王への鎮魂歌でも歌いながら待っているがいい。フフフフフ……ハハハハハ!!」

＊

覇王　Lv999
HP　999999999／999999999
MP　999999999／999999999
ATK　9999
DFE　9999
AGI　9999
HIT　9999

翌日。いつものように大広間の玉座に腰を下ろす僕は、改めて自分のステータス画面を確認していた。

昨日は呪文を使いまくったからMPがどうなってるか少し不安だったけど、今見たらちゃんとMAXまで回復してた。まあ、このMPの量なら気にする必要はないだろう。

それはそれとして、僕の『覇王のイメージアップ大作戦』は昨日だけで終わったわけではない。当然これからもその活動は続けていくつもりだ。

しかし昨日の村人達の反応を見る限りでは、覇王の認知度は100％というわけではなさそうだったし『覇王という名前だけなら聞いたことがある』といった人達が大半のようだった。となると僕の存在を世界中の人々にアピールすることも必要不可欠だろう。

とはいえ、昨日のように悪人を利用するやり方はできるだけ避ける方向でいきたい。昨日は上手くいったけど、あまり度が過ぎるとイメージアップどころか恐怖心を植え付けかねないからだ。しかし誰も傷つけず、かつ僕の存在を大勢の人々にアピールする方法といったら――

「！」

僕はポンと手を打った。そうだ、クエストだ！

こんなステータス画面が表示されるくらいだし、ＲＰＧに出てくるようなクエスト、もしくはそれに準ずるものがこの世界にあってもおかしくない。そして誰も成し遂げたことのない高難易度のクエストをクリアすれば僕の存在は一気に広まる。完璧だ！

しかし人間領ならともかく、悪魔領にクエストなんてあるのだろうか。悪魔達がクエストに挑戦している姿なんて想像できないけど……。

「アンリよ。この悪魔領にもクエストというものは存在するのか？」

とりあえず僕の前で膝をついているアンリに聞いてみた。

「クエストですか？　はい、もちろんございます」

おっ、どうやら存在するようだ。そうと決まれば早速――

「ちなみにクエストの内容は『人間を○人殺害せよ』『人間の心臓を○個集めよ』というように、人間が関与するものが九割九分を占めております」

「……そうか」

ダメだ、そんなクエスト受けられるわけがない。というか人々に僕の存在を知らしめるのが狙いなんだから、悪魔領のクエストを達成したところで何の意味もない。となるとやはり人間領のクエストを受けるべきか。

「何故そのようなことをお尋ねに？」

「……実はこれからクエストでも受けようと考えていてな」

「ゆ、ユート様が直々にクエストを⁉」

「うむ」

ただし人間領のだけど。アンリは悪魔領のクエストだと思ってるに違いない。

「クエストでしたら、ユート様が自ら動かずとも覇王軍の悪魔達に命じていただければ、それで事足りると思うのですが……」

ま、そう返されるよね。また何か言い訳を考えなければ。

「ふっ、昨日の外出だけではまだまだ人間共の悲鳴が聞き足りなくてな。クエストでもやって余の心を満たそうと思ったのだ」

「……左様でございますか。そういうことでしたら私も賛同いたします」

あれ？　意外とあっさり同意してくれた。アンリのことだから「ユート様ともあろうお方がクエストなど！」とか「では百体の悪魔をお供につけます！」とか言ってくると思ったのに。

きっと昨日の一件で僕への気遣いが過剰だったことに気付いて反省したんだろうな。僕としてもそれはありがたい。

しかしこの世界に転生したばかりの僕は、どこでどうすればクエストが受けられるのか全く分からない。となると誰かにお願いした方がよさそうだ。僕が受けたいのは人間領のクエストなので、ここはやはり元人間の〝彼女〟が最も適任だろう。

そう、僕の妹（仮）のリナだ。リナに頼んで人間領まで行ってもらって、クエストを一つか二つ見つけてきてもらおう。

「アンリ。すまないが妹をここに呼んできてもらいたい」

「リナ様をですか？」

「うむ。実はあいつに頼み事があってな」

念話で直接呼ぼうかと思ったが、おそらくリナはまだ念話のやり方を知らないだろう。

「で、でしたらリナ様の代わりに私がお受けいたしましょうか？　ユート様の妹君にご負担をかけるわけにも参りませんので……」

「いや。お前の気持ちは嬉しいが、これはリナにしか頼めないことなのだ」

アンリを人間領なんかに行かせたら「ついでに人間を百人殺してきました」みたいなことになりかねないし、それ以前に僕が人間領のクエストを受ける理由を聞かれたらなんて答えたらいいのか分からない。

「……かしこまりました」

アンリはやや落ち込んだ様子で大広間から退室する。それから数分後、アンリがリナを連れて戻ってきた。

「ユート様。リナ様をお連れいたしました」

「ご苦労。それではアンリ、悪いが席を外してもらいたい」

これからリナに話すことはアンリに聞かれるとちょっとマズいからな。

「え？　わ、私ですか？」

「お前以外に誰もいないだろう。少しばかり兄妹水入らずで話をさせてくれ。お前は自分の部屋で休んでもらって構わない」

「……御意」

アンリは更に落ち込んだ様子で大広間から退室した。きっと除け者のように扱われたのがショックだったんだろう。後でちゃんとフォローしてやらないとな。ともかくこれで大広間には僕とリナの二人きりになった。

「リナ。昨日の今日で申し訳ないが、お前に頼みたいことがあるのだ」

「は、はい！　私でよければ何でも言ってください！」

だからそういう発言は誤解を……まあいい。

「余はこれから人間領のクエストを受けようと思っている。そこでお前にはこれから人間領に行ってもらい、クエストの手続きをしてもらいたい」

「……クエスト、ですか？」

リナは不思議そうに首を傾げる。

「お前にだけは話しておくが、余は人間達の覇王に対する認識をよりよいものに変えること、つまりはイメージアップを目標としている。クエストを受けるのはその一環だ」

「イメージアップ……！　凄くいい考えだと思います！　お兄様はとても素晴らしいお方ですから、私もそれを大勢の人に知ってもらいたいです！」

キラキラと目を輝かせるリナ。僕が五万人の人間を一瞬で消し飛ばしちゃったことを知ったらどう反応するだろうな……。

「しかしここから人間領はかなり遠い。そこで余の【瞬間移動】の呪文をお前に与えておくから、それを使って人間領に行くといい。ただし【瞬間移動】は余も持っていないと不便なので、任務が終わったら返却してもらう」

僕は昨日【災害光線】の呪文を授けた時と同じように、【能力付与】を使って【瞬間移動】の呪文をリナに与えた。

「できれば誰もが挑戦すら躊躇うようなクエストを頼む。余の存在を知らしめるにはクエストの難易度はできるだけ高い方がいいからな。数は一つか二つで構わない」

「かしこまりました！」

「それと、このことはくれぐれも内密に頼む。余が人間領のクエストを受けようとしていることが皆に知れたら大変なことになるからな。余の秘密を知っているお前だからこそ頼めることなのだ」

「……頼りにしてくださっている、と思っていいのでしょうか？」

「当然だ」

リナの表情が太陽のように明るくなる。

「私、頑張って凄いクエストを見つけてきます!!」

「うむ。期待しているぞ」


一方その頃、アンリの部屋にて。

「ううっ……ユート様が私よりもリナ様をお頼りになるなんて……!!　リナ様はユート様の妹君なのだから当然のことかもしれないけれど……!!　リナ様が羨ましい……私もユート様の妹になりたい……!!」

アンリは以前ユートが【創造】によって生成したユートの等身大の人形を抱き締めながら、ベッドの上を転がっていた。

「はっ！　だけど妹だとユート様と結婚できない――って何を考えてるのだ私は！　私程度の者がユート様と結婚など畏れ多いにも程がある！　で、でもユート様がお許しになるのなら、私は……!!きゃーユート様ー!!」

奇妙な声がアンリの部屋から漏れ、近くを通りかかった悪魔達がビクッと肩を揺らしたのであった。


リナにクエストの手続きを依頼してから数時間が経過し、窓の外はすっかり暗くなった。リナは未だに城に戻ってきていなかった。

変だな。クエストって手続きだけでこんなに時間が掛かるものなのだろうか。それとも僕の期待に応えようとより難しいクエストを探すために人間領の至る所を回ってるとか。まさか【瞬間移動】の使い方をミスって壁の中に突っ込んでたりして……!?

もしそうなら今すぐ助けに行かなければならないが、リナが今どこにいるのか分からないし、【瞬間移動】はリナに貸してるから人間領に向かうだけでも相当時間が掛かってしまう。一体どうすれば……。

「お、お待たせしましたお兄様!!」

するとリナが【瞬間移動】によって僕の目の前に姿を現した。僕はホッと胸を撫で下ろす。よかった、ちゃんと無事だった。

リナは息を切らしており、なんだかとても疲れている様子だった。

「随分遅かったなリナ。心配したぞ」

「も、申し訳ありません。色んな所を回ってたら、こんな時間になっていました……」

どうやらより難しいクエストを見つけようと相当頑張ってくれてたようだ。僕の「期待している」という言葉がプレッシャーになっていたのかもしれない。

「ですが、ちゃんとクエストは見つけてきました！」

「そうか。ご苦労だったなリナ。報酬にお前の望むものを言ってみよ」

「い、いえ！　報酬なんていりません！　お兄様のお役に立てたということが私にとっての何よりの報酬ですから！」

そう真正面から言われるとなんだか照れくさいな。

「あっ、お兄様、この紙をどうぞ！」

「うむ」

僕はリナから一枚の紙を受け取った。これにクエストの内容が書かれているのだろう。

さて、一体どんなクエストなのやら。これだけリナが時間を掛けて見つけてきたクエストなのだから、さぞ難易度が高いものに違いない。とある森の奥深くに棲息する伝説の竜を倒せとか、標高一万メートルの山の頂上に生えている薬草を手に入れよとか、そんな感じだろうな。

ま、どんなクエストだろうと僕の力なら余裕でクリアできるだろう。そして世界中の人々が僕の存在を知ることになり、僕のイメージアップ大作戦がまた一歩前進する。ふふ、なんだかワクワクしてきたぞ。

様々な思いを胸に馳せながら、僕はその紙に目をやった。

雑貨屋のアルバイト
業務内容　会計、品出しなど
時給　銅貨五枚

なんでだよおおおおおおおおおおおおおお――――――――――――!!

これクエストじゃないじゃん!!　ただのバイトじゃん!!　僕ちゃんとクエストって言ったよね!?

なんでこんなの見つけてきてんの!?

あっ、もしかしてこの世界ではこういったバイトもクエスト扱いなのか!?　しかも時給やっす!!

どんなブラックバイトだよ!!

「ど、どうでしょうか……?」

リナが不安げな目で聞いてくる。どうもこうも、想像と違いすぎてなんて言ったらいいのか分からない。

「『誰もが挑戦すら躊躇うようなクエスト』と言われたので、そのクエストにしてみたのですが……」

そりゃこんな時給じゃ誰もが躊躇って当然だよ。ある意味竜の討伐や薬草の入手より難易度が高いのではなかろうか。もしかしてリナって天然なのか?

「お、お気に召さなかったでしょうか?　もしそうなら、私……」

リナが今にも泣きそうな顔になり、僕は動揺してしまう。

「……そんなことはない。お前はとても素晴らしいクエストを見つけてきてくれた。余はとても満足している」

「あ、ありがとうございます……!!」

ああ、言ってしまった。でもそんな顔を見せられたら、とてもじゃないが本当のことは口に出せない。リナも悪気があったわけじゃないだろうし。

「それと一応もう一つ、クエストを見つけてきたのですが……」

リナがもう一枚の紙を差し出してきた。それは花屋さんのアルバイトであり、業務内容と時給は一枚目と似たような感じだった。

「クエストの手続きは済ませてきたのですが、正式にクエストが受領されるのは各店で行われる面接に合格してからだそうです。ですからお兄様にはお手数ですが、まず明日の面接を受けていただく必要がございます」

「……うむ、分かった」

いや分かっちゃダメだろ。なんかもう完全に僕がこのバイトもといクエストを受ける流れになってないか？　でもさっき満足しているとか言っちゃった手前、受けないわけにはいかないよな……。

「お前の努力を無駄にしない為にも、この二つのクエストは必ず成し遂げてみせよう」

「は、はい！」

やむを得ず僕はその二つのバイトを受けることにした。それからリナに【瞬間移動】の呪文を返却してもらい、リナは大広間から退室した。

僕は大きく溜息をつく。まさかこんなことになるなんて……。

雑貨屋や花屋でバイトする覇王って一体どうなんだろう。そもそも覇王が人間のバイトの面接に合格できるのだろうか……。

*

翌朝。大広間の玉座に座る僕と、その前で膝をつくアンリ。

二つの店の場所と面接の時間はリナから渡された紙で確認済みである。そろそろ花屋さんの面接の時間だ。僕は玉座から腰を上げた。

「ではアンリよ、行ってくる」

「はい。くれぐれもお気をつけて。何かあったらすぐに連絡をお願いします」

「うむ」

アンリは僕がバイトの面接を受けに行くなんて夢にも思ってないだろうな……。

僕は【瞬間移動】を使い、その花屋さんがある村の前までやってきた。僕は一緒に持ってきた地図を見て確認する。うん、この村で間違いない。

そこで僕はこの村が昨日山賊から救った村からかなり近いことに気付いた。ということは僕の美談がこの村まで広まっていることは十分考えられる。僕のイメージアップ大作戦がちゃんと上手くいってるか確かめるいい機会だ。

ふふっ、ひょっとしたら覇王のファンクラブなんてものができてるかもしれないな。握手を求められたらちゃんと応えなければ。更にはサインまでお願いされたりして⁉　しまったなあ、サインの練習しておけばよかった。そんな妄想を膨らませながら、僕は村の中に入った。

「うわああああああああああ‼」

「逃げろおおおおおおおお‼」

あれ？

村の人々は僕の姿を見るや否や一目散に逃げ出してしまった。僕の前を虚しい風が通り過ぎていく。

おかしいな、握手は？　サインは……？

僕はポンと手を打った。そっか、きっと僕が覇王だと分からなかったんだな！　だってもうこの村では覇王は人々を山賊から救った英雄ってことになってるはずだし、覇王だと分かってたら逃げ出すのはおかしい！　いやそもそも僕の評判がこの村まで広まってないのかも！　そうだ、そうに違いない！　だから僕の頬を伝っているのは涙じゃない、ただの汗だ！

と、僕は何度も自分に言い聞かせたのであった。


歩くこと数分、僕は一軒の花屋の前に到着した。ここで間違いない。

まだ開店前らしく、入口はシャッターが下ろしてある。とりあえず裏口に回ってみたところ、ドアがあったので二回ほどノックしてみた。

「アルバイトの面接を受けに来た覇王だ。ここを開けてもらいたい」

これから面接を受ける者とは思えない態度だと我ながら思うが、ここは覇王としての振るまいを優先することにした。

それから三十秒くらい待ってみたものの、何の返事もない。おかしいな、面接の時間は合ってるはずなんだけど。ドアノブに手をかけてみたところ、鍵が掛かっていなかったので、僕は静かにドアを開けた。

中は薄暗く、花は沢山置かれているものの、人の気配がない。すると床に一枚の紙が置かれていることに気付き、僕はそれを拾い上げた。そこにはこう書かれてあった。

『しばらく店を空けます。命だけは勘弁してください。　店主』

店主に逃げられた!!

きっと覇王がこの店に来ることを知り、身の危険を感じて逃亡したのだろう。まったく困ったものだ、僕はただ面接を受けに来ただけだというのに。まあ逃げたくなる気持ちは分かるけどさ。

それから店内の部屋を見て回ったが、やはり誰もいなかった。他の従業員も僕を恐れて店に来てないのか、元からこの花屋は店主一人で経営していたのか。

どちらにせよ、このままじゃ花屋を営業する人がいないではないか。地図を見たところ花屋はこの村でここだけみたいだったし、絶対に困る人が出てくるはずだ。

「うーむ……」

僕は少し考えた後、顔を上げた。よし決めた、僕が店主の代わりに花屋としての務めを果たそう。本来なら面接を受けてすらいない僕がこの店で働く資格はないが、勝手に面接をほっぽり出されたんだから文句を言われる筋合いはないはず。わざわざここまで足を運んだんだし、せっかくだから働いて帰ろう。

僕はシャッターを上げ、店をオープンした。一応更衣室でこの店の制服らしきものを発見したが、この覇王の図体に合うサイズの制服なんてあるわけがなかったので、そのままの服装で臨むことにした。一人で店を回せるか少し不安だけど、花屋って客の出入りは大人しいイメージがあるし、多分大丈夫だろう。

そういや人間時代はコンビニでバイトしてた時期もあったっけ……懐かしいな。と言っても店長と馬が合わなかったせいで一ヶ月も経たずに辞めちゃったけど。

だけど問題なのは、僕に花に関する知識が全くないということだ。だからお客さんに花について何か尋ねられたらどうしよう。しかしこの不安はすぐに杞憂だと分かった。

「！」

すると店のドアが開き、一人の客が入ってきた。見た目二十代の若い女性である。ようし、コンビニバイトで教わった接客六大用語を胸に、笑顔で応対しよう。

「いらっしゃいま――」

「ひいっ!!　ししし失礼しましたー!!」

その女性はまるで化け物に遭遇したかのように顔を真っ青にし、光の速さで逃げていった。

ちょっと酷くない？　確かに化け物という自覚はあるけども、化け物がバイトをしてはいけないなんて規則は存在しないだろう。誰が花を売ろうが花が花であることに変わりはないじゃないか。

「お前達もそう思うだろう？」

僕は目の前の花達に問いかける。しかし当然、返事はなかった。

それから一時間が経過。その間も何人か客は訪れたものの、皆僕を見るなり一目散に逃げていってしまう。なんか段々悲しくなってきたんだけど。

てかなんて僕こんなことしてるんだっけ？　確か元々は僕のイメージアップが目的だったはずだよね？

「……やめよう」

なんだか虚しくなったので、僕はバイトを途中で切り上げることにした。おそらく二十四時間ここにいたとしても誰も花なんて買ってくれないだろう。これでは閉店してるのと同じだ。僕は溜息をつきながら店のシャッターを下ろした。

しかし働いたことに変わりはないので、ちゃんと給料は貰って帰ろう。僕はカウンターの引き出しから時給分の銅貨を取り出してポケットに入れると、【瞬間移動】で花屋を後にした。

次に僕は雑貨屋の面接を受けるべく、その店がある村の前までやってきた。

いや続けるんかい！　とツッコミたくなるかもしれないが、このまま城に帰ったらせっかくバイトを見つけてきてくれたリナの苦労が水の泡になっちゃうし、「必ず成し遂げる」と宣言しちゃったからな。まあ花屋のバイトは成し遂げたと言えるかどうか微妙なラインだけど。

だが先程の二の舞になるようなことは避けたい。何かいい方法はないものかと、僕は腕を組んで喉を唸らせる。

「あっ」

思わず僕は声を出した。そうだ、呪文の【変身】を使って人間に姿を変えればいいじゃないか。そうすれば誰からも恐がられることはない。なんでこんな簡単なことに気付かなかったんだろう。

「呪文【変身】！」

人間時代の僕を頭の中に思い浮かべ、【変身】を発動。僕は覇王から人間へと姿を変えた。鏡がないので自分の姿を確認することはできないが、ちゃんと成功したはずだ。それから僕は若干緊張しながら村の中に入った。

おおっ、誰も僕を見て逃げない！　しかも中には軽く会釈をしてくれる人までいる！　なんか感動だ！　僕は思わず目頭が熱くなってしまった。

ただし前にも説明した通り【変身】は他の呪文を使用すると強制的に解除されてしまうという欠点があるので、実質この姿の間は呪文を使うことができない。と言っても呪文を使わざるを得ない状況なんてそうないだろう。

「ん……？」

しばらく歩いていると、いかにも不良っぽい風貌の男達が十人ほど、道端に座り込んで屯しているのが見えた。ああいった連中はどこの世界にもいるものなんだな。

「……おい」

「……ああ」

そして男達が僕の方を見て何やらヒソヒソと話し合っていることに気付いた。人間時代の僕は舐められやすい顔つきだったせいか、不良に絡まれたことも何度かあった。だからあいつらが何を企んでいるのか大体想像がつく。まあいい、気にせず先に進もう。

「おっと」

すると男達が気味の悪い笑みを浮かべながら僕の周りを取り囲んだ。

「くくっ、坊や。ここから先は通行料が必要だぜ」

「さあ、あり金全部出しな」

僕は小さく息をついた。やっぱりこの手のパターンか。

もし今の僕が覇王の姿だったらこんなことにはならなかっただろう。なんだか今日は尽く外見が裏目に出るな。もうすぐバイトの面接の時間だというのに、遅刻したらどう責任をとってくれるんだか。

「……嫌だ、と言ったら？」

「ちょいとばかし〝弱い者イジメ〟をさせてもらうことになるな」

「怪我したくなかったらさっさと出せや」

無意識に笑みがこぼれてしまう。現在の所持金は花屋のバイトで手に入れた銅貨数枚だけだし別にくれてやってもいいんだけど、それではつまらない。

「おいテメエ、なに笑ってやがる」

「……いやすまない。お前ら如きがこの僕を恐喝しようだなんて、思い上がりも甚だしいと思ってな」

僕はワザと挑発してみる。すると不良達の額にピキピキと青筋が入った。

「舐めやがって……‼」

「ちょいとばかし教育の必要がありそうだなあ……‼」

ガタイのいい男が僕の前に立ち、これ見よがしに指を鳴らしてくる。これが人間時代の僕だったら為す術もなく不良達からフルボッコにされ、病院送りになっていただろう。だが今の僕は違う。

「……さあ、こいよ」

「上等だ‼」

男の拳が僕の右頬に炸裂し、鈍い音が響いた。だがその音が出たのは僕の頬からではなく、男の拳からだった。

「う、うわあああああああああ‼」

男が目を見開いて悲鳴を上げる。男の拳はハンマーを叩き付けられたかのようにズタズタになり、血が勢いよく噴き出していた。

「な、なんだ⁉」

「一体どうなってやがる⁉」

他の不良達が動揺する。たとえ【変身】で姿が人間になっていようと、覇王のステータスはそのまま。つまりこいつはＤＥＦ９９９９９の僕をただの拳で殴ったというわけだ。そりゃこうなるのは当然の結果だ。

「どうした？　僕に教育してくれるんじゃなかったのか？」

「こ、こいつ‼」

不良の一人が鉄のバッドで僕の頭をブン殴ってきた。が、当然僕へのダメージは０。代わりに鉄のバッドが半分にへし折れた。

「気は済んだか？」

「ひっ……‼」

先程までの威勢はどこへ消えたのか、不良達の表情はすっかり恐怖に歪んでいた。この程度の奴ら、呪文を使うまでもない。

「なら僕が見せてやるよ……本当の〝弱い者イジメ〟ってやつを」

「う……うわあああああああああ!!」

不良達は腰を抜かしながら走り去っていった。いくら外見が変わろうと、化け物は化け物。人を見た目で判断してはいけないと奴らも勉強になっただろう。


とまあ一悶着あったものの、僕は無事に雑貨屋の前に到着した。面接の時間に間に合ってよかった。見たところ既に開店しているようなので、花屋の時みたいに店主が逃亡したということはなさそうだ。

僕は身だしなみを整えつつ、服に返り血が付いていないかどうか確認する。なんかちょっと緊張してきたな。花屋の時は全く緊張しなかったのに、人間の姿になっているせいだろうか。

一つ目のバイトがあんなザマだったから、今度こそちゃんと働いてちゃんと給料を貰おう。もはや「覇王のイメージアップを目指す」という当初の目的から大きく逸脱しちゃってるけど気にしない!今は目の前のクエスト（というかバイト）を成し遂げることだけに集中だ!

さて、それでは店に入ろう。面接を受けに来た者が入口から入るのはどうかと思ったので、今回も裏口から入ることにした。

「すみません。面接を受けにきた者です」

今度はまともな言葉遣いでドアの向こう側に呼びかける。しかしいくら待っても誰も出てくる気配はなく、返事も一向にない。

おかしいな、開店してるんだから絶対に誰かいるはずなんだけど。もしかして今は手が離せない状況なのだろうか。

「失礼します」

鍵は開いていたので、僕はドアを開けてみた。するとそこには床に額を擦りつけて土下座をしている一人の男性の姿があった。

「差し出せるものは全て差し出します!! ですからどうか、娘の命だけは!!」

「……えーっと」

どうしたらいいのか分からず、僕は人差し指で頬を掻く。なんか似たような台詞を前にも聞いたな。きっとこの人が店主なのだろう。

「……あれ？」

男性は顔を上げて僕を見ると、ポカンとした表情になった。

「あの、覇王がこの店に面接を受けに来るって聞いてたんだけど、君は……？」

いかにも気の弱そうなその男性は戸惑いながら言った。一応覇王は覇王なんだけど、正体を明かすわけにはいかない。

「僕の名前が〝ハモウ〟といいますから、多分それで勘違いしちゃったんじゃないでしょうか？」

若干無理がある気がしたが、男性は納得した様子だった。

「そうだったんだね！ てっきり覇王がこの店を潰しに来るのかと思っちゃったよ！ よく考えたら覇王がわざわざこんな小さな雑貨屋を潰しに来るわけないもんね！ ごめんね驚かせちゃって！」

「はは……別にいいですよ。実際よく間違われますから」

今ここで【変身】を解いたらこの人がどんな顔をするか見てみたいものだが、さすがにそれは悪戯が過ぎるのでやめておいた。

「それで、面接は……？」

「え？　ああいいよいいよ面接なんて！　君真面目そうだし合格！」

いいのかそれで。

「いやー、本当に助かるよ。全然人手が足りなくて困ってたんだ。今日からよろしくねハモウ君！

あ、僕がここの店主ね！」

「……はい、よろしくお願いします」

そりゃ時給銅貨五枚で募集かけてたんじゃ足りなくなって当然だろうなと思いながら、僕は店主と握手を交わした。下手すれば店主の右手を潰してしまいかねないので、握手一つでも力加減に苦労してしまう。

「今日から早速働いてもらいたいんだけど、いいかな？」

「あ、僕は全然大丈夫です」

「それじゃ、これが店の制服ね。更衣室はあっちだから」

僕は店主から制服を渡され、更衣室で着替えた。猫のような絵の刺繍《ししゅう》が入ったピンク色のエプロンという、なんとも可愛らしいものだったので一瞬着るのを躊躇ったが、これが制服なら仕方がない。

「まずは会計からやってもらおうかな。最初のうちは大変だと思うけど、慣れるまで頑張ってね」

「はい」

カウンターの方に目を向けてみると、そこには見た目三十代の屈強な身体つきの男性が腕を組んで立っていた。僕と同じ制服を着てるし、彼もこの店の従業員なのだろう。ピンク色のエプロンが全く似合っておらず、なんともシュールな光景である。

「あ、彼はキエルさんね。何か分からないことがあったら彼に色々と聞くといいよ」

「分かりました」

僕はカウンターの内側に入り、キエルさんに頭を下げた。

「今日からこの店でお世話になるユー……ハモウです。よろしくお願いします」

「……新入りか」

キエルさんは威圧感のある声で言った。

「いいか少年、ここは戦場だ。気を抜いたら一瞬でやられる。死にたくなければ俺の背中を見て生き抜く術を学ぶことだ」

いや、ここ雑貨屋だよね？　ただのバイトにどんだけ命懸けてんのこの人。

「それにしても、労働というのはいいものだな。汗水垂らして稼いだ金で飲む酒は非常に旨い。自分が生きていると実感できる」

おまけになんか語り出した。このバイトってそんなに汗水垂れないと思うんだけど。

「キエルさんはこの店で十五年働いてる大ベテランなんだよ」

「十五年⁉」

店主の言葉に僕は驚愕した。時給銅貨五枚でよくそんなに働けるな！

「経歴など戦場では何の役にも立たない。生きるか死ぬか、ただそれだけだ」

「はあ……」

「それと少年、戦場での私語は厳禁だ。奴らを決して侮ってはならない。ほんの少しの油断が命取りになることを肝に銘じておけ」

奴らって誰だよ。あとバイトに私語が厳禁というのは分かるけど、アンタの私語の方が問題だよね。色々とツッコミどころが多すぎる。

にしてもバイト初日でいきなり会計を任されることになるとは。人間時代のコンビニバイトじゃ会計の処理はほぼ全て機械がやってくれたので楽だったけど、この世界の文明はそこまで発展していないので、計算は全て暗算で行わなければならない。

と言ってもこの店のほとんどの商品は銅貨○枚や銀貨○枚といったシンプルな値段設定なので、計算はそこまで苦にはならないだろう。何か分からないことがあったらキエルさんに聞けばいいしな。

「いらっしゃいませお客様。商品をお預かりいたします」

すると一人の男性客がキエルさんの前に皿とコップを一個ずつ置いた。皿の値札には銅貨十二枚、コップの値札には銅貨六枚と書かれている。

「二点で銅貨十八枚のお買い上げでございます。こちら割れ物になりますので紙で包ませていただきます」

流石は大ベテラン、接客がとても安定している。ピンクのエプロンを着た筋肉質のおっさんが丁寧に応対している光景はなんだか面白くて笑ってしまいそうになるけど。

その客は銀貨一枚をカウンターに置く。するとキエルさんはそれを見て目をパチクリとさせた。

「お客様、銅貨十八枚のお買い上げなのですが……」

「ええ。だからこれで」

「…………」

キエルさんの身体が硬直する。間もなくその頭から煙のようなものが出始めた。いかん、この人完全に錯乱してる！

ここは僕がなんとかしなければ。確か銀貨一枚は銅貨百枚と同じ価値だったはずだから……。

「キエルさん、銅貨八十二枚のお釣りを渡してください」

僕が小声で囁くと、キエルさんはハッと我に返ったような顔になる。

「も、申し訳ございませんお客様!!」

キエルさんは慌ててカウンターの引き出しを開ける。

「えーっと、銅貨が一枚、二枚、三枚、四枚……」

「キエルさん。横に銅貨十枚がまとめて入った袋があるみたいですから、それを八つと銅貨二枚を渡せばいいんじゃないですか？」

「!!　も、もちろん分かっているとも！」

キエルさんは銅貨十枚入りの袋八つと銅貨二枚を男性客に手渡した。

「大変お待たせしました、銅貨八十二枚のお釣りでございます。ありがとうございます、またお越しくださいませ」

男性客は苦笑いを浮かべながら店から出て行った。キエルさんは安心したように大きく息を吐く。

「ふっ、なかなかやるなハモウ。分かっていると思うが、今のはお前の実力を計る為にワザと取り乱したフリをした。本来の俺ならば問題なく対応できた」

絶対素だったよな。

「この過酷な戦場で生き抜きたければ今のような不測の事態にも冷静に対処しなければならない。先人たる俺からの忠告だ」

「……はい」

不測というほどの事態でもなかった気がする。てか十五年の大ベテランがド新人の僕にフォローされるってどうなんだ。さっき流石とか褒めた自分がなんか恥ずかしい。

それから二時間が経った。その間もキエルさんは変なミスを連発し、その度に僕がフォローする羽目になった。本当に大ベテランなのかこの人と僕が疑っていると、店主がカウンターの所までやってきた。

「お疲れ様ハモウ君。二時間経ったから十分間の休憩に入っていいよ」

「あ、分かりました」

僕は横目でキエルさんの方を見る。

「キエルさんは休憩させなくていいんですか？　僕がこの店に来た時から今までずっとカウンターに立ってる気がするんですけど」

「戦士に安息の時間など不要。ほんの少しの油断が命取りになると言ったはずだ」

「……とまあ、彼は休憩することを頑なに拒むから、あれでいいんだよ。ハモウ君だけでも休憩しておいで」

「は、はい」

こうして僕は店主に休憩室まで案内された。畳が三枚しかない狭い部屋だが、身体を休めるには十分だろう。

「どうだいハモウ君、キエルさんと一緒に働いてみて」

「うーん、悪い人じゃないというのは分かるんですけど、なんというか……」

「まあ、彼はやる気はあるんだけど、とにかくミスが多くてね。店主の僕より年上というのも気まずいし、ぶっちゃけ辞めさせようかと思ってるよ」

凄いぶっちゃけた！

「はは、もちろん冗談だけどね。キエルさんの一生懸命さには僕も何度も元気づけられたし、ここまで店を続けてこれたのも彼がいたからと言っても過言ではないんだ」

「へー……」

にしてもわりと人のよさそうな店主なのに、なんで時給銅貨五枚とかいう鬼畜な労働条件を強いてるんだろうか。ちょっと聞いてみるか。

「この店の時給ってたったの銅貨五枚ですよね？　なんでこんなに低いんですか？」

僕は休憩室から出ようとした店主に問いかける。

「……実はちょっと前までは普通の時給だったんだけどね。従業員もキエルさんの他に何人かいたんだ」

「何か理由があるんですか？」

「……うん」

店主の表情に陰りが生じる。何やら深い事情がありそうだ。

「休憩時間中に悪いけど、ちょっと付いてきてもらっていいかな？」

「？　はい」

僕と店主は階段を上り、二階の部屋の前までやってきた。この店の二階は店主の居住スペースになっているようだ。店主はその部屋の襖を数センチだけ開ける。

「起こさないよう、そーっとね」

誰かいるんだろうかと思いながら、僕はその隙間から顔を覗《のぞ》かせる。そこには十歳くらいの女の子が布団で寝ているのが見えた。布団からはみ出た腕はやけに細く、顔色もあまりいいとは言えない、病弱そうな女の子である。

そういやこの店に来て土下座された時「どうか、娘の命だけは!!」と言ってたっけ。ということはこの子が……。

「僕の娘だよ。実は今とても重い病気に罹っていてね。毎日大量の薬を飲まないと生きられない身体になってしまったんだ」

店主はそっと襖を閉める。

「薬を買うにもお金が要る。だけど元々大して儲かってない店だったから、いずれ従業員に払う給料も、薬を買うお金もなくなってしまう……」

「だから従業員の給料を減らすしかなかったんですか」

「苦渋の決断だったけどね。なんせそれはこの店で頑張って働いてくれている人達への裏切り行為に等しいのだから。案の定、皆は次々と辞めていった。でもキエルさんだけは残ってくれたんだ」

店主は目を細めながら言った。

「こんな不甲斐ない店主のもとでずっと働いてくれてるキエルさんには本当に感謝しかないよ。あ、もちろんこの店に来てくれた君にもね」

「……娘さんの病気が治る兆しはないんですか？」

店主は静かに首を横に振る。

「分からない。だけど数年前に妻が病気で他界してしまって、もう僕には娘しか残っていないんだ。だから娘の命だけは絶対に守らないといけない」

店主の言葉から強い意志が感じられた。時給が銅貨五枚というのには一応理由があったわけか。

「！」

すると突然、階段の下からガラスが割れるような激しい音と、複数の悲鳴が聞こえた。一階で何かあったのかと思い、僕と店主は急いで階段を駆け下りた。

「死にたくなけりゃさっさと金を出しな!!」

そこには覆面を被った二人組の男がおり、その内の一人にキエルさんが銃を突きつけられていた。次々と店の外へ逃げていく客達。まさかの強盗である。

「ご、強盗……!!」

店主の顔が真っ青になる。僕に絡んできた不良といい、この強盗といい、この村の治安は一体どうなってるんだ。しかもこんな小さな雑貨屋を狙うか普通？

「でも兄貴、こいつかなり強そうじゃないっすか……？」

「ハッ。よく見ろよ、めっちゃ震えてんじゃねーか。ビビることたーねえ」

強盗の言う通り、キエルさんは汗をダラダラと垂らし膝をガクガクに震わせていた。

「ふ、ふふ。だだだだから言っただろう、こここここは戦場だとな……!!」

ダメだ、このおっさんは頼りになりそうもない。その筋肉質の身体は一体何の為にあるんだ。まあ銃を突きつけられてるんじゃ無理もないか。

「おら!! お前達は両手を上げて大人しくしろ!!」

強盗が僕と店主の方に銃を向ける。こんなものじゃDEF9999の僕にはかすり傷一つ負わせることはできないだろうが、店主は別だ。普通の人間が銃で撃たれたらタダでは済まない。

「呪文【絶対障壁】！」

僕は店主の前に無敵の障壁を出現させた。これで店主の安全は確保できた。

「うわあああああああああ!!」

「ななな何だお前は!? いつからそこにいた!?」

すると二人の強盗が僕を見て驚愕と絶望が入り交じった表情を浮かべていた。どうしたんだこいつら？ いつからと聞かれてもさっきからずっとここに――

「あっ」

僕は自分が覇王の姿に戻っていることに気付いた。しまった、他の呪文を使うと【変身】が解けることをすっかり忘れてた。

「ば……化け物……ブクブクブク……」

僕の姿を見た店主は白目を剥き、口から泡を噴いて倒れた。強盗じゃなく僕を見て気絶するって、なんかちょっとショックなんだけど。

ま、いいか。こいつらを懲らしめるにはこの姿の方が相応しいだろう。

「運が悪かったな強盗共。余の領域に自ら足を踏み入れてしまうとはな」

僕は強盗達の方にゆっくりと近付いていく。

「く、来るなあああああ!!」

強盗が引き金を引き、僕に向かって銃弾が放たれた。しかし今の僕にはその銃弾がシャボン玉のようにゆっくり動いて見える。

僕は銃弾を片手で受け止めた。唖然とする強盗達。

「余とキャッチボールがしたいのか？　なら次はこっちの番だな」

僕は銃弾を爪で弾く。その銃弾は強盗の顔面を掠め、外の地面に激突して大きな爆発を引き起こした。やばっ、巻き込まれた人とかいないよな？

「くそおおおお!!」

強盗が銃を乱射させる。僕の身体に銃弾が当たっては落ち、当たっては落ちる。当然僕へのダメージは0である。

「無駄だ。そんなオモチャでは余を楽しませることすらできんぞ」

「うわあああ!!」

「お、落ち着いてくだせえ兄貴!!」

すっかり錯乱状態に陥ったのか、その強盗は店中に銃を乱射し始めた。

すると銃弾の一発がキエルさんの方に飛んでいくのが見えた。しまった、そういやこの人も普通の人間だった！　やばい間に合わない!!

「!?」

キエルさんの額に銃弾が直撃した。だが驚くべきことに、キエルさんはビクともしておらず、額には傷一つ付いていなかった。

どうなってるんだと僕が疑問を抱いていると、キエルさんの目がカッと開いた。

「お前達……。こんなくだらないことやってないで、金が欲しかったらバイトでも始めたらどうだ!!」

「ひえええええ!!」

「すみませんでしたあああああ!!」

キエルさんの怒号によって、二人の強盗は慌てて店から逃げていった。別に追いかけて捕まえてもいいけど、面倒だし放っておくか。あいつらも十分懲りただろう。

「……驚いたよ。まさかお前の正体が覇王だったとはな」

キエルさんが僕の所まで歩いてくる。

「ほう、余のことを知っているのか」

「話だけは聞いていたが、まさかこんな形でお目にかかれるとはな。実はお前を一目見た時からただ者じゃないことは感じていた」

本当だろうか。この人のことだから後付けのような気がしてならない。

「しかし大したものだ。大抵の者は余の姿を見ると化け物に出くわしたかのような反応をするんだがな」

「俺はこの店で十五年戦い続けている歴戦の戦士だ。今更その程度で動揺はしない」

でも強盗に銃を突きつけられた時めっちゃ動揺してたよね?

「それに化け物だろうが何だろうが、共にこの戦場を生き抜いた仲間であることに変わりはないからな」

「……面白い男だ」

これまで人々からは恐怖の目で見られてばかりだったので、僕は新鮮に感じると同時にちょっぴり嬉しくなった。

「しかし今のを見ると、どうやら貴様もただ者ではなさそうだな」

「……さあな」

キエルさんは意味深な笑みを浮かべる。

「ふん。ま、詮索はしないでやろう。二度と会うこともないだろうしな」

「もうここには来ないのか？」

「当然だ。店主に余の正体がバレた以上、この店で働き続けるわけにもいくまい」

「……そうか。それは残念だ」

だがその前に一つやることがある。僕は階段を上り、店主の娘が寝ている二階の部屋に静かに入る。

そして僕は娘に右手をかざした。

「呪文【万能治癒】！」

僕は呪文を唱える。これでこの子の病気は完全に治った。薬漬けの毎日からも解放されるというわけだ。

階段を下りると、未だに床に倒れて気を失っている店主が目に止まった。一応【万能治癒】を使えば気絶から回復させることもできるけど……。

ま、この人はこのまま放置でいいか。娘の病気が治ったことを知ったらどんな顔をするのか見てみたかった気もするけど。

「さらばだ店主。二時間という短い間だったが、世話になった」

っと、もう一つやることがあった。ちゃんと働いた分の給料を貰わないとな。だけど店主はあんな状態だし勝手に頂いていこう。

二時間働いたから銅貨十枚、それと娘の治療代としてプラス銅貨三枚くらいは貰っておくかな。僕はカウンターの引き出しから銅貨十三枚を取り出し、ポケットに入れた。

「ではキエル。後のことは任せたぞ」

「ああ。さらばだ覇王」

僕は【瞬間移動】を使い、その店から姿を消した。二度と会うこともないとは言ったものの、キエルさんとはまたどこかで会うことになりそうな予感がした。


そして後になって僕は気付いた。「もしかして僕が病気の女の子を治したことを店主に広めさせていたら覇王の大幅なイメージアップに繋がったんじゃないか？」と。

僕は非常に後悔したのであった。

＊

二つのクエスト（という名のバイト）を終えた、同日の夜のこと。

「あっ……ダメですユート様……まだ抜いたら……」

「どうしたアンリ。緊張しているのか？」

「はい……初めてなので……」

「だが余はもう我慢の限界だ。そろそろ抜かせてもらう」

「あっ……そこは……あぁっ……!!」

「……ふう。ギリギリセーフだな」

僕とアンリは今、覇王城の大広間でジェ○ガをしていた。もちろんこのジェ○ガは僕の【創造】の呪文で生成したものである。

「ところでユート様。無知で申し訳ないのですが、これは何という遊びなのでしょうか……？」

「ジェ○ガだ。一見単純そうだが、なかなか奥が深いゲームだ」

アンリの反応を見る限り、どうやらこの世界にはこういった遊びは存在しないようだ。

「お前もずっと余の前で膝をついているだけでは退屈だろうと思ってな。たまにはこういうのもいいだろう」

「退屈だなんて……私はユート様の傍にいられるだけで幸せですから……」

「それともこの遊びはつまらないか？」

「い、いえ！　そんなことはありません！　凄く楽しいです！」

「ならばよい。さあ、次はお前の番だ」

実際ずっと玉座に座ってるだけというのはかなりしんどいからな。就寝にはまだ早いし暇潰しにはちょうどいい。

あと実はバイトを終えて大広間に戻ってくる前、こっそり自分の部屋で数時間寝ちゃったからあまり眠くないんだよな。おかげでMPもすっかり全回復である。

「ふう、なんとか抜けました……」

タワー全体をグラグラと揺らしつつも、アンリはブロックの一本を抜いた。なかなかやるなアンリ。

「ちなみにユート様、このゲームに負けた者はどうなるのでしょうか？　もしかして自害ですか？」

ただのジェ○ガがデスゲームに!?

「別にどうもしない。しかしまあ、何か決めておいた方が盛り上がるかもしれんな」

「何か……はっ！　でで、では、もし私が勝ったら、ユート様と、けけ、け、けっこ、ここ……!!」

「ん？」

「い、いえ!!　何でもございません!!」

アンリは顔を真っ赤にしてブンブンと手を振った。その風圧でタワーが倒れそうになるが、なんとか持ち堪えてくれた。

さて、次は僕の番だ。しかしゲームは終盤、もはやどこのブロックを抜いても崩れてしまいそうな気がする。

だが僕にもプライドがある。初めてジェ○ガをするアンリに負けるわけにはいかない。僕の高度なテクニックを見せてやるぜ！

「ユート様!!　ご報告申し上げます!!」

その時だった。一人の悪魔の声と共に大広間の扉が勢いよく開き、その振動でタワーがガラガラと崩れ落ちた。

しばらく呆然としてしまう。僕の番で崩れたってことは……。

「……余の敗北だ。潔く自害しよう」

「お、落ち着いてくださいユート様!! こんなことで自害する必要はございません!!」

まあもちろん冗談だけど、いつも些細なことで自害しようとするアンリに止められるとは。アンリは大広間に入ってきたその悪魔を鋭く睨みつける。

「貴様、なんてことをしてくれたのだ!! 今すぐ自害せよ!!」

「えっ!? も、申し訳ございません!!」

その悪魔から「何か悪いことしたっけ……!?」という心の声が聞こえてくるようだ。

「控えろアンリ。其奴も悪気があったわけではないだろう」

「ですが……!!」

「それより報告とは?」

「は、はい! 天使と思われる男が一名、城の入口から侵入してきました!!」

「……天使だと?」

話だけならこの世界に転生したばかりの頃に聞いたことがあったが、まさか本当に実在したとは。

「天使!? まさか七星天使の一人か!?」

「はい、自らを七星天使の一人ウリエルと名乗っています……!!」

アンリは目を大きく見開いていた。こんなに取り乱したアンリを見るのは初めてだ。どうやら七星天使というのは相当ヤバい存在のようだ。

「七星天使が直接城まで乗り込んでくるとは……!!　すぐに私が行く!!　ユート様はここで待機を!!」

「待て」

僕はアンリの肩に手を置いた。

「ここは余が対処しよう。七星天使がどういう輩か興味がある」

「で、ですが七星天使の狙いは十中八九ユート様です!!　ユート様の御身に万一のことがあったら――」

「ふっ。お前は余が天使一匹如きに敗れると思っているのか？」

「そ、そういうわけでは……!!」

「心配するなアンリ。余を誰だと思っている」

とは言ったものの、ウリエルという奴のステータスや能力は全くの未知数。なんか名前の響きから既に強そうだし、もしかしたら覇王である僕をも上回る存在かもしれない。恐怖心が全くないと言ったら嘘になる。

だがアンリ達に全部任せて僕一人だけ膝を抱えて待機、なんてことはできない。覇王に転生した以上、僕には悪魔達を守る義務がある。

「では参るとするか」

僕は【瞬間移動】を使い、城のエントランスホールに転移した。

そこには背中に大きな白い翼を生やした男が一人、大勢の悪魔に取り囲まれているのが見えた。あいつがウリエルか。なんか見るからに強そうなんだけど。

「ユート様だ！」

「ユート様がいらっしゃったぞ！」

悪魔達が騒ぎ立てる。するとウリエルは僕を見て不気味な笑みを浮かべた。

「……貴様が覇王か」

僕の背筋に悪寒が走る。だが恐がってはダメだ。ここは覇王らしく対応しないと。

「いかにも、余が覇王だ。貴様は七星天使の一人だと聞いているが」

「そう。この私こそ天使の頂点に君臨する七星天使の一人、ウリエルだ」

天使の頂点ってことは、天使の中で最も強い存在ってこと？　なんかますます不安になってきた。

だけど今更引き下がるわけにはいかない。

「お前達。巻き込まれたくなければ下がっていろ」

「は、はい！」

悪魔達が一斉に壁際に移動し、僕とウリエルが距離を置いて向かい合う。

「わざわざ遠い所からご足労だったな。お茶の一つも出してやれず申し訳ない」

「こちらこそ、こんな夜分に邪魔してしまったことをお詫びしよう。地上を観光していたらすっかり遅くなってしまってな。土産に覇王の首でも持ち帰ろうと思い、この城に寄った次第だ」

やはり狙いは僕か。

「ああそれと、この城に入ろうとしたら数匹の悪魔がいきなり攻撃してきたものだから、思わず全員殺してしまったよ」

僕の眉がピクリと動く。よく見るとウリエルの右手が血で赤く染まっていた。

「本当は半殺しにするつもりだったが、あまりに弱すぎたものでな。だが先に仕掛けてきたのは悪魔達なのだから、これは立派な正当防衛だ。悪く思わないでくれ」

「……気にするな。来客をもてなす教育が行き届いていなかった我々にも非がある。それで、この城に何の用だ？」

「さっきも言っただろう、土産に覇王の首を持ち帰ると。私はお前を殺しに来たのだ」

「……なるほど。ではこれから余が貴様に対して行うことも、正当防衛ということでいいのだな？」

僕の中には静かな怒りが芽生えていた。だがこいつの実力が分からない以上、一瞬たりとも気は抜けない。

「ふっ、笑わせるな覇王。貴様ごときでは私の攻撃をまともに防衛することすらできん」

「……どういうことだ？」

「まだ理解できないか。ならば私のステータスを刮目し、恐れ戦くがいい。ステータス開示！」

ウリエルの頭上にステータス画面が表示された。

ウリエル　Lv999

HP　67908／67908
MP　30976／30976
ATK　653
DFE　854

AGI　523
HIT　612

「……は？」

僕は唖然としてしまった。ウリエルのステータスを見た後、僕は改めて自分のステータスを確認してみた。

覇王　Lv999
HP　9999999999／9999999999
MP　9999999999／9999999999
ATK　99999
DFE　99999
AGI　99999
HIT　99999

よ……弱い……。

ウリエルのステータスを見せつけられ、僕が最初に思ったのはそれだった。七星天使の一人というから、最低でも僕と同じくらいのステータスは備えているだろうと想定していた。

しかし実際は予想の遙か下。これで天使の中で最も強い存在って……。僕の中でウリエルに対する恐怖心は完全に消滅してしまった。

「ふっ。どうやら驚きのあまり声も出ないようだな」

さも得意気にウリエルは言った。確かにこれは驚きのあまり声も出ない。

「これで私の言葉の意味は理解できたか？　貴様と私の間には圧倒的な力の差があることを思い知ったはずだ」

確かに圧倒的な力の差があるな。こいつの自信は一体どこから来るのやら。ウケを狙ってるんじゃないかとすら思えてきた。

「ユート様!!」

アンリが遅れてこの場に駆けつけてきた。アンリはウリエルの姿を見て瞠目する。

「あれが七星天使の一人……!!　ユート様、やはりここは私が引き受けます!!　ユート様はその間に避難を!!」

まったく、相変わらずアンリは心配性だな。この程度の奴を相手に心配されるようでは僕もまだまだだな。まあ一番の側近であるアンリですら僕のステータスは知らないし、気持ちは分からなくもない。

「案ずるなアンリ。ここは余に任せておけ。お前も他の悪魔達と共に余の戦いを見物しているがいい」

「で、ですが……!!」

「さあ、早く下がれ。巻き込まれたくなければな」

「……はい」

アンリはしぶしぶ後退した。それを見てウリエルはククッと喉を鳴らす。

「随分と配下想いの覇王だな。だが貴様の次はこの城にいる悪魔全員を始末する予定だ。ただ死ぬ順番が変わったにすぎん」

「御託はいい。それより早く始めようじゃないか」

「そうだな。ではこれより覇王の処刑を開始する。己の非力さを噛《か》みしめながら地獄に堕ちるがいい！」

「……ふっ」

なんだか滑稽に見えたので、思わず笑みをこぼしてしまった。普通に戦ったら勝負にならないだろうし、このままでは面白くない。ちょっと遊んでやるか。

「これから貴様に三つの選択肢を与えよう」

僕は右手の三本の指を立てながら言う。

「……選択肢だと？」

「一、余はお前の攻撃を一切防御しない。二、余はこの場から一歩も動かない。三、余は呪文を三つ以上使用しない。この三つの中から一つを選べ。それをハンデとして貴様と戦ってやる」

するとウリエルの額にピキピキと青筋が入るのが分かった。

「どうした、早く選べ。あと五秒で締め切るぞ」

「貴様……私を愚弄しているのかあ!!」

ウリエルが右手を掲げると、頭上に〝氷の槍〟が次々と出現した。

「喰らえ!!　呪文【氷槍《すいそう》の裁《さば》き】!!」

数多の氷の槍が僕に向けて投射される。僕は微動だにせず、ウリエルの攻撃をその全身で受け止めた。

「ユート様!!」

アンリを始め悪魔達の叫び声が聞こえる。

「ハハハハハ!!　どうだ覇王、私の氷の味は!!」

ウリエルの攻撃が止んだ後、僕は自分のステータスを確認した。

ＨＰ　９９９９９９９９８／９９９９９９９９９

「おおっ……！」

僕は感嘆の声を漏らした。覇王に転生して初めてダメージを受けてしまった。流石は七星天使の一人といったところか。一方のウリエルは驚愕の表情を浮かべていた。

「馬鹿な、私の【氷槍の裁き】を受けて立っていられるはずが……!!」

「いやいやお見事。まさか余が1ポイントもダメージを受けてしまうとはな。伊達に七星天使などと呼ばれてはいないようだ」

「1……ポイント?」

「この世界に蘇ってから余にダメージを与えたのは貴様が初めてだ。誇りに思うがいい」

「……ふ、ふふふ」

ウリエルが不気味に笑い始める。

「そうやって私の動揺を誘う作戦か？　今の攻撃をまともに喰らって1ポイントのダメージで済むはずがないだろう。実は既に立っているのもやっとのはずだ」

なかなか思い込みが激しい天使だな。よっぽど自分の力に自信があるのだろう。

「やせ我慢がいつまでも通用すると思うな!!　呪文【氷塊乱舞《ひょうかいらんぶ》】!!」

今度はいくつもの巨大な〝氷の塊〟が僕の視界を埋め尽くし、僕に襲いかかってきた。どうやらウリエルは氷系呪文の使い手のようだ。

HP　9999999995／9999999999

再度ステータスを確認する。今度は3ポイントのダメージか。さっきよりは少しだけマシだな。

「い、一体どうなっている⁉　何故倒れない⁉　何かの呪文で身を守っているのか⁉」

「安心しろ。余はまだ一度も呪文を使用していない」

「なんだと……⁉」

ウリエルの表情が大きく歪む。こいつのステータスがあまりにもアレだったから、もしかしたらステータスを補って余りあるほど所持呪文が強力なのかもしれないと考えていたが、その線もなさそうだ。少しでも警戒していた自分が馬鹿らしくなった。

「凄い……七星天使の攻撃をものともしていない……!!」

「流石はユート様だ……!!」

悪魔達の間からはこんな声が聞こえてくる。

「く、くそおっ!!」

僕に呪文が効かないと悟ったのか、ウリエルは右手に〝氷の剣〟を生成し、僕に向かって突進してきた。

「死ねえええええ!!」

「ぐっ⁉」

ウリエルの氷の剣が僕の胸に炸裂した。

「は、ははははは!!　どうやら呪文以外ならば効くようだな!!」

「……貴様の目は節穴か？」

氷の剣は僕の胸に刺さってすらいなかった。当然僕へのダメージは0。代わりに氷の剣に亀裂が生じ、バラバラに砕け散った。

また無意識に「ぐっ⁉」なんて声を出してしまった。中身が人間のままなせいか、こういうのは何度経験しても慣れないな。

「ば……馬鹿な……!!」

「氷槍なんとかや氷塊なんとかの方がまだ楽しめたぞ。さあ、次はどうする？」

「く、くそお!!　くそお!!」

ウリエルは氷の剣を生成しては斬りつけ、生成しては斬りつける。依然として僕はノーダメージ。もはや苦し紛れにしか見えない。

僕は溜息をつく。そして蚊を追い払うように、右手を軽く振った。

「ぷぎゃっ!!」

ウリエルは大きく吹っ飛び、入口横の壁に激突した。直後、ウリエルの身体は壁から剥がれ、ドサリと地面に落ちる。

「お……おのれぇ……!!」

ヨロヨロと起き上がるウリエル。ここまでくると少し可哀想になってきた。

「どうだアンリ。これでもまだ余の心配をするか？」

「いえ、滅相もございません。どうやら私はユート様のお力を完全に見誤っていたようです。今はただ自分の愚かさを痛感するばかりでございます」

恍惚な表情を浮かべながらアンリは言った。

「どうだ、七星天使の一人よ。これで貴様と余の間には圧倒的な力の差があることを思い知ったはずだ」

僕はウリエルから言われた台詞をそのまま返してやった。

「しかしガッカリだな。まさか天使がこれほどまでに貧弱な生き物だったとは」

試しに煽ってみたところ、ウリエルは大きく目を見開いた。

「貴様……今なんと言った……!?」

「どうした、聞こえなかったのか？　その若さで難聴を患うとは気の毒だな。それとも天使というのは歳を取っても外見は衰えないのか？　もしそうであるなら若いと言ったことは謝ろう」

更に僕が煽ると、ウリエルの拳がワナワナと震え出した。

「下等生物の分際で……調子に乗るなぁ!!」

ウリエルが両手を大きく広げた。何かする気か？

「今から私の奥の手を披露してやる。この私を挑発したことを後悔するがいい!!」

奥の手なんてものがあったのか。だったらもっと早く見せればいいのに。

するとウリエルの周囲に無数の〝氷の塊〟が出現した。また氷塊なんとかという呪文かと思いきや、氷の塊が一カ所に集まっていくのが分かった。

氷の塊は何かを形作りながら加速度的に大きさを増していく。やがてそれは城の一階の天井をも突き破り、氷の巨人へと姿を変えた。

「なんだこの化け物は……!?」

「あり得ない……!!」

その巨人の出現に悪魔達が驚嘆する。体長は二十メートル以上あるだろう。天井を壊すなんてはた迷惑な巨人だ。

「これが私の最上級呪文【氷岩巨人《ひょうがんきょじん》】だ!! 恐怖するがいい!! 絶望するがいい!! ハハハハハ!!」

ウリエルは豪快に高笑いをしてみせる。

「どうした覇王!! 何か言ったらどうだ!?」

「………」

「ふっ、どうやら恐怖のあまり言葉を失っているようだな!! だがこれで貴様は命をも失うことになる!!」

氷の巨人が僕を叩き潰すべく、大きく腕を振り上げた。

「やれ、氷岩巨人!! 覇王を亡き者にするのだ!!」

そして巨人の腕が僕目がけて振り下ろされた。ダイナマイトが爆発したかのような巨大な音が城内に響く。

「さらばだ覇王!! ハハハハハハハハハハ……ハ？」

途中でウリエルの高笑いが止まる。僕が平然と立っていることに気付いたからだろう。

ＨＰ　９９９９９９９７５／９９９９９９９９９

なるほど、流石は最上級呪文。僕のＨＰが20も削られてしまった。

「ど、どうなっている!?　貴様は一体何なのだ!?」

ウリエルの表情はすっかり絶望の色に染まっていた。さっき僕に絶望するがいいとか言ってたのに、逆に自分が絶望してしまったようだ。

「今更な質問だな。余は悪魔の頂点に君臨する者、覇王。それだけだ」

「……!!」

「だが恥じることはない。なんせ余のＨＰを20ポイントも削ったのだからな。むしろ誇るべきことだ」

「……は？」

「さあ皆の者。この天使に称賛の拍手を贈るのだ」

見物している悪魔達に呼びかける。皆は疎らながらも拍手をしてくれた。

「ま、待て!!　氷岩巨人の攻撃を正面から喰らって20ポイントしかＨＰが減らなかったというのか!?」

「だからそう言っているだろう」

僕は足下に落ちていた瓦礫を拾い上げ、氷の巨人に向かって投げる。その瓦礫は巨人の腹を貫通し、そこからピキピキと亀裂が生じる。やがて地震で倒壊するビルのように、巨人は崩れ落ちた。

「わ……私の最上級呪文が……こんなあっさり……!?」

「そう落ち込むことはない。今の攻撃を五億回繰り返せば余のHPを0にすることができるぞ。もっともその前に貴様のMPが尽きるだろうがな」

「五億……⁉　それだと貴様のHPは百億近くあることに……‼」

「ほう、計算が早いな。ま、冗談だと思いたいのなら勝手にするがいい」

僕のステータスを見せて更に絶望させてやってもいいけど、この世界ではステータスは他人に見せないのが一般的みたいだからな。中にはこいつみたいに堂々と見せびらかす奴もいるようだが、僕はそんな真似はしない。

それに、僕のステータスを見たらこいつは完全に戦意を喪失してしまうだろう。それでは制裁のし甲斐がない。

「どうした、もう打つ手なしか？　ならばそろそろ余の呪文もご覧に入れようか。余の可愛い部下達を手にかけた罪はきっちりと償ってもらおう」

僕は指先を前に向けた。ウリエルの肩がビクッと揺れる。

「呪文【災害光線】‼」

シーン……。

あれ？　おかしい、呪文が発動しない。一体どうして――

あっ！　そうだった、【災害光線】はリナに【能力付与】であげちゃったから今の僕は使えないんだ！　すっかり忘れてた！

「ユート様、一体どうなされたのだ……？」

「まさか呪文の発動を失敗されたのでは……？」

悪魔達の間からこんなヒソヒソ声が聞こえてくる。やばい、メッチャ恥ずかしい。誰か助けてくれ！

「馬鹿者!! ユート様ともあろう御方が失敗などするはずがなかろう!! これは【災害光線】を使うまでもないということを遠回しに意味しておられるのだ!! そんなことも分からんのか!!」

アンリが悪魔達に大声で怒鳴った。ナイスフォローだアンリ！ アンリの思い込みの激しさもたまには役に立つな！

「アンリよ、よくぞ代弁してくれた。この程度の奴に【災害光線】など勿体ない。下手をすれば皆まで巻き込んでしまう怖れもあるからな」

悪魔達は「なるほど！」「そうだったのか！」と納得していた。僕はホッと安堵し、他の攻撃系呪文を使うことにした。

えーっと、どれにしようか……。よし、この呪文にしよう。

「呪文【大火葬《だいかそう》】!!」

僕は威力を5％程度に抑えた【大火葬】をウリエルに対して発動した。ウリエルを中心に炎の渦が巻き起こる。

「うあああああああーーーーー!!」

ウリエルが悲痛な声を上げる。こいつのＤＥＦの数値ならこれくらいの火力で十分だろう。

「はあ……はあ……!!」

と思っていたが、炎の渦が止んでもウリエルは未だにくたばっていなかった。ちょっと威力が低すぎたか？

するとウリエルの全身が濡れていることに気付いた。なるほど、全身に氷を纏《まと》ってダメージを最小限に抑えたわけか。なかなかしぶとい。

「下等生物が……そう易々と私を殺せると思うな……!!」

「ふっ。この圧倒的な力の差を前にして、まだ心が折れていないとは大したものだ。その強靭な精神力だけは認めてやろう」

だけどもう奥の手も見たことだし、これ以上戦いを長引かせる意味はなさそうだ。

「では、そろそろお遊戯は終わりにしようか」

「……お遊戯……だと……!?」

二回続けて【大火葬】というのも芸がないし、また氷で身を守られたりしたら面倒だしな。ここは一発で確実に葬れる呪文を使うことにしよう。

「最期に一つ聞こうか。貴様が余を殺しに来たのは天使としての矜持《きょうじ》を守る為か？　それとも誰かに依頼され、金などで釣られたか？　ま、その卑しい面を見る限りでは後者の可能性の方が高そうだがな」

「……黙れ……下等生物が……!!」

ウリエルは満身創痍ながらも、野獣のような目で僕を睨みつける。

「やれやれ、さっきから下等生物下等生物と……。一体どちらが下等生物なのか、あの世でじっくり考えることだな」

僕はウリエルに向かって右手をかざした。これがこいつに対して使う最後の呪文だ。

「呪文【死《し》の宣告《せんこく》】!!」

その呪文の発動により、一瞬だけ視界が暗転する。これでウリエルは終わった。

「ひっ……!?」

ウリエルの表情が恐怖に歪む。葉脈のような黒い筋が、ウリエルの身体を足の方から蝕《むしば》んでいくのが分かった。

「何だ!? 何だこれは!!」

「【死の宣告】。文字通り対象の相手に死を宣告する呪文。お前の余命は残り六十秒だ」

「……は？」

ウルエルの口がポカンと開く。やがてその身体はガタガタと震え始めた。

「嘘だ……嘘だ!! そんな反則的な呪文があってなるものか!!」

「ああ、確かに反則的だな。だからこの呪文を使用するにはＭＰを１０００００も消費してしまう。もっとも余のＭＰの前では些細な問題だがな」

この間にも、ウリエルの身体は黒い筋によって蝕まれていく。

「は、はったりだ!! 貴様にそんな呪文があるのならもっと早く使っていたはずだ!!」

「言っただろう、お遊戯は終わりにすると。簡単に殺してしまってはお遊戯にならないだろう。ま、ジェ○ガの次くらいには楽しめたかな」

「わ、私は信じない!! 下等生物の呪文一つでこの私が死ぬなど……!!」

「信じる信じないは貴様の自由だ。あと三十秒もすれば自ずと答えは出る。結果を楽しみにしておくがいい」

その黒い筋は既にウリエルの首のあたりまで蝕んでいた。

「わ……私は……こんなところで死ぬわけには……!!」

「残念だがこんなところで死んでもらう。貴様が余の配下を手にかけていなければ命だけは助けてやったかもしれないがな」

「嫌だ……嫌だあああああーーーーー!!」

ウリエルは必死に藻掻き苦しむ。だが一度発動した【死の宣告】を止める術はない。

「本来なら【死の宣告】は発動から十五秒後に対象を葬る呪文だが、死に際の台詞を考えるくらいの猶予は欲しいだろうと思い、特別に六十秒まで延長してやった。余の慈悲深さに感謝することだ」

「……!!」

「さあ、貴様の命が尽きるまで残り十秒だ。『私は七星天使の中でも最弱……』とかいう台詞を吐くなら今の内だ。余の慈悲を無駄にするつもりか?」

残り三秒。ようやく全てを諦めたのか、ウリエルの動きが止まる。直後、ウリエルは天を仰ぐように両手を大きく広げてみせた。

「私は……誇り高き……七星天使の一人だああああーーーーー!!」

ウリエルは城全体に響き渡るくらいの大声で、高らかに叫んだ。

そして、呪文発動から六十秒が経過。再び視界が暗転する。ウリエルは電池が切れたロボットのように動かなくなり、そのまま地面に倒れた。もう二度とウリエルが起き上がることはなかった。

「……最期の台詞にしてはやけに陳腐だったな。だが、最後まで闘志を失わなかったその姿勢には敬意を表してやろう。安らかに眠れ、ウリエル」

僕は最後にようやくウリエルの名を口にした。

「一、余はお前の攻撃を一切防御しない。二、余はこの場から一歩も動かない。三、余は呪文を三つ以上使用しない。結局最初に提示した選択肢を全て満たした上で勝利してしまったな」

そう呟きながら、僕は周囲を軽く見回してる。すると見物していた悪魔達が全員唖然としていることに気付いた。

あれ、皆もしかして引いてる？　ちょっとやりすぎたかな？　でもこちらだって悪魔を数人殺されてるし、これでも手心を加えた方だろう。

「し、七星天使の一人を、まるで赤子の手を捻るように……」

「ユート様に対抗できる者がいるとしたら七星天使くらいだと思っていたが、その七星天使ですら全く歯が立っていなかった……」

「もはや天使など敵ではない！　ユート様がいれば人間だけではなく天使の絶滅も夢ではないぞ！」

「覇王軍の総力をもって天使を根絶やしにするのだ!!」

「うおおおおおおおおお!!」

悪魔達の間から歓声が湧き起こった。ってちょっと待って、なんかいつの間にか天使を絶滅させる流れになってないか？　さすがにそこまでやるつもりはないんだけど。もちろん人間を滅ぼうとも思っていない。

「ユート様ー!!」

するとアンリが号泣しながら僕のもとに駆け寄ってきた。

「私、感動してしまいました!!　七星天使を前にしてもあの威風堂々としたお姿は圧巻の一言でございます!!　もう一生、いえ来世までユート様に付いていきます!!」

「……そ、そうか」

また来世があるとしたら今度は人間に戻りたいものだ。

「！」

ウリエルの死体に目をやると、その身体は徐々に塵へと変わっていき、やがて空気中に溶け込むようにして消滅した。

どうやら天使というのは死んだらこのように自然消滅するようだ。死体を片付ける手間が省けるから助かるな。そんなことを思いながら僕は振り返った。

「ではアンリ、大広間に戻ってジェ○ガの続きをやろうではないか。先程は負けてしまったが、次は余が勝たせてもらう」

「か、かしこまりました！」

ゲームに関してはちょっとだけ負けず嫌いな僕であった。

＊

異世界『ラルアトス』の遙か上空に広がる領域。そこでは老若男女の天使達がそれぞれの生活を営んでおり、『天空の聖域』と呼ばれている。

天使の生活形態は人間とほとんど変わらず、友達とじゃれ合う子供や、ベランダで洗濯物を干す女性、杖をつきながら散歩をする老人など、地面が雲になっていることを除けば地上でもよく見られる光景である。

そして『天空の聖域』の中心に、まるで権力を誇示するようにそびえ立つ一つの城。全てが白で塗り固められたその城の名を『七星の光城』という。その一室では、七星天使の内四人が集結し、円形テーブルの椅子に座っていた。

椅子を前後に揺らして退屈そうに後頭部に手を回す、不良顔の男天使。金平糖のようなお菓子をポリポリと食べる、少女顔の女天使。緊張した様子で膝の上に拳を置く、少年顔の男天使。腕を組んで真剣な表情で腕を組む、大人びた顔の女天使。

「おいおい。イエグ、キエル、ウリエルがいつまで経っても来ねーじゃねーか。あいつらどこで油売ってやがんだ？」

不良顔の男天使が苛ついた顔で言う。

「イエグは現在『狂魔の手鏡』の破壊任務を継続中じゃ。キエルはおそらく地上でバイトじゃろうな」

大人びた顔の女天使が答える。

「けっ、あいつまだそんな奇特なことやってやがんのか。そんでウリエルは？」

「ウリエルは……これから話す」

「あぁ？　もしかして俺達に緊急招集をかけた理由と関係あんのか？」

「……その通りじゃ」

「ったく、勿体つけてねーでさっさと話せよセアル。いい加減待ちくたびれたぜ」

セアルと呼ばれた女天使は小さく息をつく。

「そうじゃな。ではこの四人だけで始めよう。ミカ、一旦菓子を食うのは止めるんじゃ。ラファエもよく聞いておけ」

セアルに注意され、ミカと呼ばれた女天使は菓子を食べる手を止めた。ラファエと呼ばれた男天使も顔を上げる。

「ガブリが言った通り、お主達を招集した理由はウリエルにある」

「くくっ。あいつのことだからタンスの角に指でもぶつけて入院したか？」

「口を慎めガブリ」

「へいへい」

ガブリと呼ばれた男天使は呑気に返事をする。しばらく沈黙が訪れた後、セアルは沈痛な面持ちで口を開けた。

「……ウリエルが殺された」

セアルの言葉にミカはピクリと眉を上げ、ラファエは目を大きく見開き、ガブリは腹を抱えて笑い出した。

「ははははは！　あの馬鹿死にやがったのか！　ウケるわマジで！」

「ガブリ貴様!!　一体何を笑っておる!!　我ら七星天使の一人が死んだんじゃぞ!!」

「いやあ、わりぃわりぃ。くくっ……」

ガブリが笑いを堪える中、ラファエは椅子から立ち上がった。

「本当に……本当にウリエルさんが死んだんですか!?」

「うむ。下級天使の目撃情報も複数あるので間違いないじゃろう」

「そんな……ウリエルさんが……!!」

ラファエは信じられないような表情で、ヘタリと椅子に座り込んだ。

「んで、ウリエルは誰に殺されたんだ？」

「……悪魔の頂点に君臨する男、覇王じゃ」

セアルがそう言うと、ガブリは不敵な笑みを浮かべた。

「なるほどねえ。覇王がこの世界に蘇ったという噂は聞いていたが、どうやら本当だったみてーだな。ま、七星天使を殺せる奴となると覇王くらいしかいねーからな」

「下級天使の報告によると、ウリエルは単独で覇王城に乗り込み、覇王に返り討ちに遭ったそうじゃ。覇王の力を侮った結果じゃろう……」

「ははははは！　俺らに何の断りもなく勝手にそんなことしやがったのか！　なんともあいつらしい哀れな最期だなあオイ！」

「口を慎めと言っておるじゃろうガブリ!!」

「おお、怖い怖い」

セアルは悔しさを滲ませた顔で拳を強く握りしめる。

「確かにウリエルの行動は愚かだったかもしれん。だがウリエルの犠牲を無駄にしない為にも、我々は絶対に覇王を滅ぼさねばならん」

「ウリエルなんざどーでもいいが、覇王を放置しておくわけにはいかねーよなあ。覇王の目的は人間共を滅ぼすことなんだろ？」

「うむ。か弱い人間共を守ることも七星天使の使命の一つじゃ。覇王が人間領への侵攻を始める前に、何としても手を打つ必要がある」

「で、でもどうするんですか？　ウリエルさんを殺すほどの力を持っているのなら、僕ら七星天使でも厳しいんじゃ……」

ラファエが震えた声で言う。

「けっ、相変わらずヘタレだなラファエ。だがまあウリエルみてーな何の考えもなしに覇王に喧嘩《けんか》売るような馬鹿げた真似はしねー方がいいかもしんねーな。何か策でもあんのかセアル？」

セアルは腕を組み、目を閉じる。やがてセアルは静かに口を開けた。

「……まずは覇王の配下の一体を捕獲し、奴らの出方を窺う」

「ははははは！　これまたベタな方策だなあ！　だがモブ悪魔を一匹拉致《らち》したくらいで覇王が人間領への侵略を止めるとは思えねーけどな！」

「そんなことは分かっておる」

セアルは懐から〝ある女悪魔〟の顔が描かれた紙を取り出し、テーブルの真ん中に置いた。

「ほう、こりゃ随分と上玉の女じゃねーか。わざわざ俺の為に見合いの相手を探してきてくれたのか？」

「ガブリ、貴様はもう喋るな」

「冷たいねえセアルは。ミカみてーに何も喋らねーよりはマシだと思うけどな」

ミカはいつの間にか菓子の摂食を再開していた。

「で、俺の見合い相手じゃねーとしたら誰なんだ？」

「此奴は覇王の一番の側近。名をアンリという」

そう、セアルが見せた紙に描かれていたのはアンリの顔だった。

「おいおい、覇王にはこんな可愛い側近がいんのかよ！　毎日あんなことやこんなことがし放題なんだろうなあ！　羨ましいぜマジで！」

「……此奴を捕らえれば間違いなく覇王に大きな圧力をかけることができるじゃろう。それに一番の側近である此奴なら覇王の弱点を知っておるかもしれん。拷問でそれを吐かせることができれば尚よい」

「くくっ。まあ俺は別に構わねーが、捕獲だの拷問だの、まるで天使の所業とは思えねーなあ」

「正直ワシも気は進まん。だが覇王を滅ぼすには手段を選んでいる余裕などない、ということじゃ。異存のある者はおるか？」

ミカはお菓子を口にくわえながらコクリと頷く。ラファエは何か言いたげな顔だったが、口には出さずに俯いた。

「というかミカはちゃんとワシの話を聞いとるのか？　さっきから菓子を食ってばかりじゃが」

「……聞いてる」

ようやくミカが言葉を発した。

「覇王なんて私にはどうでもいい。私はお姉ちゃんを殺す為だけに七星天使になったのだから」

「……まったく、相変わらずじゃなミカは」

セアルが溜息をつく中、ガブリはアンリの顔が描かれた紙を指で摘んでヒラヒラとさせていた。

「そんで、誰がこのアンリちゃんを捕らえに行くんだ？」

「此奴の実力が分からぬ以上、我々七星天使が動くのは得策ではない。よってこの作戦は下級天使の人海戦術で臨むことにする」

「んだよ面白くねーなあ。ウリエルが殺されて臆病になっちまったのか？」

「……数は千もいれば十分じゃろう。多少の犠牲は出るじゃろうがやむを得まい。決行は三日後とする」

「っておい、とうとう無視かよセアル。誰が捕らえてもいいが、アンリちゃんの拷問は俺にやらせてくれよ？」

「……勝手にしろ」

セアルは呆れたように言った。

＊

ウリエルを葬ってから三日が経過した。現在僕はいつものように玉座に腰を下ろしながら、【千里眼】を使って人間領の村々を見て回っていた。目的はもちろん、覇王のイメージアップの足掛かりになりそうなものを見つけることにある。

ちなみに三日前のウリエルとの戦いで消費したＭＰは今朝になってようやく元の数値まで回復した。【死の宣告】でＭＰを１０００００も消費しちゃったから、さすがに一晩寝たら全回復というわけにはいかなかった。

また、ＨＰに関しては料理を食べたら回復するという新たな発見もあった。僕のＨＰを削ってくれたウリエルの功績だな。これは推測だが、おそらく自分が美味しいと感じるほどＨＰの回復は早くなる。では逆に不味いと感じたらＨＰは減少するのかと聞かれると、それは試してないから分からない。

「…………」

僕は【千里眼】で村を見て回っている内にあることに気付いた。よく考えたらこの呪文って、最強の覗き能力じゃないか？　今までは村全体の景色を見ることにしか使ってなかったけど、細部まで視界を飛ばすことも可能なはず――

っていやいや、何を考えてるんだ僕は。覗きは立派な犯罪だ。僕の呪文はそんな最低なことをする為にあるんじゃないだろう。

と何度も自分に言い聞かせたものの、己の煩悩には打ち勝つことはできず、女の子が住んでそうな一軒家に視界を入り込ませてしまった。僕も中身は思春期の男子。一体誰が責められようか。

「おっ……!!」

するとその家のお風呂場で身体を洗っている女の子を発見した。当然生まれたままの姿であり、しかもかなり可愛い。こ……これは……!!

「ユート様、どうなされたのですか？」

「!?」

目の前で膝をつくアンリの声で我に返った僕は咄嗟に【千里眼】を解除し、思わず玉座から立ち上がった。

「別に何でもないが？」

「ならよいのですが……。やけに呼吸が荒くなっておられたので心配になってしまいました」

そんなに荒くなっていたのか、と僕は顔に手を当てる。反省の意を込めて今日はもう【千里眼】は封印しよう。そもそも男の煩悩と【千里眼】の相性がよすぎるのがいけない。こんなの絶対覗きに使っちゃうだろ。

「それにしても、今日はやけに外が騒がしいな」

立ち上がったついでに僕は窓際まで歩き、城の外を眺めてみた。すると大勢の悪魔が城の入口に向かって長蛇の列を作っているのが見えた。

なんだこれ？　覇王城は行列のできるラーメン店にでもなったのか？

「アンリ、これは一体何の騒ぎだ？」

「全て覇王軍への入隊志願者でございます」

「……入隊志願者？」

「この三日の間にユート様が七星天使の一人を倒されたという噂が悪魔領全土に広がったらしく、それを耳にした野良悪魔達がユート様にお仕えしようとああやって並んでいるのでございます」

なるほど、そういうことか。

「もちろん悪魔なら誰でも入隊できるというわけではございません。それ相応の力を備えているか、謀反を起こす要素はないかなどの厳正な審査をいくつも経た後、覇王軍への入隊が決まります」

「そうか。皆には苦労をかけるな」

「いえ、滅相もございません」

覇王軍の規模が大きくなるのは全然構わないんだけど、城の食糧が足りなくなったりしないか心配だ。まあいざとなったら僕が【創造】で食糧を生成すればいいから特に問題ないか。そんなことを考えながら、僕は玉座に座り直した。

それにしても暇だ。今日はもう【千里眼】は封印すると決めたし、また大広間で過ごす一日になりそうだ。

なんかやることないかなー。ジェ○ガは飽きるほどやったし、次は何か違う遊びをしよう。色々と考えた後、僕はポンと手を打った。

「アンリよ。今からドミノをやるぞ」

「……ドミノ、でございますか？」

アンリは不思議そうに首を傾げた。


というわけで、僕は【創造】で様々な色のドミノ牌を大量に生成し、アンリと二人でドミノをやることになった。せっかくこんなに広い大広間があるのだから活用しない手はないだろう。狙うは巨大なチューリップの形を完成させることである。

「これがドミノというものなのですね」

アンリは興味深げにドミノ牌を並べていく。どうやらこの世界にはドミノも存在しないようだ。

「ですがユート様、何故このようなゲームを？」

「ドミノは極限まで集中力を高めなければ最後まで成し遂げることができない究極のゲームだ。この集中力は敵と相対した時にも必ず活きてくるだろう。今までやっていたジェ○ガにも同様のことが言える」

「なるほど、流石はユート様。そのような深い考えがおありだったのですね」

もちろんたった今思いついたことを言っただけである。

「うっかり足で倒したりしないように気を付けるのだぞ。全てが水の泡になってしまうからな」

「かしこまりました」

僕はアンリに指示を出しながら、ひたすらドミノ牌を並べていく。こんな覇王の姿は端から見たらなんともシュールな光景だろうな……。


それから数時間が経過した。僕は額の汗を拭い、全体を見渡してみる。今に至るまで大きなミスもなく、いよいよ完成間近である。

「アンリよ、もう一踏ん張りだ」

「御意！」

アンリが気合いの入った返事をする。アンリはここまで僕の指示を完璧にこなしてくれていた。流石は僕の一番の側近である。

だが完成に近付くにつれ、僕の手に震えが生じてきた。やばい緊張してきた。落ち着け集中しろ。焦る必要はない。一つ一つ、慎重に並べるんだ。もう少しで僕は最高の快感を手に入れることが――

「たっだいまー！」

その時、誰かの声と共にいきなり大広間のドアが開いた。それにビックリした僕は思わず手元が狂ってしまい、目の前のドミノ牌を倒してしまった。そして連鎖的にドミノ牌の列が倒れていく。

「あっ、ちょっ……!!」

まだだ、まだ間に合う！　僕はそれを阻止しようと素早く手を伸ばした。しかしその拍子に足で背後のドミノ牌を蹴飛ばしてしまい、他の列まで倒れていく。

「ああっ……!!」

これじゃ今までの苦労が台無しに!!　何か、何かどうにかできる呪文はないのか!?　だが時は既に遅く、僕が目を回している間に全てのドミノ牌が倒れてしまった。

「………」

僕は絶望し、ガクッと肩を落とした。この世界に転生して最大の精神的ダメージである。いくらDEFが9999ある僕でも、精神的ダメージまでは防ぐことができなかった。

「ユート様、大丈夫ですか……？」

「……ああ、問題ない」

アンリが気の毒そうな表情で僕のもとに駆け寄ってきた。正直あまり大丈夫じゃないけど。するとアンリは大広間に入ってきた女悪魔をキッと睨みつけた。

「ペータ貴様!!　なんということをしてくれたのだ!!」

「えっ!?　ウチ何か悪いことしたっすか!?」

外見は十代半ば、セミロングの髪に、短いスカート。その可愛らしい顔立ちの女悪魔はアンリに怒鳴られて目をパチクリとさせていた。名前はペータというようだ。

「ユート様の崇高な神事の邪魔をするなど……!!　今すぐ自害せよ!!」

「落ち着けアンリ。彼女も悪気があったわけではないだろう」

あと崇高な神事は大袈裟すぎ。

「で、ですがユート様……!!」

「それより彼女は何者だ?」

「……私と同じ四滅魔の一体、ペータでございます」

「!」

僕は目を丸くしてペータの方を見る。彼女も滅魔だったのか。

前にも説明した通り、僕には〝四滅魔〟と呼ばれる四人の悪魔が仕えている。この城における地位は僕に次いで二番目に高い。その内の一人がアンリであり、同様にペータも滅魔の一人のようだ。

ついでに今更だけど、僕がこの世界に転生した経緯を簡単に説明しておこう。

以前も話したとおり、この世界『ラルアトス』は人間領が90%、悪魔領が10%を占めている。これをよく思っていない悪魔は多く、いつの間にか人間を絶滅させて『ラルアトル』全土を支配することが悪魔達の悲願となっていた。

悪魔の力は人間を遙かに凌駕しているので、普通であれば個体数の差を考慮しても人間を滅ぼすことなど容易いだろう。しかし人間の背後には天使の存在があり、悪魔は迂闊《うかつ》に手が出せないでいた。

そこで悪魔達は天使の力に対抗すべく、大昔に滅んだと言われる〝覇王〟の復活の儀式を執り行った。儀式にはかなりの下準備が必要だったらしいが、その辺の話は詳しく聞いていないので割愛しよう。

儀式自体は無事成功したものの、何故か途中で僕の意識が入り込んでしまい、姿と力は覇王、中身が阿空悠人の僕が誕生した、というわけである。

僕が復活した時はアンリ以外の滅魔は何かの任務を遂行中だったらしいので、この城にはいなかった。だからペータと僕が会うのはこれが初めてである。城に帰ってきたということは任務が完了したのだろう。

「おおっ⁉　貴方はもしや！」

ペータは僕の姿を発見すると、目をキラキラと輝かせながら僕に近付いてきた。

「貴方が覇王様っすね！　お初にお目にかかるっす！　あ、ウチはペータというっす！　よろしくお願いしますっす！」

「……うむ」

とても快活に自己紹介をするペータ。すると再びアンリがペータを睨みつける。

「ペータ!!　ユート様に向かってその下品な言葉遣いは何だ!!　自害するか言葉遣いを直すか選べ!!」

「よせアンリ。余は言葉遣い程度で気分を害するほど器量の小さき男ではない」

ぶっちゃけこれくらいフランクに接してくれた方が僕も気が楽でいい。

「だが、余のことは覇王ではなくユートと呼んでくれ。それさえ気を付けてくれたら余は別に構わん」

「御意っす、ユート様！」

しかしアンリは未だに納得のいかない様子だった。

「申し訳ございませんユート様。ユート様がお許しになられたとしても、やはり私は許すことができません」

「アンリは相変わらずカタイっすねー。ユート様が構わないとおっしゃってるんだから別にいいじゃないっすか」

「よくない!!　悪魔の頂点に君臨するお方に対する言葉遣いではない!!　私がそのおちゃらけた性格と共に矯正してくれる!!」

「しょうがないっすねー。ならこれで決着つけるっすか？」

ペータが拳をアンリに向かって突き出した。まさか喧嘩か？　これを止められるのは覇王である僕しかいない。すぐにやめさせせないと。

「お前達、争い事は――」

「ジャンケンっすよ、アンリ！」

えっ、ジャンケン？

「ジャンケンでウチに勝つことができたら自害でも何でもやってやるっすよ。さあ、どうするっすか？」

いや、真面目なアンリがそんな勝負に乗るはずが――

「いいだろう。受けて立ってやる」

受けるのかよ！

「よろしいでしょうか、ユート様」

「……うむ」

まあ殴り合いで決着をつけるよりは何倍も平和的な解決法だろう。

「今日こそ私が勝たせてもらう」

「ふっ、やれるものならやってみるっすよ」

二人の目から火花が飛び散る。ただのジャンケンなのに凄い気迫である。思わず僕はゴクリと喉を鳴らした。

「「ジャンケンポン!!」」

ペータが出したのはチョキ。アンリが出したのはパー。ペータの勝ちだ。

「いぇーい勝利ー！」

「だ、誰が一回勝負だと言った!!　これは三回勝負だ!!」

小学生か！


その後もアンリとペータのジャンケンは続いたが、アンリは一度としてペータに勝つことができなかった。

「ふっふっふ。一対一のジャンケンでウチに勝てる奴なんていないっすよ！」

「くっ……!!」

アンリはその場でガクリと膝をついた。強いなペータ。

「ところでペータよ。お前は一つの任務を遂行してきたそうだな。それについて余に詳しく話を聞かせてほしい」

「あ、はいっす！　これを入手する任務っす！」

ペータはポケットから白く尖ったものを取り出し、僕に見せてきた。何かの動物の牙だろうか。

「……ユート様は滅魔の任務についてはまだご存じなかったですね。私から説明させていただきます」

アンリがヨロヨロと立ち上がりながら言った。

「ユート様を復活する儀式を執り行う前のことです。ユート様のお力によって人間共が絶滅した後、この世界『ラルアトス』は悪魔が支配することになります。ですが悪魔は人間に比べると個体数が少なく、悪魔だけでこの世界の環境を維持するのは困難を極めると予想されました」

ちょっと待って。僕が人間を滅ぼす前提で話すのやめてくれる？

「そこで我々は『闇黒狭霧《あんこくさぎり》』の生成を思い立ちました」

「……闇黒狭霧？」

「闇黒狭霧を浴びた死体は〝半悪魔〟となって蘇り、悪魔の忠実な僕となります。人間が滅んだ後はこの霧を人間領に散布させ、人間の死体を半悪魔として利用する予定です。そうすれば環境の維持も可能になるでしょう」

僕がリナに使った【悪魔契約】の強化バージョンといったところか。怖ろしい計画を考えつくものだ。

「闇黒狭霧の生成には『ガンドルの牙』『エンダードの眼』『ヒュトルの爪』『ギラフの翼』という四つの材料が必要になるので、ユート様の復活に備えて他の滅魔が入手に向かいました。ペータが持ち帰ったのはその中の一つ『ガンドルの牙』です」

「いやー、大変だったっすよ。ガンドルはレベルが７００近かったから倒すのに苦労したっす」

えっとあの、僕は人間を滅ぼしたりしないからね？　そんなの集めてこられても困るんだけど。

「『ヒュトルの爪』『ギラフの翼』についても他二体の滅魔が確保に向かっておりますので、手に入り次第、覇王城に帰還する予定です」

「……残り一つは？」

「『エンダードの眼』については、申し訳ありませんが、まだエンダードの所在を掴めていない状況です。現在覇王軍の悪魔達が調査中ですので、エンダードを発見次第すぐに確保に向かいます」

永遠に見つかりませんように、と僕は心の中で祈った。

だってその四つが集まって『闇黒狭霧』を生成する条件が整ったら、完全に人間を滅ぼす流れになっちゃうよね。その前に何としても覇王のイメージをアップさせ、人間と悪魔が共存する世界を作るという僕の計画を現実のものにしなければ。

「ところでペータ。念話による報告では二日前に覇王城に帰還すると伝えていたではないか。一体どこで油を売っていた？」

さっきのジャンケンで一度も勝てなかったことを根に持っているのか、若干尖った声でアンリが問いかける。

「いやー、土産話が『ガンドルの牙』をゲットしたよーってだけじゃ味気ないと思って、人間領の村をいくつか滅ぼしてきたんすよ。そしたら遅くなっちゃったっす！」

ちょっとおおおおおおおおお!!　可愛い顔して何してくれちゃってんのこの子!!　そんなことしたら僕の計画がパーになっちゃうだろ!!

「ユート様に喜んでもらいたくて、ウチ頑張っちゃったっす！」

「……まあ、そういうことなら許してやろう。ユート様も期待以上の働きをしてくれたと満足そうにしておられる」

全く満足してないけど!?　何勝手なこと言ってんの!?

「わーい！　ユート様に褒められたっす！　嬉しいっす！」

いや僕何も言ってないよね？　僕は卒倒しそうになったが、なんとか持ち堪えた。

「……確かによくやってくれた、ペータ。だがこれからは人間の村を滅ぼすような真似は控えるのだ」

「えっ、どうしてっすか？」

「……知っての通り、余はいずれ全ての人間を絶滅させるつもりだ。あまりお前達が頑張りすぎると余の滅ぼす分がなくなってしまうからな。余はできるだけ多くの人間の悲鳴を聞きたいのだ」

と、いうことにしておこう。

「なるほど、分かったっす！」

「流石はユート様です。人間共の悲鳴が奏でる旋律を私も楽しみにしております」

二人が納得するのを見て、ひとまず僕は胸を撫で下ろした。

「それにしてもユート様って凄い人気っすねー！　城の入口で覇王軍の入隊志願者がメッチャ並んでるのを見てビックリしちゃったっす！」

ペータが窓を開け、下の方に身を乗り出しながら言う。やばい、ペータのスカートの中が見えそう。僕は咄嗟に目を逸らしたが、どうしてもチラチラと見てしまう。あれは……水色か!?

「ユート様の器量と魅力をもってすれば当然だ。おそらく覇王軍の規模は今の二倍以上になるだろう」

「おおっ！　それはワクワクっすねー！　おや？」

ペータが床に足を付け、今度は上の方に視線を移した。スカートの中が見えなくなり、ちょっとガッカリする僕。

「どうしたペータ？」

「なんだか大量のカラスがこちらに向かってきてるっす」

「……カラス？」

「いや、あれはカラスじゃなさそうっすね。背中から白い翼を生やして……あっ！　あれは天使の大群っす!!」

「……なに？」

僕とアンリも窓から空の方を見る。確かにペータの言う通り、大量の天使がこの城に向かって飛んでくるのが分かった。しかもかなり数が多い。五百……いや千はいるんじゃなかろうか。外に出ている悪魔達もこれに気付いたのか、散り散りになって逃げていくのが見えた。

「まったく。三日前のウリエルといいあの大群といい、天使というのはよっぽど暇な職業らしいな」

って、いつもジェ◯ガやドミノをやってる僕が言えたことじゃないか。すると大広間のドアが勢いよく開き、一体の悪魔が慌てた様子で入ってきた。

「ご、ご報告申し上げます!! 天使の大群がこの城に押し寄せております!! その数推定千!!」

「分かっている。外にいる悪魔達には城内に避難するよう伝えよ。アンリ、ペータ、行くぞ」

「かしこまりました」

「はいっす！」

城の入口付近は大勢の悪魔で混雑していることが予想されたので、僕、アンリ、ペータは窓から飛び降り、直接城の外に出た。流石は覇王の身体、ビル十階以上はあると思われる高さから着地しても痛くも何ともない。

顔を上げると、空は既に大量の天使で埋め尽くされていた。

「いたぞ！　あれがセアル様の言っていた女だ！」

「わざわざ城から出てきてくれるとはな！　炙り出す手間が省けたぜ！」

「だが殺すなよ！　生け捕りにして『七星の光城』まで連れて行くのだ！」

天使達の間からはこのような声が聞こえてくる。天使って常に落ち着いた敬語で話してるイメージが僕の中にはあったが、この世界の天使はそうじゃないらしいな。ウリエルの時も思ったけど、もっと天使らしい言葉遣いを身に着けてほしいものだ。

「どうやら天使共の狙いは私のようですね」

「そのようだな。一体何が目的なのやら」

「おおかたユート様の一番の側近である私を捕らえてユート様を脅迫する材料にする、拷問でユート様の弱点を吐かせる、そんなところでしょう。ユート様に弱点などあるはずもございませんのに、まったく愚かな者共です」

「……そうだな」

弱点というか、実は中身が人間という弱味ならあるけどね……。それを知っているのは僕の妹（という設定）のリナだけだ。

生け捕りにするならアンリよりもリナの方が天使達にとって都合がよさそうだが、おそらくまだリナの存在は天使達に知られていないのだろう。

「んー、どうやら全員下級天使みたいっすね。七星天使は来てなさそうっす」

「ウリエルが余に殺された反省を踏まえ、今回は七星天使は動かず下級天使の数で攻める戦法というわけか。蟻《あり》がいくら群がろうと象には敵わないことを教えてやろう……！」

「お待ちくださいユート様」

早速呪文を発動しようとした僕をアンリが制止する。せっかくちょっとカッコつけたところだったのに。

「天使共の狙いは私です。ならばここは我々滅魔にお任せください」

アンリとペータが僕の前に立った。

「ほう、お前達が？」

「七星天使ならともかく、このような雑兵共はユート様が手を下すまでもありません。いつもユート様に任せっきりでは我々の立つ瀬がございませんから」

「そういうことっす！　ユート様はのんびり一人ジャンケンでもしててくださいっす！」

「……そうか。ではアンリ、ペータ、任せたぞ」

「『御意！』」

そういやアンリとはこの世界に転生してからずっと一緒にいるけど、実際に戦うのを見るのはこれが初めてだな。ここは彼女達のお手並みを拝見することにしよう。

「覇王は気に留めるな!!　あの女の生け捕りだけに集中しろ!!　殺さなければ五体満足でなくても構わん!!」

「うおおおおおおおおおお!!」

剣を持った下級天使達がアンリに向かって一斉に飛んでくる。

「いやあ、アンリは人気者っすねー。なんだか嫉妬しちゃうっす！」

「余計な口を叩くなペータ」

「うひゃ、アンリに怒られちゃったっす。ならまずはウチからいくっすよ！」

ペータは一歩前に出ると、意気揚々と右腕を上げた。

「呪文【邪険外忌《ジャンケンゲーム》】!!」

すると天使達の動きが時を止めたかのようにピタリと止まった。

「な……なんだ……!?」

「腕が……勝手に……!!」

ペータの呪文の影響か、全ての天使の腕が強制的に上がっていく。

「いくっすよー！　ジャンケンポン！」

ペータはグーを出した。天使達もグー、チョキ、パーのいずれかを出している。

「な……なんだこれは……ぐああああ!!」

「助けてくれええええ!!」

そしてチョキを出した天使達が次々と塵となって消滅していくのが分かった。

「これがウチの【邪険外忌】の力！　強制的にジャンケンを行わせ、ウチに負けた者を絶命させることができるっす！　どうっすかユート様！」

「……凄い呪文だな」

「やったー！　またユート様に褒められたっす！」

ペータは無邪気に喜ぶ。ジャンケンで負けただけで死んでしまうとは怖ろしい。ペータがジャンケンに強い理由がなんとなく分かった気がした。

「さあ、もういっちょいくっすよ！　次は何人生き残れるかな？　ジャンケンポン！」

「うあああああああ!!」

「ぎゃあああああああ!!」

再度【邪険外忌】によって、ペータにジャンケンで負けた者が消滅していった。

「これくらいにしとくっすかね。んじゃ、あとはアンリに譲るっすよ」

「ああ」

今度はアンリが前に出た。ペータの呪文でだいぶ天使の数は減ったものの、それでもまだ半分近く残っている。

「ひ、怯むな!! 我ら天使の力を奴らに見せつけてやるのだ!!」

「うおおおおおおお!!」

再び天使達が決起の声を上げて飛んでくる。するとアンリは不敵な笑みを浮かべた。

「呪文【自害強要】」

その瞬間、天使達の一部の動きが止まる。そして自らの身体に剣先を向けた。

「ま……また腕が勝手に……うあああああ!!」

「嫌だ……嘘だろ……ぎゃあああああ!!」

天使達が次から次へと自分の身体に剣を突き刺し、消滅していく。

【自害強要】は文字通り自害を強要する呪文。ただし通用するのはレベル300未満の相手に限るがな」

天使達はまだ百体ほど残っている。つまりあいつらは全員レベル300以上の天使ということになる。

「き、聞いたか!? 今の呪文はレベル300以上には通用しない!! つまり我々には効かないということだ!!」

「恐れることはない!! 行くぞ!!」

勇敢にも生き残った天使達が向かってくる。

「仲間を九割近く失っても尚任務を遂行しようとするその心意気だけは褒めてやろう。だが……」

再び不敵な笑みを浮かべるアンリ。

「呪文【自害教唆】」

アンリがこの呪文を唱えた途端、天使達の顔がみるみるうちに青ざめていくのが分かった。

「もうダメだ……お終いだ……」

「死にたい……」

まるで会社をクビになったサラリーマンのように天使達は絶望していた。

「アンリよ、奴らは一体どうしてしまったのだ」

僕が問うと、アンリはゾッとするような笑みを浮かべた。

「あの天使達には今、恋人に振られ身内を全員失い仕事をリストラされ莫大な借金を背負った不幸が全て同時に押し寄せてきた感覚を味わってもらっています」

マジか。会社をクビになるどころの話じゃなかった。

「お前達、もう生きるのに疲れただろう。そろそろ楽になったらどうだ」

「そうだな……」

「死ぬか……」

アンリの一声で、残存していた天使達も次々と自害していった。

「いかかでしょう、ユート様」

「……なんともアンリらしい呪文だな。よくやった」

「勿体なきお言葉にございます」

言葉の裏で僕は戦慄を覚えていた。まさかアンリ達がこんな怖ろしい呪文を所持していたとは。これ、僕がいなくてもアンリ達だけで人間を滅ぼせるんじゃないの？

「相変わらずアンリの呪文はエグいっすねー」

「お前にだけは言われなくないな」

アンリとペータは余裕の表情。いくら下級天使の力が取るに足りないものでも千体も相手にするのは厳しいんじゃないかと不安だったけど、完全に杞憂だったようだ。でも皆殺しはちょっとやりすぎだったんじゃないかなあ……。

空を見上げると、まだ天使が一人だけ残っていることに気付いた。身体をガタガタと震わせており、もはや完全に戦意を喪失している。

「私の【自害教唆】が通用するのはレベル600未満の相手のみ。だがお前のレベルは600もないだろう？　お前は伝言の為に敢えて生かしたのだ」

アンリがその天使に向かって言う。

「七星天使に伝えよ。この私を生け捕りにしたければ、もっと骨のある奴を寄越せとな」

「ひ……ひいいいいい!!」

その天使は逃げるように去っていった。

斯《か》くして滅魔二人と下級天使千人の戦いは、滅魔二人の圧倒的な勝利で幕を下ろしたのであった。

もはや戦いと呼んでいいかどうかも分からないけど。

「ユート様！　ウチとアンリ、どっちの呪文が素晴らしいと思ったっすか!?」

「そんなの私の呪文に決まっているだろう」

「アンリには聞いてないっすよ！　ウチはユート様に聞いてるんす！」

「お前の【邪険外忌】は運という不確定要素があるのに対し、私の【自害強要】や【自害教唆】には確実性がある。よって私の呪文の方が上だ」

「アンリの呪文はユーモアが足りないっすもん。もっとウチの呪文を見習うべきっすよ」

「私の呪文を愚弄する気か!?　そもそも呪文にユーモアなど必要ないだろう！」

「ならどっちの呪文が素晴らしいか、ジャンケンで決めるっすか？」

「っ!?　じゃ、ジャンケンはさっきもやっただろう！　次は別の勝負で決めるぞ！」

「おやおや？　またジャンケンで完敗するのが怖いんすか？」

「うっ……!!　そ、そんなことはない！　いいだろう、ジャンケンで勝負だ！」

「決まりっすね。もう後から三回勝負とか言うのはナシっすよ？」

「分かっている！」

子供のような喧嘩を始める二人を見て、僕は溜息をつく。

「お前達、それくらいにしておけ。両者とも素晴らしかった。優劣などつけられるはずもない」

「「ユート様……!!」」

そもそも素晴らしいとかそういう価値観で測れるものじゃなかったよな……。と僕は思ったのであった。

第三章　魂狩り編

アンリとペータの手によって下級天使の大群が壊滅してから二日が経過した。『七星の光城』の一室には、先日と同じく七星天使のセアル、ガブリ、ミカ、ラファエの四人が集まっていた。

「イエグは『狂魔の手鏡』破壊の任務中だから仕方ないとして、キエルは今日も来ておらんのか──」

セアルが半ば呆れた顔で言う。

「はっ、あの馬鹿はバイトをクビにでもならない限り来やしねーだろ。それよりまた俺達を集めて今度はどうしたんだよセアル？」

そう言った後、ガブリはふと思い出したような顔をした。

「ああ、そういや下級天使共にアンリちゃんを捕獲するよう命じてたんだったなぁ。これはその祝勝会ってわけか。んで、アンリちゃんはどこにいるんだ？」

「……アンリの捕獲は失敗じゃ。下級天使はアンリともう一体、ペータという覇王の部下によって全滅させられてしまった」

セアルは苦々しい表情で言った。

「失敗だぁ!?　おいおい冗談じゃねーよ！　こちとらアンリちゃんの拷問を楽しみにしてたってのによお！　俺のワクワクを返せよマジで！」

「ガブリ貴様!!　千人もの下級天使が犠牲になったというのにそのふざけた態度は何じゃ!!」

セアルが大声で叱責したが、ガブリは平然とした顔で頭の後ろに両手を組む。

「俺に八つ当たりすんじゃねーよセアル。そもそもこの作戦を決行したのはお前だったじゃねーか」

「くっ……!!」

「つーかよぉ、覇王ならまだしもその部下に全滅させられるとか下級天使共どんだけ弱いんだよ！　しかもこっちは千人に対し向こうはたった二人とか、もはやギャグの領域じゃねーか！　はははは！」

ガブリが笑い飛ばす中、セアルは無言で拳を震わせる。やがて感情を落ち着かせるように大きく息をついた。

「……確かに、今回の件は覇王の部下達の力を侮っていたワシの責任じゃ」

「おっ、珍しく素直だなセアル。こりゃ明日は雪だな！」

「ここは雲の上だから雪は降らない」

ミカが菓子を食べる手を止め、ガブリにツッコミを入れた。

「ああ？　ジョークに決まってんだろーが。こういう時だけ口を挟むんじゃねーよミカ」

「…………」

ミカはまた無言になり、菓子を食べる作業に戻った。

「んで、今度はどーするつもりだよ？　また下級天使共を使ってアンリちゃんを捕獲させる作戦か？」

「も、もうやめましょうよ！　また全滅させられたりしたら……!!」

震えた声でラファエが言う。

「……そうじゃな。覇王の部下達にも相当な力があると分かった今、これ以上は無駄に犠牲者を増やすだけじゃろう。かと言って手をこまねいていれば、覇王によって人間が絶滅するのを待つだけじゃ」

「くくっ。となると、いよいよ『幻獣の門』の封印を解くしかなさそうだな」

このガブリの発言で、室内の空気が一変する。程なくしてラファエが青ざめた顔で立ち上がった。

「な、何を言ってるんですかガブリさん!! 冗談で言ってるんですよね⁉」

「冗談なものかよ。覇王に対抗できるとしたらもう幻獣くらいしかいねーだろうしな」

「だけど『幻獣の門』の封印を解くには千以上の人間の魂を生贄に捧げなければなりません!! そんなこと許されるはずが――」

「いや……ガブリの言うことにも一理ある」

「せ、セアルさん⁉」

ラファエが信じられない顔でセアルを凝視する。

「おそらく覇王の力は我々七星天使をも凌駕しておる。『幻獣の門』の封印を解く以外に覇王を滅ぼす手段はないじゃろう。大昔に覇王を滅ぼしたのは幻獣という言い伝えもあるくらいじゃからな」

「ってことは、セアルも賛成ってことでいいんだな？」

「…………」

セアルは腕を組み、目を閉じる。やがて苦渋の決断を下すように、小さく頷いた。

「ははっ、決まりだな！ そんで誰に人間共の魂を狩らせる？ また下級天使共に押し付けるか？」

「……下級天使には荷が重いじゃろう。それに、二日前の件で下級天使の志気は大きく低下しておる。よって魂狩りは我々七星天使の手で行うものとする」

「ンッフッフッフ。そうこなっくっちゃなぁ。やっと面白くなってきやがったぜ」

「ガブリ、これは決して遊びではない。それを忘れるな」

「へいへい、分かってますって」

「待ってください!!」

血相を変えたラファエが大声で叫んだ。

「セアルさん前に言いましたよね⁉　人間を守ることも七星天使の使命だって!!　そんな僕達が人間の魂を狩るなんて、本末転倒じゃないですか!!」

「……お前の気持ちは分かる。だがワシはこうも言ったはずだ。覇王を滅ぼすには手段を選んでいる余裕などない、と。それともお前には他に覇王を倒す策でもあるのか？」

「そ……それは……!!」

「多少の犠牲を払って覇王を倒し、人間の絶滅を防ぐか。このまま何もせず、覇王によって人間が絶滅するのを黙って眺めているか。どちらを選ぶべきか、それは言うまでもないじゃろう」

「……!!」

ラファエは何も言い返せず、唇を噛みしめることしかできなかった。

「ミカ、お前も何か意見はあるか？」

「………」

ミカは菓子をポリポリと噛み砕きながら、まるで興味がなさそうに首を横に振った。

「んじゃ早速人間領に向かうとすっか！」

「待てガブリ。これを迅速に行うには人間共の協力が不可欠じゃ。まずはそれなりに地位のある人間と交渉する必要がある」

「んだよ面倒くせーなぁ。しゃーねえ、俺が交渉してきてやっか」

「お前では交渉にすらならんのがオチじゃろう。ここはワシに任せておけ」

「ほう、七星天使のリーダー様が直々に？　まあ別にいいけどよ」

「それでは行ってくる。お前達は私が戻ってくるまで待機しておけ」

斯くしてセアルは〝人間の魂狩り〟を実行に移すべく、人間領へと向かった。

＊

翌日。人間領のとある一室では、七星天使のセアルによって各国の大臣が招集をかけられていた。

大臣達はいずれも困惑の様相を呈している。

「セアル様は我々を集めて一体何をなさるおつもりなのか……」

「聞いたところによると、ウリエル様は覇王に挑んで返り討ちに遭い、殺されたそうではないか」

「何、それは本当か⁉」

「まさかその責任を我々が取らされるのでは……⁉」

「馬鹿な！　ウリエル様の死は我々には何の関係もないだろう！」

「強いて言うならウルエル様に覇王討伐の依頼をした者に責任があるでしょうな。確かウリエル様をここに呼んだのは其方だったはず」

「私が悪いというのか!?　あれはウリエル様が私に話を持ちかけてきただけであって私が依頼したわけではない！　それを言うならウリエル様を止めなかった其方らにも責任はあるだろう！」

「何をふざけたことを！　それだけで責任を取らされるなど冗談ではない！」

大臣達が責任の押し付け合いをする中、部屋のドアが開きセアルが入室した。大臣達は口論を中断し、慌てて椅子から降りて床に膝をついた。

「セアル様。本日は遙々『天空の聖域』からご足労いただき――」

「余計な口上はいらぬ。全員席につくのじゃ」

セアルに言われた通り、大臣達はぎこちない動きで椅子に座り直す。

「や、やはり我々を集めたのは、ウリエル様の件についてでしょうか……？」

大臣の一人が恐る恐る尋ねると、セアルは首を横に振った。

「ウリエルの死は大変遺憾ではあったが、今更そのことを蒸し返しても意味はない。お前達をここに集めたのは別の理由じゃ」

大臣達は安堵の顔を浮かべる。

「これからお前達に重要な話をする。よく聞いてもらいたい」

室内がシンと静まり返る。短い沈黙の後、セアルは口を開いた。

「間もなく我々七星天使はこの人間領で〝人間の魂狩り〟を開始する」

このセアルの発言に、大臣達に動揺が走る。

「に、人間の魂狩り、とは……？」

「言葉通りの意味じゃ。具体的に説明するなら、人間共の魂を七星天使の手で抜き取り、収集させてもらう。最低でも千は集める予定じゃ」

「ば、馬鹿な!!」

大臣達は目を見開いて一斉に立ち上がった。

「もはや覇王を滅ぼすには『幻獣の門』の封印を解く以外に方法はない。知ってる者もいると思うが、その封印を解くには千を超える人間の魂の生贄が必要なのじゃ」

「お、お言葉ですがセアル様。いくら七星天使様と言えど、そのような行いを看過するわけには……!!」

するとセアルの眉間にシワが寄り、大臣達の肩がビクッと揺れた。

「今までお前達人間が平和に暮らせていたのは誰のおかげじゃ？　天使という後ろ盾がなければ脆弱な人間はとっくに悪魔共によって滅ぼされていた。違うか？」

「そ、それはそうですが……!!」

「別に人間が覇王によって滅ぼされようが我々天使には何の影響もない。このまま放っておくという選択肢もある。それを少々の犠牲で我らが救ってやろうと言っているのじゃ。お前達は感謝することはあれど、文句を言う筋合いなどないはずだが？」

「……!!」

誰も反論できる者はおらず、大臣達は無言になる。

「無論お前達にも協力してもらう。だからここに集まってもらった」

「わ、我々が協力……!?」

「人間の魂狩りの黙認、そしてこれに関する徹底的な情報封鎖。お前達にはこの二つをお願いしたい」

大臣達は戸惑った様子で顔を見合わせる。

「人間の中でそれなりに権力のあるお前達なら可能なはずじゃ。我々が魂狩りを滞りなく行う為にな」

「……わかり、ました」

大臣の一人が了承した。他の大臣達も力無く頷く。

「それでいい。ではワシはこれにて失礼させてもらう」

大臣達を言いくるめたセアルは、颯爽とこの場を後にした。


人間領から『天空の聖域』に帰還したセアルは、そのまま『七星の光城』へと向かう。そして再びガブリ、ミカ、ラファエの三人を一室に集めた。

「思ったより早かったなセアル。んで、結果はどうだった？」

「交渉は成立じゃ。これより我々は人間領に向かい、人間の魂狩りを開始する」

「流石は俺らのリーダー！　くくっ、久々に楽しめそうだぜ……!!」

まるで遠足前の子供のように、ガブリは身体を震わせる。

「ガブリ。何度も言うがこれは決して遊びではない。七星天使としての自覚を忘れてはならぬぞ」

「はいはい分かってますよ。覇王を倒す為に仕方なくやることなんだろ？　ちゃんと心を痛めながら狩ってやるから安心しろよ！」

「……まあいいじゃろう」

セアルは菓子をポリポリと食べているミカの方に目を向ける。

「ミカ、お前もやるのじゃぞ」

「……うん」

ミカは菓子を手に持ったまま椅子から立ち上がる。その目は星のように輝いていた。

「地上には美味しいお菓子がいっぱいあるし、楽しみ」

「……お前、ワシの話を聞いておったのか？　我々は遊びに行くのではないのだぞ」

「分かってる。ちゃんと仕事はこなす」

セアルは溜息をついた後、今度はずっと俯いたままのラファエの方に目をやった。

「ラファエ、お前はここで留守番じゃ」

「えっ……!?」

驚いた様子でラファエは顔を上げた。

「千もの魂を集めるのは長い時間を要するじゃろう。その間『天空の聖域』に七星天使が一人もいなくなるのはマズいからな。それに、優しいお前には人間の魂を狩ることなど到底できんじゃろう」

「……すみません」

か細い声でラファエは言った。

「謝ることはない。その優しさもお前の利点の一つじゃ」

「優しさぁ？　ヘタレの間違いじゃねーのか？」

「黙れガブリ」

「くくっ。相変わらずセアルはラファエに甘いな。それよりセアル、早くお前の〝あの呪文〟を寄越せよ。でないと魂が集められねーだろ？」

「言われなくても分かっておる。ガブリ、ミカ。ワシの前へ」

セアルの前にガブリとミカが立つ。セアルは右手を前にかざし、目を閉じた。

「呪文【能力共有】」

ガブリとミカの身体が紫色の膜に覆われる。数秒後、セアルは静かに目を開けた。

「……これでお前達二人も私の【魂吸収】を使用できるようになった。この呪文を使って人間共の魂を集めるのじゃ。ただし決して人目には付かぬようにな、ガブリ」

「おいおいなんで俺だけ！　ミカにも言えよ！」

「お前が一番危なっかしいからじゃ。大臣共に情報規制を頼んだとはいえ、万一にも我々が人間の魂を狩っているなどということが広まれば一大事じゃからな」

「ちっ、分かってるよ」

ガブリは不満げに舌打ちをした。

「そういやイエグとキエルはどうすんだ？　あいつらには狩らせねーのかよ？」

「イエグには現在の任務に集中してもらう。キエルはどうせ言っても聞く耳を持たんじゃろ。よって魂狩りは我ら三人で行う」

「はっ、ちげーねえ。しかし三人で千の魂の収集か。こりゃ大仕事になりそーだなぁ」

「それともう一つ、留意すべきことがある」

セアルが人差し指を立てながら言う。

「『幻獣の門』に捧げる魂は、より気力の充実した人間のものである必要がある。できるだけ少ない犠牲で済ませる為にも、人間の気力が最も充実する時期、つまり二十才前後の人間を狙うのが望ましい」

「はあ？　いちいち二十才前後かどうか判別してから狩れってか？　めんどくせーなあ。別にいいじゃねーかガキだろうが老いぼれだろうがよお」

「ガブリ、七星天使としての自覚を忘れるなと言ったはずじゃ。我らの矜持を傷つけるような真似は絶対にするな」

「けっ。人間の魂を狩る時点で矜持もクソもねーだろ……」

「何か言ったか？」

「いや？　別に何も」

ガブリはとぼけたように言った。

「ではこれより人間領に向かう。必ずや我々は千の人間の魂を集め、『幻獣の門』の封印を解く。諸悪の根源である覇王を滅ぼす為に！」


人間領。セアルは南地区、ガブリは西地区、ミカは東地区で魂狩りを行うことになり、三人はそれぞれの方角に向かった。

「人間領は久々だなあ。相変わらず空気が淀んでやがるぜ」

標高千メートル近くある山の頂上に降り立ったガブリは、そこからの景色を見渡してみる。やがてガブリは三つの村に狙いを定めた。

「くくっ。では早速始めるとすっか」

ガブリは右手を天に掲げると、突如として遥か上空に満月のような球体が出現した。

「呪文【月影分身】!!」

その球体から眩い光が放射され、ガブリの影を作り出す。間もなくその影は二つに分裂し、それぞれの影の中からガブリと全く同じ姿の分身が湧いて出てきた。

「やっぱこういうのは効率重視でいかねーとなあ」

ガブリが右手を下ろすと、上空に浮かぶ球体も消えた。三人になったガブリはそれぞれが不気味な笑みを浮かべる。

「さあ、楽しいハンティングゲームの開幕だ!! ハハハハハ!!」

セアル、ガブリ、ミカの七星天使三人による〝人間の魂狩り〟が、ついに始まった。

*

時が流れるは早いもので、僕がこの世界に覇王として転生してから一ヶ月が過ぎた。あれ以来天使の大群が襲ってきたりすることもなく、それなりに平和な日常を送っていた。

現在僕が何をしてるのかというと、覇王城の大広間にてアンリとペータの三人でトランプのババ抜きをしていた。

少し前まではアンリしか相手がいなかったのでやれるゲームの種類は限られていたが、ペータが加わったことでゲームのバリエーションが大幅に広がった。他の悪魔達を誘おうにも立場的にそれは難しいからな。

「次はウチの番っすよ！」

現在ババ抜きの状況は、ペータが手札一枚で、僕の手札がハートの6とジョーカーの二枚。アンリは一足先にアガっており、僕とペータの一騎打ちである。つまりこれでペータにハートの6を取られたら僕の敗北である。

「さーて。ジョーカーはどっちっすかねー」

ペータが右手の指をウネウネとさせる。ジョーカーは僕から見て右にある。右だ！　右を取るんだペータ！

「あっ……」

しかし僕の祈りが届くことはなく、ペータはハートの6を取った。

「やったー！　アガリっすー！」

「……余の負けだ」

ペータは万歳して喜び、僕はガクッと頭を垂れた。おかしいな、僕ってこんなに弱かったっけ？　覇王に転生してからトランプやジェ○ガでまともに勝てたことってほとんどない気がする。覇王の強さを手に入れたのと引き替えにこの手のゲームが弱くなってしまったのだろうか。

「ユート様はもっとポーカーフェイスを心がけた方がいいと思うっすよ。そんな食い入るようにカードを見つめてたらジョーカーだってバレバレっす」

えっ、そんなに見てた？　全く自覚なかったんだけど。

「ペータ貴様！　そこまで分かっていたら何故ユート様に勝ちを譲らなかった⁉　それでも四滅魔の

一体か！」

「……よいのだアンリ。ゲームに立場や地位は関係ない。変に気を遣われたらゲームの醍醐味が失われてしまうからな」

「そうっすそうっす。だいたい真っ先にアガッたアンリが言っても説得力がまるでないっすよ」

「うっ……」

言い返せないのか、アンリは気まずそうに黙り込んでしまった。

「それにしても、ユート様ってホント色々な遊びを知ってるっすねー。一体どこで仕入れてるんっすか？」

「……全て余が考案したオリジナルゲームだ」

と、いうことにしておこう。最初にトランプやジェ○ガを考えた人ごめんなさい。

「まじっすか⁉　こんな面白い遊びを考えつくなんて流石ユート様っす！　超尊敬しちゃうっす！」

「当然だ。ユート様にとってゲームの創造など息をするように容易いことなのだ」

アンリ、それはいくら何でも過大評価すぎる。

「早くユナとエリトラにも教えてあげたいっすよ。いつになったら城に戻ってくるんすかねー」

ユナとエリトラというのは残り二人の滅魔の名前らしい。まだ『ヒュトルの爪』『ギラフの翼』を確保する任務から戻ってきておらず、僕は顔すら見たことがない。一体どんな者達なのか気になるところだ。

「……ユナはともかく、エリトラにはあまり帰ってきてほしくないな」

アンリが苦々しい顔つきで言った。一つ確かなのはアンリがエリトラのことを嫌っているということだ。

「ユート様、次は何をして遊ぶっすか⁉」

「そうだな……」

って、本当はこんなゲームをやってる場合じゃない。覇王のイメージをアップさせて人間と悪魔が共存できる世界を作る、それが僕の計画だったはずだ。だがここ最近はまるでそれらしいことができていなかった。

滅魔達が『闇黒狭霧』を生成する為の四つの材料を集める前に、なんとしてもこれを成し遂げなければ。何でもいいから人々が窮地に陥るような、それっぽい事件でも起きてくれたらなあ……。

「！」

僕が頭を悩ませていると、大広間の扉をノックする音がした。僕が「入れ」と言うと、一人の悪魔が入室し膝をついた。

「崇高な儀式の最中に申し訳ございません。少しばかりユート様のお耳にお入れしたいことがあるのですが、よろしいでしょうか？」

「構わん。話せ」

てか崇高な儀式って何？　もしかして今やってるトランプのこと？

「ここ数日、人間領の各地で多数の人間が意識不明に陥る事件が多発しているそうです」

「……なに？」

「被害者は十代後半から二十代前半の若者が中心で、数は三百から四百、まるで魂を抜かれたような状態だそうです。原因は不明ですが、何者かの所業と見て間違いないと思われます」

それっぽい事件キターーーーー!!

これだよこれ!!　こういうのを待ってたんだよ!!　この事件を僕が解決すれば覇王の大幅なイメージアップは約束されたも同然だ!!　こんな時に喜ぶのはちょっと不謹慎かもしれないけれど、ようやく僕にいい風が吹いてきたぞ!!

「しかし被害者が三百から四百というのは随分多いな。被害が大きくなる前に報告することはできなかったのか？」

「も、申し訳ございません！　この事件は影で徹底的な隠蔽《いんぺい》工作が行われていたらしく、情報の入手が遅れてしまい……！」

隠蔽工作か。この事件の首謀者はなかなか用心深い性格のようだ。そして被害状況を考えると複数犯の可能性が高い。

「そうか、なら仕方ないな。報告ご苦労、下がってよいぞ」

「はっ！」

その悪魔は頭を深々と下げ、大広間から退室した。

「なんか人間領で大変なことが起きてるみたいっすねー」

「だが私達悪魔にとっては所詮対岸の火事でしかない。放っておいて問題ないだろう」

ペータとアンリが呑気な顔で言う。いや、これは決して対岸の火事などではない。これは覇王のイメージアップ大作戦を大きく前進させる為の一大イベントだ。僕は意を決して立ち上がった。

「ユート様、どうしたんすか？」

ペータがトランプをシャッフルする手を止めて尋ねる。

「これから余はこの〝魂消失事件〟の犯人を突き止める」

「「えっ⁉」」

二人は同時に驚きの声を上げた。ちなみに事件名はたった今考えたものである。

「ユート様、無礼を承知で意見を申し上げますが、この事件の犯人を捕らえたところで我々には何の益もございません。それどころか、いずれ人間を滅ぼすユート様にとってこの事件はむしろ好都合ではないでしょうか？」

「…………」

僕の背中に変な汗が流れる。覇王という立場を考えたら確かにアンリの言う通りである。どうしよう、何か言い訳を……。

「……アンリよ、前にも言ったはずだ。余は人間を滅ぼす際、できるだけ多くの人間の悲鳴が聞きたいのだ。そう、人間は余にとって貴重な餌だ。その餌を横取りされるのは不愉快なのでな」

「なるほど。流石はユート様、そのような深い考えがおありだったのですね。私の浅薄な考えをどうかお許しくださいませ」

内心ホッとする僕。毎度のことながらよくこんな言い訳でごまかせるなと思う。

「ではこれからユート様は人間領に向かわれるのですか？」

「それは早計だ。なんせ人間領は広い。闇雲に犯人を探していてはいたずらに時間を費やすだけだ。そこでアンリに頼みがある」

「はい、何なりとお申し付けください」

「覇王軍の悪魔五百体を人間領に向かわせ、犠牲者が多く出ている地域を調査させよ。そこに犯人達が現れる可能性が高い。犯人を特定できればそれに越したことはないが、決して深入りはさせるな。勘付かれて身を隠されては元も子もないからな」

「はっ。ユート様の仰せのままに」

もちろん悪魔達だけに任せるつもりはない。僕も【千里眼】を駆使して可能な限り調べてみよう。もしかしたら運よく犯人を発見できるかもしれない。

にしても犯人は一体どんな奴らなのだろうか。呪文を使える人間か、覇王軍に所属していない野良悪魔か、それとも……。

*

翌日。僕が玉座に座りながら【千里眼】を使って人間領をあちこち見て回っていると、アンリが大広間に入ってきた。

「ユート様。今し方多数の犠牲者が出ている地域の絞り込みが完了しました」

早っ!!

えっ、もう終わったの⁉ あれから一日しか経ってないよね⁉ 最低でも一週間は掛かると思ってたのに！

「……悪魔達にかなり無理をさせたのではないか？」

「そのようなことはございません。ただ『私が手を抜いていると判断した場合は問答無用で自害させる』と優しく言っただけでございます」

マジかよ。そんなの絶対無理するに決まってるじゃん。そりゃ早いに越したことはないんだけども。

「ユート様、こちらをどうぞ」

アンリが一枚の紙を差し出してきた。それは人間領の地図のようだった。南、西、東の地区にそれぞれ一つずつ赤い○が付いている箇所がある。この三つが特に被害者が多く出ている地域ということだろう。また、西地区の○の中には1の数字が、南には2、東には3の数字が書かれている。

「この数字は被害者が多い順番を示しているのか？」

「その通りでございます」

つまり犠牲者は西、南、東の順で多いということか。○と○の間は結構距離があるので複数犯であることはほぼ確定と言っていいだろう。三人、もしくはそれ以上が手分けをしてこの事件を起こしているわけだ。

「しかしながら犯人を特定するまでには至りませんでした。ユート様のご期待に添えず申し訳ございません」

「いや、十分だ。深入りさせるなと言ったのは余だからな。悪魔達にはよくやってくれたと伝えておいてくれ」

「かしこまりました。悪魔達もさぞ歓喜に打ち震えることでしょう」

それにしても犯人達は何の目的があってこんな真似を……？　いや、それを考えるのは後だ。これ以上犠牲者を出さない為にも、まずは犯人達を捕らえることが先決だ。ここまで絞り込めたなら【千里眼】で捜すより、直接出向いた方がよさそうだ。視覚だけで得られる情報にも限界があるからな。

「失礼しますっす！　聞いたっすよ、もう犯人が出てきそうな所に目星が付いたらしいっすね！」

ペータがぴょんぴょん跳びながら大広間に入ってきた。

「ということはユート様はこれから人間領っすか？」

「……うむ」

僕は玉座から静かに腰を上げた。

「これから余は人間領へと向かう。まずは被害者が最も多い西の方から捜索に当たるとしよう」

「はいはい！　ウチも一緒に行かせてくださいっす！」

「ユート様、私もお供いたします」

アンリとペータが同行を申し出てくれた。確かにこの二人が一緒ならかなり心強いけど……。

「いや、お前達には城で待機してもらう」

「「えっ!?」」

この二人を人間領に連れて行ったらついでに村を一つ二つ滅ぼしちゃいそうで怖いんだよな。特にペータは前科があるし。人間を助けに行こうとしているのに人間に危害を加えたりしたら本末転倒だ。

「覇王城に余と滅魔が一体もいなくなる状況は望ましくない。また天使共が襲ってこないとも限らないからな。余が留守の間、お前達にはこの城の警備をお願いしたい」

「し、しかしユート様！　敵の全容が分からぬ以上、お一人で人間領に向かわれるのは危険なのでは……!?」

相変わらず心配性だなアンリは。まあ気持ちは分からなくもない。

「そうだな。ではリナと共に人間領に向かうことにしよう」

「ユート様の妹君と……？」

リナなら村を滅ぼしたりすることもないから安心だ。リナも久々に人間領の空気を吸いたいだろう。

「んー、ユート様のお力になれないのはちょっと残念っすけど、ユート様のご命令ならしょうがないっすね」

「な、何かありましたらすぐにご連絡くださいませ！」

「うむ」

こうして僕は〝魂消失事件〟の犯人を見つけるべく、リナと共に人間領に向かったのであった。

＊

人間領の西地区、フーネという名の町にやってきた僕とリナ。移動手段はもちろん【瞬間移動】である。

「ここが人間領の町か……」

町の大通りを歩きながら僕は呟いた。人間領の町は【千里眼】で何度か目にしたことはあったが、直接足を運ぶのはこれが初めてである。

山賊から人々を救った所も、バイトをしに行った所もただの村だったからな。やはり町は村に比べると活気がある。人間だった頃に本や写真などで見た中世ヨーロッパ風の町並みが、そこには広がっていた。

ちなみに今の僕は【変身】の呪文によって人間・阿空悠人の姿になっている。覇王の姿で町を闊歩していたら事件の犯人に逃げられる怖れがあるからな。

「あの、お兄様。本当に私なんかがお兄様のお供でよかったのでしょうか……？」

隣りを歩いていたリナが申し訳なさそうに言った。

「いいんだよ。こうやって人間の姿になれるのなんてリナと一緒にいる時くらいだしな。リナもずっと覇王城に閉じこもっていたら窮屈だろ？」

「きゅ、窮屈だなんてそんな……」

「それに城の中ではリナとあまり話せてなかったし、いい機会だと思ってさ。城での生活はどうだ？もう慣れたか？」

「は、はい。図書館には面白い本が沢山ありますし、食堂では好きな料理が食べられますし、悪魔の皆様はとても優しくしてくれますし、奴隷だった頃に比べるとまるで天国のような生活です」

「そうか。ならよかった」

大勢の悪魔が住んでいる城が天国って、なんだか笑っちゃうな。だけどこれもリナが僕の妹という設定があってこそだ。もしリナが人間であることがバレたら悪魔達にどんな目に遭わされるか、想像しただけでゾッとする。まあ中身が人間の僕も似たような立場なわけだけど。

「私、今すごく幸せです。全てはお兄様が私を引き取ってくださったおかげです。本当にありがとうございます」

「はは、感謝の言葉なら耳にタコができるほど聞いたって。それより城ではリナが本当は人間ってことは絶対内緒にしておくんだぞ？　バレたら大変なことになるし」

「はい、お兄様」

人間の姿の時にお兄様と呼ばれるのはなんだか気恥ずかしいな……。まあいいか。


それから僕とリナはしばらく町の中を歩き続ける。やはり日が出ている内はどこにも事件が起きそうな気配はない。犯行が行われるとしたら夜の可能性が極めて高いだろう。そもそもこの町に犯人が現れるという保証はどこにもないので、一日経ったら別の町に向かう予定だ。

「……ずっと歩いてたらお腹が空いてきたな。ちょっとあの店に寄っていかないか？」

「そうですね」

僕とリナは通りかかった喫茶店に入り、二人用の席に腰を下ろした。客は多くもなければ少なくもなく、わりと小洒落た雰囲気の店である。

「こ、こういうお店に入るのは初めてなので、なんだか緊張します……」

リナは目を泳がせながらメニューの一覧を眺める。

「どれでも好きなものを注文していいぞ。金ならいくらでもあるからな」

「あ、ありがとうございます」

なんせ【創造】の呪文のおかげで金貨は作り放題だ。頑張って働いて稼いでる人達のことを思うとちょっと罪悪感はあるけど。

働くと言えば、キエルさんは今頃どうしてるかな。まだあの時給銅貨五枚の雑貨屋でバイトを続けてるんだろうか。だけど僕が店長の娘の病気を治したことで薬に金をつぎ込む必要もなくなったわけだし、もしかしたら時給は上がってるかもしれない。

「ん？」

ふと前を見ると、リナが頬を赤く染め、身体をモジモジさせていることに気付いた。

「どうしたリナ？　具合でも悪いのか？」

「い、いえ！　ただその、なんだかこれってデートしてるみたいだなって思って……」

「デート？」

「あっ、すす、すみません、今のは忘れてください!!　私なんかが彼女だと思われたら迷惑ですよね！」

「いや、全くそんなことはないぞ」

デート、か。確かに男女二人がこういう店にいたらカップルと間違われても不思議ではないだろう。心なしか周囲の客の視線も僕達に集まってる気がする。リナの可愛さ的に絶対釣り合ってないって思われてそうだ……。

そういや女の子と二人っきりで喫茶店に入るのなんて人間時代を含めても初めての経験だ。しかも相手はとても可愛い女の子。僕はこの状況にちょっとした優越感を得ると同時に、もっとイケメン補正をかけて変身すればよかったと後悔したのであった。

「僕はサンドイッチとコーヒーにしようかな。リナは決まったか？」

「は、はい。私はホットサンドとオレンジジュースにしたいと思います」

どれでも好きなものを頼んでいいと言ったわりには控えめだな。リナのことだからきっと遠慮してるんだろう。

注文から数分後、それぞれの品がテーブルに運ばれてきた。まずはコーヒーに口をつけてみる。可もなく不可もなくといった味だが、タダ同然で飲んでいるようなものなので贅沢は言わないでおこう。

ちなみに現在の僕は変身前にかけた呪文【弱体化】によって、ある程度ATKとDEFが低下した状態にある。本来は敵に対して使う呪文だが、まだ力のコントロールは完璧とは言えないし、覇王のステータスのままだと下手したら今手に持っているコーヒーカップなんかも壊しかねないからだ。

覇王城の食器などは悪魔の力に合わせてかなり頑丈に作られていたが、人間領のものはそうじゃないからな。力が強すぎるというのもなかなか困りものだ。

「なあ聞いたか？　最近あちこちでまるで魂を抜かれたように意識不明になる奴が続出してるんだってよ」

「なんだそりゃ。そんなの初めて聞いたぞ」

「ま、俺もデマだとは思うけどさ」

サンドイッチを食べている最中、隣りのテーブルに座る男二人からこのような会話が聞こえてきた。間違いない、例の魂消失事件のことだ。

町の大通りを歩いていた時もこういった話はチラホラ耳に入ってきていた。どうやら事件のことは噂程度には広がっているようだ。敵の隠蔽工作も完璧ではないということか。しかしまだ半信半疑という人が大半を占めているだろう。

「もしそれが本当なら、犯人は絶対悪魔の奴らだろうな」

「だな。魂を抜き取るなんて、いかにも悪魔がやりそうなことだ」

ってちょっと何その風評被害！　せっかく僕が人間と悪魔が共存できる世界を作ろうとしてるのにそういう噂を流すのやめてくれよ！　と言っても悪魔の仕業じゃないという根拠はどこにもないんだけども。

「すまんリナ、少し待っててくれ」

「あ、はい」

サンドイッチを完食した後、僕はトイレに行こうと席を立った。魂消失事件が悪魔の仕業という根も葉もない噂が広がる前に、何としても犯人を探し出さなくては。そんなことを考えながら、僕は男女共用トイレのドアを開けた。

「……え？」

その瞬間、僕は目の前の光景に唖然とした。

誰もいないと思って開けたトイレには、なんと女の子がいた。黒髪のロングで、可愛らしくも強気そうな顔立ち。用を足し終えたばかりなのか、前屈みになってパンツ（ピンク色）を上げている最中だった。

僕と目が合い、一瞬硬直する女の子。その顔はみるみるうちに真っ赤に染まっていった。

「きゃあああああああーーーーー!!」

「ま、待ってくれ!!　これはワザとじゃ――うおっ!?」

動揺のあまり足がもつれてしまい、身体が彼女の方に倒れそうになる。僕は反射的に両手を伸ばした。

「……あ」

なんとか倒れずには済んだ。が、僕の両手はそれぞれ違う感触を捉えていた。右手にはトイレの壁の冷たい感触。そして左手には――彼女の胸の柔らかい感触。

そう、僕の左手は彼女の右胸をばっちりと掴んでいたのである。僕はいつからエロ漫画の主人公になったんだろうか。

「おぐっ⁉」

彼女が僕を激しく突き飛ばし、後ろの壁に激突する。

顔をリンゴのように真っ赤にし、目に涙を浮かべる彼女。その直後、僕は彼女から強烈なビンタをお見舞いされた。

「最っ低……‼」

そう言い放ち、彼女はトイレから飛び出していった。

「………………」

しばらく僕はその場で呆然と立ち尽くす。まだ頭が現実に追いついていない状態だが、とんでもないことをやらかしたのは確かだった。

ＨＰ　９９９９９９９９１２／９９９９９９９９９９

ふとステータスを確認してみると、ＨＰが７７も減少していた。【弱体化】によってＤＥＦを低下させてたとはいえ、七星天使のウリエルと戦った時よりも大きなダメージである。精神的ダメージも加味されているように見えるのは気のせいだと思いたい。

「先程お手洗いの方から女の人の悲鳴が聞こえましたけど、何かあったんでしょうか……？」

ビンタされたところを手で押さえながらテーブルに戻ると、リナが心配そうに尋ねてきた。

「さ、さあ？　トイレにおぞましい害虫でも出たんじゃないか？」

僕は適当な嘘でごまかした。正直に話したら間違いなく軽蔑される。

でもよく考えたらドアの鍵を閉めていなかった彼女にも非があるのではなかろうか。まあそれを言ったらノックせずに入った僕も悪いんだけども。

「そろそろ店を出ようか」

「はい。ご馳走様でした」

だけどＤＥＦを低下させておいてよかった。もしＤＥＦが９９９９のままだったら逆にビンタした彼女の手を傷つけていたかもしれない。その代わり僕の頬がヒリヒリ痛むけど。

一つ心残りなのは、彼女に一言も謝れなかったことだ。正確には謝る前に彼女が僕の前から去ってしまった。でもなんだか彼女とはまたどこかで会いそうな気がする。何の根拠もないけど、もしまた会うことがあればその時はちゃんと謝罪しよう。


喫茶店を出た後、僕とリナは再び町の中を歩き回る。早く魂消失事件の手掛かりを見つけないといけないのに、さっきのトイレでの光景が何度も蘇ってきて全く集中できない。

それにしても凄く可愛い子だったな。リナにも引けを取らないと言ってもいい。どうせならもっとしっかり目に焼き付けておけばよかっ――

「おらあっ!!」

僕はすぐ近くに立っていた木に頭を激しく打ちつけた。

「えっ⁉　きゅ、急にどうしたんですか⁉　大丈夫ですか⁉」

「……問題ない。心配させてごめん」

額から血を流しながら言った。僕はこの町に何をしに来た？　魂消失事件の犯人を探し出す為に来たんだろ？　ラッキースケベを体験する為に来たんじゃない。だけど今の衝撃で煩悩は完全に消え去ったし、これで心置きなく集中できる。

「ん？」

喫茶店を出てから数分後、僕は通りかかった公園の前でふと足を止めた。何かのイベントなのか、公園ではイヌやネコなどの動物の着ぐるみを来た人達が子供達に風船を配っていた。

僕はその中のウサギの着ぐるみに注目する。なんだろう、あのウサギからもの凄い気迫を感じる。まるで歴戦の戦士のような雰囲気を纏っている。僕の勘が正しければ、あのウサギの中には……。

「あっ」

すると何の脈絡もなくそのウサギがずっこけ、着ぐるみの頭がポロッと取れる。そして見覚えのあるおっさんの顔が露わになった。

「うわあああ!!　ウサギさんからおっさんが出てきた!!」

「うえーんママー!!」

子供達が泣きじゃくりながら一斉に逃げていく。そのウサギ——いやおっさんは、ずっこけたにもかかわらず堂々とした風格で起き上がった。

ああ、やっぱりキエルさんだ。相変わらずバイトでのミスは絶えないようだ。

「リナ、悪いけどこの辺で適当に時間を潰しててくれないか？　ちょっとあの人と話をしてくる」

「お知り合いですか？」

「……まあ、そんなところかな」

僕は一旦リナと別れ、その公園に入った。キエルさんはバイトのリーダーっぽい人から説教を受けていた。

「ちょっと君いい加減にしてよ!!　これでコケるの何回目!?」

「安心しろ。風船は一個たりとも手放してはいない」

「そういうことを言ってるんじゃない!!　子供達に顔を見られちゃ駄目でしょ!?　何度子供達の夢を壊せば気が済むわけ!?」

「俺は戦場を生きる戦士であると同時に子供達の希望の星でもある。その俺が子供達の夢を壊すなどあり得るはずがない」

「いや現に壊しちゃってるからね!?　次にコケたらクビにするよ!?」

「この俺をクビだと？　それが何を意味するのか分かっているのか？」

「私のストレスが減ることを意味するだろうね!!　とにかく次コケたらクビだから!!　いいね!?」

僕はその様子を少し離れた所から眺める。若い男の人から叱られるおっさんという構図はなんだか見ていて悲しくなるな……。

説教が終わると、再びキエルさんは子供達に風船を配り始めた。僕はキエルさん（ウサギ）の方に近付いていく。

「お久し振りですキエルさん。僕のこと覚えてますか？」

僕が声をかけると、一瞬ウサギの着ぐるみの肩がピクッと揺れた。短い沈黙の後、スッと僕に風船を差し出してきた。

「いや、風船はいらないです」

「……俺はキエルではない。ウサギさんだ」

「ウサギさんが喋っていいんですか？」

「…………」

あ、無言になった。まあ仕事中に話しかけた僕も悪いか。でもキエルさんって雑貨屋の時も休憩時間を返上して働くような人だったし、話すタイミングがないな。バイトが終わるまで待つのも面倒だし……。

「じゃ、そろそろ休憩入ろっか！」

先程のリーダーっぽい人がそう言うと、キエルさんを含めた着ぐるみ達が近くに設置された小屋の中に入っていく。普通に休憩するんかい。

僕はリーダーっぽい人から許可を貰い、その小屋に入れてもらった。そこではウサギの頭を取ったキエルさんが額の汗を拭きながら水分補給をしていた。

「……覇王か。久し振りだな」

「今その名前で呼ぶのはやめてください。一応人間のフリをしてるんですから」

そう言いながら、僕は適当な椅子に腰を下ろした。

「ならば以前のようにハモウと呼べばいいのか？」

「いえ、ユートと呼んでください。ハモウというのは偽名でしたから」

「そうか。承知した」

「それより雑貨店の時は『戦士に安息の時間など不要』とか言ってたのに、ここでは普通に休憩するんですね」

「……見ての通り、現在の俺はウサギに擬態している。よって奴らに狙われる心配もないので身体を休めても命を危険に晒すことはない」

だから奴らって誰だよ。着ぐるみのバイトは雑貨屋よりも遙かに重労働だろうし、さすがに休憩を挟まないとやってられないんだろう。下手したら脱水症状になりかねないからな。

「そういえば雑貨屋のバイトはどうしたんですか？　辞めたんですか？」

「無論続けている。俺は一つの戦場に縛られる男ではない」

雑貨屋の給料だけじゃ生活は厳しいので複数のバイトを掛け持ちしている、といったところか。

「ところで俺に何か用か？」

「ちょっとキエルさんに聞きたいことがありまして。ここ最近あちこちで意識不明に陥る人が続出している事件のことは知ってますか？」

「……ああ。俺も風の噂で耳にした」

キエルさんは水分補給の手を止めて答える。

「僕はその犯人を探す為にこの町に来たんです。キエルさんなら犯人について何か知ってるかもと思いまして」

「……さあな。俺から話せることは何もない」

「……そうですか」

どこか意味深な言い方だったが、深くは追及しないことにした。

「そもそも何故俺が知っていると思った?」

「……なんとなく、ですかね。直感というやつです」

「ふっ、面白い男だ。だが事件の影響か、ここ数日公園で遊ぶ子供達の数が減っているのも事実だ。俺もこれは由々しき事態だと思っている」

それ半分くらいアンタのせいじゃないの?

「しかし覇王のお前が何故そんなことをする必要がある? 人間がどうなろうとお前には関係のないことのように思えるが」

「……僕にも色々あるんですよ。休憩中にすみませんでした」

僕が小屋を出ようと椅子から立ち上がると、ドアが開いてパンダの着ぐるみがグッタリとした様子で入ってきた。立つこともままならないのか、イヌやネコの着ぐるみ達に身体を支えられている。それを見たキエルさんは目を見開いて立ち上がった。

「何があった!? 敵襲か!?」

「……いや、ただの貧血だ」

「おのれ、戦場を共に生きる仲間に傷を負わせるなど、断じて許せん!!」

人の話を聞けよ。

「これ以上は無理しない方がいい。今日は早退するんだ」

イヌの着ぐるみが言う。しかしパンダの着ぐるみは首を横に振った。

「大丈夫、私はまだやれる。私を待つ子供達の為にも、こんなところでくたばるわけにはいかない……!!」

ただの風船配りにどんだけ命懸けてるのこの人。

「さあ、早く仕事の続きを……うっ！」

パンダの着ぐるみの足がグラつき、再び周りの着ぐるみによって支えられる。

「ほら見ろ言わんこっちゃない！　いいから帰ってゆっくり休め！」

「で、では一体誰が私の代わりに風船を配るというんだ⁉」

「……代わりならいる」

キエルさんの一言に、着ぐるみ達が一斉に注目する。

「それは本当か⁉」

「一体誰だ⁉」

「………………」

キエルさんが無言で僕に目を向ける。自然と皆の視線も僕の方に集まった。

「……え？」

というわけで、僕が貧血の人に代わってパンダの着ぐるみの中に入り、子供達に風船を配ることになった。

どうして僕がこんなことを。だいたい一人欠けた程度じゃ風船配りに支障はきたさないだろう。

「ユートよ、動物に擬態しているとはいえ決して気を抜くな。なんせ先程仲間の一人がやられたばかりだからな。前にも言った通り、戦場ではほんの少しの油断が命取りになるのだ」

僕は適当に頷いた。だから着ぐるみが喋るなっての。

「パンダさん、風船ちょーだい！」

「ボクもボクも！」

周囲に集まった子供達に風船を渡していく。ったく、リナを待たせてるんだから早く戻らないといけないのに。まあこのバイトはあと一時間ほどで終了らしいし、リナには悪いけどもう少しだけ待ってもらおう。


それから二十分が経過した。なんだか早くも疲れてきてしまった。今日はわりと過ごしやすい気候なんだけど、着ぐるみの中ってメッチャ暑い。まさかこんなに過酷な仕事だったとは。HPが百億近くある僕でも疲労と暑さだけはどうにもならない。

「どうしたユート。もうへばったのか？」

キエルさんの言葉に僕は首を横に振る。仮にも僕は覇王なんだ、これくらいで音を上げるわけにはいかない。パンダの着ぐるみを着て風船配りに勤しむ覇王というのはなんかアレだけども。

「既に気付いたと思うが、これは奴らとの戦いであると同時に己との戦いでもある。言い換えれば己の精神力と忍耐力の強さが真に問われる場なのだ。戦場では心が折れた者から死んでいくのが鉄則であり――」

「ちょっと君ぃ!!　仕事中に喋っちゃダメでしょ!?　ホント注意されるようなことしかしないね君

は!!」

「…………」

案の定リーダーっぽい人に怒られ、キエルさんは沈黙した。以前「戦場での私語は厳禁」とか言っていた人がこの有り様である。

「ふー、やっと終わった……」

四十分後。全ての風船を配り終え、僕は着ぐるみの中で大きく息をついた。同時にバイトも終了となり、リーダーっぽい人が上機嫌で僕の所にやってきた。

「ユート君、だったよね？　君が急遽入ってくれて本当に助かったよ！　後で一時間分のバイト代を渡すから、着替え終わったら取りに来てね！」

「あ、どうも」

ちゃんとバイト代くれるのか。でもまあ、こんだけキツイ思いをしてタダ働きというのは割に合わないからな。

「初のミッションにしては上出来だったな。褒めてやろう」

「……キエルさんこそ、またコケたりしなくてよかったですね」

若干イラッとしながら僕は言った。どうしてこの人はいつも失敗ばかりなのに上から目線なんだ。

まあいいや。リナも待たせてることだし早く着替えて――

「うええーん！　風船がー！」

その時一人の女の子が地面に座り込んで泣いているのが目に入った。ふと目線を上に向けると、風船が空に飛んでいくのが見える。どうやら女の子が誤って風船を手放してしまったようだ。

ここは僕がなんとかするしかない。でもどうする、呪文を使ったら【変身】が解けて覇王の姿に戻ってしまう。着ぐるみを着ている今の状態ならイケるか？　いや、覇王の図体を考えたらこのサイズの着ぐるみじゃ破裂して正体がバレるのがオチだ。一体どうすれば――

「ぬうん!!」

僕が頭をフル回転させていたその時、ウサギの着ぐるみがビリビリに引き裂かれ、キエルさんの姿が露わになった。

「呪文【地層刻限《ちそうこくげん》】!!」

キエルさんが大声で叫ぶ。するとその風船が空中でピタリと止まった。いや風船だけじゃない、空を飛ぶ鳥や目に映る人々、その全ての動きが止まっていた。

僕はパンダの着ぐるみを脱ぎ捨て、周囲を見渡した。一体何が起きたというんだ。一つだけ確かなのは、この呪文がキエルさんによって発動されたということだ。

「キエルさん、これは……!?」

「【地層刻限】は万物の時の流れを一万分の一にする呪文。まるで長い年月を経て積み重なっていく地層のようにな……」

地層うんぬんはともかく、一万分の一ということはもはや止まった状態に等しいだろう。だけどわざわざ着ぐるみを引き裂かなくても普通に脱いでから呪文を発動すればよかったんじゃなかろうか。

「ただしレベル500以上の生物、及びその生物に触れているものはこの呪文の影響を受けない。やはり覇王のお前には効かなかったようだな」

次の瞬間、僕は更に驚くべきものを目にした。キエルさんの背中に白い翼が生え、高く飛び上がったのである。あの翼はまさか……!!

キエルさんは空中の風船をキャッチし、再び地面に降り立った。

「……キエルさん、天使だったのか」

「ああ。そういえば、俺のことはまだちゃんと話していなかったな」

キエルさんは僕の方に身体を向け、こう言った。

「俺の名はキエル。七星天使の一人だ」

「!!」

衝撃の事実に僕は驚愕せざるを得なかった。キエルさんがウリエルと同じ、七星天使の一人だって……!?

「どうだ、驚いたか?」

「……ああ。雑貨屋のバイトの時からただ者ではないとは思ってたけど、まさか七星天使だったとはな。何故このタイミングで正体を明かしたんだ?」

「女の子のピンチだったからな。子供達の夢を守る希望の星として、今のを見過ごすわけにはいかなかった」

「……キエルさんらしいな」

でもついさっきまで何度も顔バレして子供達の夢を壊しまくってたよね、と思ったけど口には出さないでおいた。

「七星天使の本懐は覇王を抹消すること。つまり俺とお前は敵同士というわけだ」

「……ならばどうする？　今ここで余と一戦交えるか？」

僕は無意識に【変身】を解き、覇王の姿でキエルさんと対峙していた。

「これまでも余を不意打ちするチャンスは何度もあったはずだ。何故そうしなかった？」

「ふっ、お前は不意打ちなどという姑息な手が通用する相手ではないだろう。いくら人間に化けようとも、お前に途方もない力が秘められていることは肌で感じていた。たとえ不意打ちを仕掛けたとしても失敗に終わっていただろう」

「……なるほど。賢明な判断だな」

しかし今の僕は【弱体化】でATKとDEFを大幅に低下させているので、この状態で不意打ちされてたら危なかったかもしれない。

「覇王の抹消が本懐というのはあくまで七星天使にとっての話だ。俺個人は覇王の命に興味はない。俺は自分の戦いを邪魔されなければそれでいい」

「ウリエルを殺したのが余だとしてもか？」

僕がそう言うと、キエルさんの眉が僅かに動いた。

「……そうか。やはりウリエルが覇王に殺されたという話は本当だったようだな。ウリエルの死は残念だが、仲間の敵討ちという理由で雌雄を決するのは俺の主義ではない。戦場で命を散らせた仲間はこれまで何度も目にしてきたからな」

多分バイトを辞めていった人達のことを指しているんだろう。紛らわしい。

「それに俺とお前は敵であると同時に、共に戦場を生き抜いた仲間でもある。仲間のお前を殺せば俺の戦士としての誇りを傷つけることになる」

「……ふっ」

思わず僕は笑みをこぼした。覇王の僕を仲間だなんて、相変わらず面白い人だ。

「覇王、お前はどうだ？　俺が七星天使の一人だと知った今、俺を殺そうとは考えないのか？　ウリエルにやったようにな」

「……余は何の理由もなく誰かを殺傷したりはしない。ウリエルは余の配下を手にかけるという大罪を犯したので命をもって償ってもらったまで。余には貴様を殺す理由がない」

「ほう、意外と道徳心に溢れてるのだな。覇王は無慈悲な殺戮者というイメージがあったが、今後は認識を改めるとしよう。一月ほど前に人間の軍勢が覇王によって全滅させられたという話を聞いたが、そちらの方はデマだったようだな」

すみません、それは事実です。

「それよりもうすぐ【地層刻限】の効果が切れるぞ。また人間に化けた方がいいんじゃないか？」

「！」

僕は慌てて【変身】の呪文を発動し、人間の姿になった。そして【地層刻限】の効果が終了したのか、程なくして人や物がいつも通り動き始めた。

風船を手に持ったキエルさんは、泣いている女の子の所まで歩み寄った。女の子はキエルさんを見て一瞬身体をビクッとさせたが、その風船を見ると笑顔に変わった。

「あっ！　わたしの風船！」

「ああ。もう手放すんじゃないぞ」

キエルさんはその場でしゃがみ、女の子に風船を手渡した。

「うん！　ありがとうおじさん！」

「おじ……!?」

ガーンという効果音がキエルさんから響いた。何歳か知らないけどおじさんと言われてショックを受けるような歳でもないだろう。

「……そういえば、先程お前は意識不明の人間が続出している事件について俺に聞いてきたな」

公園から去っていく女の子を見送りながらキエルさんが話す。

「その事件、おそらく七星天使が関わっている」

「えっ……!?」

僕は雷に打たれたような衝撃を受けた。

「まさか、七星天使が人々の魂を奪ってるというのか!?」

「あくまで俺の推測だがな。そのような芸当が可能なのはセアルの呪文をおいて他にはない。何故そんな真似をしているのかまでは知らないが」

セアル……そいつも七星天使の一人なのか？

「キエルさんも七星天使の一人だと言ったよな？　ということはキエルさんも――」

「俺はこの事件には一切関与していない。罪なき人間の魂を奪うなど、戦士としてあるまじき行為だ」

「……そうか」

僕は心の中で安堵した。もしキエルさんも魂消失事件に関わっていたら、僕がキエルさんと戦う〝理由〟ができてしまうからだ。

「さっきも言った通り、僕はこの事件の犯人を探す為にこの町に来た。その犯人が七星天使だというのなら、僕はそいつらの命を奪うことになるかもしれない。それでも構わないか？」

「…………それはあいつらも覚悟の上だろう」

「…………」

僅かな静寂の後、キエルさんは僕の方を振り向いた。

「…………ああ」

「またなユート。次に会う時は仲間としてか、それとも敵としてかは分からないがな」

するとそこにバイトのリーダーっぽい人がニコニコした顔でやってきて、キエルさんの肩をポンと叩いた。キエルさんはフッと笑う。

「皆まで言うな。俺は子供達の希望の星として当然の行いを――」

「君、クビね」

「……え？」

キョトンとするキエルさんを余所に、その人は下の方を指差した。そこには先程キエルさんがビリビリに引き裂いたウサギの着ぐるみが変わり果てた姿で転がっていた。

「はい、これが最後の給料。着ぐるみの弁償分は引いといたから」

「…………」

キエルさんは無言で差し出された封筒を受け取る。その光景を見て、僕は静かに合掌したのであった。

公園を出ると、そこではまるで放課後の校門前で主人公を待つ幼馴染みのように、リナが僕を待ってくれていた。

「ごめんリナ、待たせたな」

「い、いえ！　私は全然大丈夫です！」

この辺で適当に時間を潰しててくれと言ったのに、リナは健気だな。

「誰かにナンパされたりしなかったか？」

「わ、私がですか⁉　私をナンパする人なんているわけないじゃないですか！」

慌てて両手を振るリナ。どうやら自分の可愛さを自覚していないらしい。だがこういう謙虚なところがまたいい。

「と、通りかかった男の人に彼氏がいるかどうか聞かれたり、一緒にお茶でも飲まないかと誘われたりはしましたけど、ナンパとかはなかったです」

それをナンパっていうんだよ‼

「だ、大丈夫か⁉　何か変なことされなかったか⁉」

「？　はい。丁重にお断りしたら、皆さん諦めて去っていきましたけど……」

僕はホッと胸を撫で下ろした。皆さんってことは一人や二人じゃないなこりゃ。やはりリナを一人にしたのは迂闊だったか。今回は何もされなかったみたいなのでよかったものの、いつ変な奴が絡んでくるか分からない。魂消失事件のこともあるし、これからは外でリナを一人にするのは避けよう。

「ところで今まで公園で何をしてらしたですか？　途中でパンダの中の人が入れ替わったように見えましたけど、あれってもしかして……」

「……うん、僕」

「や、やっぱりですか。どうしてそんなことに？」

「まあ、事の成り行きってやつだ。それよりそろそろ行こう」

「は、はい」

若干恥ずかしい思いをしながら、僕とリナはその公園を後にした。


いつの間にか日も沈み、すっかり夜になっていた。僕とリナは適当な宿を見つけ、そこの部屋を借りることにした。築二十年くらいと思われる質素な宿である。

金ならいくらでもあるのでもっと豪華な宿に泊まることもできたけど、覇王城が豪華な宿みたいなものだし、たまにはこういう所で寝泊まりするのも悪くないだろう。言うまでもないと思うが僕とリナは別々の部屋である。

「よかったのですか？　わざわざ私個人の部屋まで借りていただいて……」

部屋に向かう途中、リナが申し訳なさそうに言った。

「いいんだよ、金に困ることはないんだし。リナだって男の僕と同室なんて嫌だろ？」

「そんなことないです！　むしろ……」

「ん？」

「……な、何でもないです」

リナは顔を赤くして俯いた。

まあ本音を言えばリナと一緒の部屋がよかったんだけどね？　僕も男だし、お風呂でバッタリ遭遇したりとかうっかり着替えを見ちゃったりとか、そういうシチュエーションに憧れるわけですよ。だが今はそういう疚《やま》しい感情は封印することにした。

「僕は702号室、リナは703号室だったな」

「はい。それでは――」

「あ、待ってくれリナ」

703号室に入ろうとしたリナを呼び止める。

「まず僕の部屋の方に来てくれないか？　ちょっとやりたいことがある」

「や、やりたいこと、ですか……!?」

「ああ」

「……は、はいっ」

僕達は702号室に入り、リナにはベッドに腰を下ろしてもらった。何故かリナは頬を赤く染めており、どこか落ち着かない様子である。

「あ、あの私、まだ心の準備が……。それに初めての経験なので、うまくできるかどうか不安で……」

「大丈夫、怖がることはない。それに初めてじゃないだろ？」

「えっ!?　い、いえ、本当に初めてです！　だから緊張してて……」

「……？　まあいいや。それじゃ始めるぞ」

「っ！　よ、よろしくお願いします……」

僕はリナに向かって静かに手を伸ばす。リナは覚悟を決めたように、キュッと強く目を閉じた。

「呪文【能力付与】！」

僕は一つの呪文をリナに与えた。リナは「えっ？」というような表情で目を開ける。

「たった今【能力付与】により、余の【創造】の呪文をお前に与えた」

呪文を発動したことで【変身】が解け、僕は覇王の姿に戻る。それから再び【変身】を発動し、また人間の姿になった。

変身中は何か呪文を使う度にこれを繰り返さないといけないから面倒だな。今はリナしかいないからいいけど、他に誰かいたら呪文自体使えないに等しいし。

「ど、どうして私に【創造】の呪文を？」

「リナも女の子だし、風呂に入った後また同じ服を着るのは嫌だと思ってさ。その呪文で好きな服を生成したらいい」

僕が直接【創造】を使うという選択肢もあるにはあったけど、女の子の服に関する知識は乏しいのでどういう服を生成したらいいのか分からないからな。それに服はまだしも下着まで僕が生成するのはマズイだろう。

「前にもこうして【災害光線】の呪文をリナに与えたんだけど、覚えてないか？」

「あ、いえ、覚えています。こういうことだったんですね……」

リナは残念なような安心したような、そんな顔をしていた。

「【創造】は後で僕に返してくれ。その呪文は僕もないと困るから」

「もちろんです。私のことを気遣っていただいてありがとうございます。本当にお優しいですね……」

「これくらいどうってことない。それと風呂に入った後はまたこの部屋に来てくれ。色々と話したいことがある」

「分かりました。それでは失礼します」


リナは頭を下げ、退室した。さて、僕も風呂に入るとするか。

日中は魂消失事件の情報を集める為に町を歩いて回ったが、犯人は七星天使の可能性がある、ということ以外に目立った収穫はなかった。だが焦る必要はない。むしろ本番はこれからだ。

だが本当に犯人が七星天使だとするのなら、奴らの目的は一体何だ？　人間の魂を集めて何を企んでいる……？


僕が風呂から出てしばらく経った後、ドアをノックする音がした。僕が「どうぞ」と言うと、新しい服を着たリナが部屋に入ってきた。

「し、失礼します」

「……もっと女の子っぽい服は生成できなかったのか？」

リナが着ている服は学校の体操服のようなとても簡素なものだった。これもアリといえばアリだけど。

「すみません、いざ生成しようとしたら服のイメージがうまく湧かなくて……。や、やっぱり生成し直した方がいいでしょうか？」

「いや、リナがそれでいいなら別に構わないんだけどさ」

奴隷時代が長かったせいで自分にどんな服が似合うのか見当もつかないんだろう。下着以外は僕が生成してあげた方がマシだったかもしれない。

「お兄様は先程と同じ服ですけど、いいんですか？」

「ああ。僕は男だし、二日くらい服を替えなくても気にならないし。とりあえず適当に座ってくれ」

「は、はい」

リナは僕の隣りにちょこんと座った。それからリナに【創造】の呪文を返却してもらった後、僕は魂消失事件の犯人についてリナに話した。

「そ、それじゃ事件の犯人は、天使さん達ってことですか……⁉」

一通り話し終えた後、リナは目を丸くして言った。

「まだ推測の域だけどな。だけど可能性は高いと思ってる」

キエルさんは嘘をつくような人には見えないし、自分の立場が悪くなるような嘘をついたところでキエルさんには何のメリットもないからだ。

僕は静かにベッドから腰を上げ、リナの方を向いた。

「これから町を散策してくる。リナはこの宿で待機しててくれ」

「こ、こんな夜遅くにですか⁉　もし事件に巻き込まれたりしたら……‼」

「事件に巻き込まれる為だよ。おそらく犯人は夜になってから出没している。この宿でジッとしてたんじゃ犯人の尻尾は掴めないからな」

「き、危険です！　もしものことがあったら、私……‼」

「ははっ。リナにもアンリの心配性が移ったのか？」

とても心配そうに僕を見つめるリナの頭に、僕はポンと手を乗せた。

「僕は覇王だ。もしものことなんて考える必要はない。だから信じて待っててくれ」

「…………」

リナはしばらく無言で俯いた後、コクリと頷いた。

「それじゃ、行ってくる」

「か、必ず無事で帰ってきてください！」

「ああ」


宿を出た僕は、人間の姿のまま町の中を歩き始める。さすがにこの時間帯になると人はほとんど見かけない。

僕がこの姿で外を歩く理由は無論、犯人を誘き寄せる為だ。悪魔の報告の中には「被害者は十代後半から二十代前半」とあったので、僕もギリ対象に入る。犯人が僕の魂を奪おうと襲ってきたところを返り討ちにするという算段だ。

まあ、まだ犯人がこの町にいると確定したわけじゃないんだけども。リナにはちょっとカッコつけてしまったので、犯人に遭遇することなく普通に宿に戻ったら気まずくなりそうだ。むしろ遭遇しない確率の方が高いだろう。

しかし事件の犯人が本当に七星天使だとすると、大勢の人間の魂を奪う天使と人間を守る為に戦う覇王《あくま》。一体どっちが天使でどっちが悪魔なのか分からなくなってくるな。

「きゃあああー!!」

すると遠くから突然女性の悲鳴がした。まさか犯人が現れたのか⁉　僕は全速力で声のした方に走り出した。

「ハハハハハ‼　やっぱ人間を襲うのは楽しいなあ‼　夜の一人歩きは危険だってママから教わらなかったのかぁ⁉」

路地裏に出ると、少し離れた所で両手を広げて高笑いをする男と、その目の前で地面に横たわる全身傷だらけの若い女性の姿があった。

「んじゃ、そろそろ楽にしてやるか。呪文【魂吸収】！」

その男がパチンと指を鳴らす。すると女性が横たわる地面に半径二メートルほどの青白く光る紋章が出現した。

「やめろ‼　何をする気だ‼」

僕はその女性に向かって駆け出した。今あいつは「魂吸収」と口にした。間違いなく人間から魂を抜き取る呪文だ。

すると紋章が出現して数秒後、その女性の身体から〝白く光るもの〟が抽出されるのが見えた。まさかあれが魂なのか……⁉

やがてその〝白く光るもの〟はフッと消える。同時に地面の紋章も消失した。

「大丈夫か⁉　しっかりしろ‼」

僕はその女性の肩を揺らす。だが何度呼びかけても女性の意識が戻ることはなかった。これが魂消失事件の正体か……‼

「おやおや？　どうやら次の生贄が運ばれてきたみてえだなあ」

その男は一人の魂を奪ったにもかかわらず、罪悪感の欠片も感じていない様子だった。僕は女性を地面に寝かせ、ゆっくりと立ち上がる。

「……お前、何者だ」

僕は男の方を睨みつけた。男は頭の後ろを右手でガリガリと掻く。

「一応正体は隠せって言われてんだけどなあ。まあいっか、特別サービスだ」

男は不気味に口角を吊り上げ、こう名乗った。

「俺の名はガブリ。七星天使の一人っつったら分かるか？」

「……!!」

やはりキエルさんが言っていた通り、この事件は七星天使が起こしていたのか……!!

「この人の魂をどこへやった!?　今すぐ元に戻せ!!」

「そいつは無理な相談だなぁ。【魂吸収】によって抽出された魂は自動的に『七星の光城』へと送られる。つまりもうここにはねーんだよ」

七星の光城……そこが七星天使の拠点か……？

「俺だって本当はこんなことしたくねーんだけどなぁ。セアルの命令で仕方なくやってるんだよ。ちょっとは同情してほしいもんだぜ！」

ヘラヘラ笑いながらガブリは言った。あからさまに嘘だと分かる。

「セアル……そいつが七星天使のリーダーだな？」

「ああ。さっき使った【魂吸収】だって元々はセアルの呪文だしな」

そこもキエルさんの推測通りか。どうやらセアルは何らかの方法で【魂吸収】の呪文を他の七星天使にも与えているようだ。多分僕の【能力付与】と同系統の呪文を用いたのだろう。

「……人々の魂を奪ってるのはお前だけじゃないな？」

「ピンポーン！　俺以外にも魂狩りをやってるのは二人いる。だから俺だけを責めるのはお門違いってもんだぜ？」

おそらく一人はセアル。もう一人は別の七星天使だろう。

「何故お前達はこんな真似をしている？　人々の魂を奪って一体何を企んでいるんだ？」

「おいおいさっきから質問ばっかりだなあ！　俺はテメーの先生じゃねーんだ、聞いたら何でも答えてくれるとでも思ってんのかぁ!?」

まともに答える気はナシか。まあいい。

「ああそれと、その女の身体はテメーにくれてやるよ。魂抜かれて意識ねーからおっぱい揉んだり◯◯したり何でもやりたい放題だぜ!?　まあテメーが俺から逃げることができたらの話だけどな」

「……逃げる？　誰が？」

僕はガブリと真正面から対峙する。

「ほう、さっきの光景を目の当たりにして俺に立ち向かおうってか。なかなか根性あるじゃねーの。ま、どのみち俺の正体を知ったテメーを生きて帰すつもりはねーけどな」

「そりゃどうも。それはそうと、お前こそ逃げなくていいのか？」

「……あ？」

ピキッとガブリの額に青筋が入った。

「テメー今何つった？　俺は天使の中でも最上位の存在、七星天使の一人だぞ？　人間如きには及びもつかないほど遙か高いステージに立ってるんだよ!!」

「ああ知ってる。その上で言ったんだよ、逃げなくていいのかって」

更にガブリの額に青筋が入っていく。

「……あー、そうかそうか。どうやら恐怖のあまり気が触れちまったみてーだなぁ。なら俺が目を覚ましてやるよ!!」

ガブリは目を血走らせながら右から左に大きく腕を振った。

「〝三日月斬〟!!」

その軌道が斬撃に変わり、僕に向かって放たれた。それに対し、僕は静かに右手を前に出した。

「呪文【絶対障壁】!!」

僕は敢えて避けず、目の前に無敵の障壁を出現させてガブリの〝三日月斬〟を防いだ。同時に呪文を使ったことで僕の【変身】も解除された。

「なっ……!?」

元の姿に戻った僕を見て、ガブリは驚愕の表情を浮かべた。

「テメー……まさか……!!」

「自己紹介がまだだったな。余は覇王。生態系ピラミッドの頂点に君臨する男だ」

いや、それはちょっと誇張しすぎか？　まあいいや。

「クク……ハハハハ!!　アッハハハハハハハハハ!!」

僅かな沈黙の後、ガブリは豪快に笑い始めた。

「こいつはとんだサプライズだ！　まさかこんな所で覇王に出くわすとはなぁ！　お会いできて光栄

だぜ！」

僕の正体が覇王だと分かっても、ガブリが怖じ気づく様子はなかった。

「いやー、にしても覇王様が人間なんぞに化けてるなんて想像もつかなかったぜ！　覇王としてのプライドとかねーのかよ!?」

「人間の魂を狩ってる貴様にプライドを説かれる筋合いはないな」

「はっ、ちげーねえ」

するとガブリはふと何かを思い出したような顔をした。

「そういやウリエルはテメーに殺されたんだっけな。言っとくがアイツを倒したくらいでいい気になるなよ。アイツは七星天使の中でも最弱だったんだからなぁ」

やっぱり最弱だったのかあの人。

「確かにウリエルは余が葬った。仇を討ちたいと言うのならそれもよかろう」

「けっ、誰がアイツなんぞの為に戦うかよ。俺は俺の意志でテメーと戦うだけだ！」

本当に不憫だなウリエルさん。殺した張本人が言うのはアレだけど。

「最後にもう一度だけ聞いておこう。逃げなくていいのか？」

「調子に乗んじゃねーぞ覇王。テメーは俺に敗北する運命なんだよ。テメーの魂は人間数万人分に匹敵するだろうしなぁ……!!」

どうやらガブリは僕の魂をも奪う気でいるようだ。

「さあバトル再開だ!!　呪文【月重力《ムーングラビティ》】!!」

ガブリがこの呪文を唱えると、急に身体が軽くなるのが分かった。

「【月重力】によって半径一キロ以内の空間は重力が六分の一になった!!　果たしてこの環境でいつも通り戦えるかあ!?」

確かにいきなり重力が変化すると思うように身体が動かない。一方ガブリはこの重力に慣れているのか、軽くなった身体を活かして建物の壁から壁へ次々と跳んでいく。

「〝三日月斬〟!!」

僕の背後を取ったガブリにより再び〝三日月斬〟が放たれ、僕の身体に炸裂した。

「くっ……!」

身体がよろめき、HPが大きく削られる。

何故奴は【魂吸収】を使わない？　僕の魂を奪えばそれで簡単に決着がつくはずだ。おそらく何か理由がある。こいつの性格から考えて相手をいたぶる趣味でもあるのか、あるいは……。

「呪文【覇導弾《はどうだん》】!!」

僕は闇のエネルギーを凝縮させた紫色の物体を生成し、ガブリに向けて放つ。それはガブリの身体に直撃した。

「ハハハハハ!!　おいおい何だその温い攻撃はぁ!!」

しかしガブリはほとんどダメージを受けていないようだった。

「次は俺の番だ！　呪文【月光砲《げっこうほう》】!!」

ガブリの手の平から光のレーザーが放たれ、僕の腹部にヒット。僕は再びよろめき、その場に膝をついた。

「どうしたどうしたあ!?　思ったより全然大したことねーな覇王様！　本当にウリエルに勝ったのか

ぁ!?」

ガブリは右手を上げ、指を鳴らす構えをとる。くるか!?

「これで終わりにしてやるよ！　呪文【魂吸収】!!」

パチンとガブリの指が鳴る。すると先程の女性の時と同じく、僕のいる地面に青白く光る紋章が出現した。

僕はすぐさま立ち上がり、紋章の外に出る。それと同時に紋章も消滅した。

「あーあ、失敗かあ。さすがにまだ早かったか」

「……どうやら紋章の出現から魂の抽出までにはタイムラグがあるようだな」

「おっ、大正解だ！　タイムラグは三秒といったところだな。だからまずは対象が動けなくなるまで痛めつける必要があるってわけだ。面倒くせー仕様だが、ただ魂を奪うだけじゃ物足りねーし別にいいんだけどよ」

やはりそういうことか。これで確信が持てた。

「サービス心に溢れた男だな。そうご丁寧に説明してしまっていいのか？」

「ああ。どうせテメーは俺の前で無様に這いつくばり、俺に魂を抜かれるんだからよ」

どうやらガブリは完全に勝った気でいるようだ。僕は思わず笑みをこぼした。

「礼を言うぞガブリ。おかげでようやく余も本気が出せる」

「……あぁ？」

「茶番は終わりだ。呪文【弱体化】を解除！」

僕は大幅に低下させていたステータスを元の状態に戻した。ここから先はワンサイドゲームだ。

「弱体化を解除……だと？　どういうことだ……!?」

「理解できないか？　余は今までステータスを著しく下げた状態で貴様と戦っていたということだ。本気の1％も出ていない状態でな」

僕は右手を前に出し、人差し指を上げる。

「余が弱体化したまま貴様と戦った理由は二つ。一つ目は貴様に【魂吸収】を使わせ、その呪文の概要を探るためだ。紋章の出現から魂の抽出までタイムラグがあることは貴様が女の魂を奪うのを見た時から大凡見当はついていたが、再度確認しておきたくてな」

続いて僕は中指を上げる。

「二つ目の理由は、本気の1％も出していない余に貴様がどれだけ拮抗できるか試してみたかったからだ。貴様がどこまで余を追い詰めることができるか楽しみだったが、とんだ期待外れだったな。貴様もウリエル同様、取るに足りない存在だ」

「……ク、クク。ハハハハハ!!」

ガブリは笑う。だがその頬には汗が伝っていた。

「本気の1％も出ていないだぁ？　意地張ってんじゃねーぞ覇王。そんなハッタリが通用するかよ!!」

「フッ。本当にハッタリかどうか、試してみるがいい」

「上等だ!!　〝三日月斬〟!!」

ガブリが三度目の斬撃を放つ。僕はその場から一歩も動かず、その攻撃を正面から受けた。

「なんだと……!?」

ガブリの表情が大きく歪んだ。僕が攻撃をまともに受けたにもかかわらず微動だにしなかったからだろう。

「今のはたった1ポイントのダメージだ。果たして何度これを繰り返せば余のHPを0にできるのだろうな」

「このっ……!! 呪文【月光砲】!!」

ガブリが放った光のレーザーが僕に直撃する。しかしやはり僕の身体を動かすには至らない。

「どうした? 貴様の力はその程度か?」

「【月光砲】!! 【月光砲】!! 【月光砲】!!」

やけになったのか、ガブリは【月光砲】を何度も撃ってくる。だが所詮は無駄な足掻きでしかなかった。

「やれやれ、まるで子供とじゃれ合う父親の心境だな。だが同じ呪文ばかりだと父さんも飽きてくるぞ」

ガブリの呼吸が徐々に荒くなっていく。やがてガブリは【月光砲】を撃つのをやめ、腕をダランと下ろした。

「馬鹿な……何故効かねえ……!?」

「これで思い知っただろう。余と貴様の間には天と地ほどの力の差があるのだ」

ガブリは息を切らしつつも、僕を鋭く睨みつける。この目はまだ諦めていないようだ。

「次はこちらの番だ。呪文【覇導弾】!!」

僕はガブリに向けて【覇導弾】を放った。ガブリは防御のつもりなのか、両腕を胸の前でクロスさせた。

「ぐあああああああああ!!」

ガブリの悲鳴が響き渡る。僕の【覇導弾】はガブリの左腕に直撃し、まるでマグマをぶっかけたように皮膚を大きく爛《ただ》れさせた。

「俺の……俺の腕がっ……!!」

「これが本当の【覇導弾】の威力だ。先程とは段違いだろう?」

避けてさえいればこんなことにはならなかったものを。一発目の【覇導弾】が大したことなかったので、二発目も問題ないと判断してしまったのだろう。

「もうその腕はまともに動かせまい。ま、腕が吹っ飛ばなかっただけでも幸運と言えるだろう」

「黙りやがれえ!!」

ガブリが僕に向かって駆け出し、勢いよく右腕を突き出してくる。それを見て僕は小さく息をついた。

「もう悪足掻きはよせ。呪文【大火葬《だいかそう》】!!」

ガブリの身体を巨大な炎の渦が包み込んだ。

「うあああああああ!!」

再びガブリは悲鳴を上げ、炎が消えるまで激しくのたうち回った。僕はその様子をただ黙って見つめる。

「く……そが……!!」

炎が消えた後、ガブリは右手で左腕を押さえながらヨロヨロと立ち上がった。まだ戦う気力が残っているとは驚きだ。

「改めて聞こうか。貴様ら七星天使が人間共の魂を奪っている目的は何だ？　素直に吐いたら少しだけ寿命を伸ばしてやろう」

「あぁ……⁉　片腕を潰したくらいで調子に乗ってんじゃねえ……‼　この程度どうってことねえんだよ……‼」

やはり答える気はナシか。ならばこれ以上生かしておく理由はないだろう。

「テメエこそ何故人間の味方をする……⁉　人間がどうなろうが覇王のテメエには何の関係もねーだろーが……‼」

「余の質問には答えないのに自分の質問には答えろと？　それは虫がよすぎるな」

しかし思ったよりしぶとい。こいつを戦闘不能にするまであと数分は掛かりそうだ。あまり騒ぎを大きくして誰かにこの場を嗅ぎつけられたりしたら面倒なことになる。

だがこれはあくまで僕が普通に戦ったらの話だ。僕にはこの戦いを数秒で終わらせることができる呪文がある。

「そろそろオママゴトも終わりにしよう。よい子は寝る時間だ。呪文【死の宣告】！」

暗転する視界。直後、ガブリの身体を葉脈のような黒い筋が蝕み始める。

「な、何だこれは⁉　一体何をしやがった⁉」

「【死の宣告】は対象に死を与える呪文。貴様はもう終わりだ」

「……はあ⁉　ふざけんな‼　そんな呪文あるわけねえだろーが‼」

「現実を受け入れられないか？　まあ無理もないだろう。そういえばウリエルもこの呪文で葬ったのだったな」

「なに……!?」

「ウリエルも貴様と似たような反応だった。真偽はあの世でウリエルに直接確かめてみるがいい」

既に黒い筋はガブリの首のあたりまで浸蝕していた。

「嘘だ……この俺が……七星天使の俺が……!!」

「だがこの呪文は貴様が使っていた【魂吸収】と違い、都合よく魂だけ奪うことなどできない上、絶命まで最低でも十五秒は掛かってしまう。【魂吸収】に比べたら完全下位互換の呪文だよ」

ガブリはギリギリと歯を食いしばり、僕に向かって駆け出した。

「覇王おおおおおおおおおお!!」

「……タイムアップだ」

【死の宣告】が発動する。ガブリの最期の足掻きも僕に届くことなく、ガブリは絶命し、その場に倒れた。間もなくガブリの身体は蝋燭の炎のようにフッと消えた。

「……?」

それを見て僕は一つの違和感に気付いた。ウリエルや下級天使が死んだ際は、身体が塵となって空気に溶け込むように消えていったのを覚えている。

だがガブリのそれは明らかに他の天使達と違っていた。ガブリだけ死んだ際の消え方が異なるとは考えにくい。となると――

「……分身の類か」

僕がたった今葬ったのは本物のガブリではない。おそらくガブリが呪文で作り出した分身だったのだろう。本物は別の所にいる。

まったく、とんだ戦い損だった。だがあれほど高性能な分身を生み出す呪文となるとMPの消費も膨大なはずだ。何度もポンポン使えるものではないだろうし、全くの無駄というわけではなかっただろう。

「!!」

その時だった。背後に何者かの気配を感じ、僕は素早く振り返る。すると一つの影がこちらに近付いてくるのが分かった。

「分身とはいえ、あの七星天使が手も足も出ないとはな。流石だと言っておこう」

それは女性の声だった。やがて僕の目はその姿を捉える。背は比較的高く、髪はショートの赤。見た目は二十代前半で、なかなかの美人である。どうやら今のガブリとの戦いを見られていたようだ。

「……貴様、何者だ。七星天使の仲間か？」

「残念だが私はごく普通の人間だ。多少呪文が使えるだけのな」

彼女は覇王の僕を目の前にしても全く物怖じしていない様子だった。この姿を見て平然としている人間は初めてかもしれない。

「私の名はサーシャ。お会いできて光栄だよ、覇王様。いや、ユート様とお呼びした方がいいのかな？」

＊

ガブリの分身を葬った直後、突然僕の前に現れた一人の女性。そして彼女の発言に、僕は驚愕を余儀なくされた。

「何故貴様がその名を知っている……!?」

ユートの名を知っているのは覇王軍の悪魔達とキエルさんだけのはずだ。どうしてこの人がその名前を……!?

「知っているさ、お前のことは何でもな。お前にアンリやペータといった部下がいることも、リナという設定だけの妹がいることもな」

えっ、そんなことまで!?　しかもリナのことまでバレている。まさか覇王軍の中に情報を漏らしている悪魔がいるのか……?

いや。リナが僕の妹というのが設定だと知っているのは覇王軍の中にもいないはずなので、その線は薄い。とにかく動揺を見せてはダメだ。ここは覇王として毅然とした態度でいなければ。

「どこでその情報を手に入れた?」

「お前なら見当はつくんじゃないか?　それを可能とする呪文をお前も所持しているはずだ」

僕は少し考える。やがてある呪文の名が僕の頭に浮かんだ。

「まさか……【千里眼】か?」

「ご名答。【千里眼】があれば世界中のどこへでも自分の視界を飛ばすことができる。加えて私は【千里聞】の呪文も所持していてな」

「【千里聞】……？」

「簡単に言えば【千里眼】の聴覚バージョンだ。この二つによって私は世界中のあらゆる情報を入手できるわけだ。無論、覇王に関することもな。お前がこの世界に蘇った時からずっと、私はお前のことを観察していた」

マジかよ。それって立派なプライバシーの侵害じゃないか。僕も人のことは言えないけども。でもまさか人間の中にも【千里眼】を所持している者がいるなんて驚きだ。その上【千里聞】とかいう呪文まで所持しているとは。

「ちなみに私がここに来たのは【未来予知】の呪文によって覇王と七星天使がこの場で戦う未来が見えたからだ」

「……ほう、未来を予知することもできるのか。なかなか優秀だな」

とまあ上から目線で言ってみたものの、内心ではかなり驚いていた。もはや多少呪文を使えるってレベルじゃないだろ。一体何者だよこの人。

「ふっ。膨大な数の呪文を所持する覇王様に褒められても皮肉にしか聞こえないな」

「皮肉などではない。余は素直に感心して――」

そこでふと僕はあることに気付き、言葉を止めた。

ちょっと待てよ。さっきこの人、僕のことをずっと観察してたって言ったよな？　ということは……。

「まさか貴様、余の〝あのこと〟も知っているのか？」

「あのこと？　お前の中身が普通の人間だということか？」

やっぱり!!　リナとの会話もバッチリ聞かれてるじゃん!!　やばいどうしよう、最大の弱味を握られてる!!

「ま、悪魔の頂点に君臨する覇王が実は元々人間だった、なんてことがバレたら大騒動になることは間違いないだろうな」

サーシャが不敵に笑う。まさかこの人、僕を脅す為にここに来たのか……!?

落ち着け僕。決して動揺を見せるな。これを弱味だと彼女に認識させないために全力で虚勢を張るしかない。

「ふっ、言いふらしたければ勝手にするがいい。余に仕える悪魔達は余のことを心から慕っている。たとえ余の中身が人間ということが露呈したとしても、我々の体制が揺らぐことはない」

「そうか。なら言いふらしても問題はないな？」

やっぱりそうくる!?

マズイぞこれは。悪魔の大半は人間を嫌悪してるし、もし知られたら悪魔達がどんな行動に出るか分かったもんじゃない。その中でも特に人間を嫌っているアンリにバレたらどうなるか、想像しただけで背筋が凍りついてしまう。

「ははっ、冗談だ。そんなことをしても私には何の得もないし、お前達の体制がどうなろうと全く興味がないからな」

僕は心の中で大きく安堵した。この人が弱味をチラつかせて脅迫するような人じゃなくてよかった。下手したら口封じの為に彼女の命を奪う羽目になっていたかもしれない。

「ならば貴様が余の前に現れた目的はなんだ？　ここで余と一戦交える為か？」

「まさか。さっきも言ったが私はごく普通の人間だ。そんな私が覇王に挑んで勝てるわけがないだろう」

ごく普通の人間が【千里眼】や【未来予知】を使えるだろうかという疑問はあるけど、それは置いておこう。

「それに今の私は足に怪我を負っている。日常生活に支障はないが、戦闘など無理に等しい。まあ怪我の有無にかかわらず、お前と戦ったら秒殺されるのがオチだろうがな」

「……つまり余の命が狙いではないということか」

「ああ。これでも身の程は弁えているつもりだ。そもそも私にはお前の命を狙う理由がない」

「では貴様の目的は何だ？　何の目的もなく余の前に現れたわけではあるまい」

「……そうだな」

しばらく沈黙が流れた後、サーシャは頭を深く下げた。

「頼みがある。どうか私の仲間になってほしい」

「!!」

完全に予想外の発言だったので、僕は一瞬呆気にとられてしまった。

「ふっ。くくっ……」

そして思わず笑いが込み上げてきてしまう。

「何がおかしい？　私は真剣だぞ」

「いやすまない。まさかこの覇王を仲間にしようとする人間が現れるとはな。もっと理知的な女だと思っていたが、これは面白い。貴様は自分が何を言っているのか分かっているのか？」

「当然だ。私はお前を仲間にする為ここに来た」

サーシャの目からとても強い意志を感じる。どうやら彼女は本気のようだ。

「だが余を仲間にして一体どうする？　余の力を利用して世界征服でも画策しているのか？　言っておくが余はそのようなことの為に力を行使するつもりは一切ない」

「生憎そんな大それたことを企むほどの野望は持ち合わせてなくてな。お前を勧誘しているのはもっと合理的な理由だ」

「ほう。その理由とは？」

「……七星天使を抹殺する為だ」

思わぬ発言がサーシャの口から続けて飛び出した。

「お前も知っていると思うが、現在何人もの人間が七星天使によって魂を抜かれる事件が起きている。私は何としてもこれを阻止しなければならない」

魂消失事件の犯人のことまで把握しているのか。これもきっと【千里眼】と【千里聞】のおかげなのだろう。

「貴様は七星天使が人々の魂を集める目的を知っているのか？」

「残念ながらそこまでは知らない。私の呪文もさすがに『天空の聖域』までは及ばないからな」

天空の聖域……そこが天使達の住処なのだろう。どんな所か一度この目で見てみたいものだ。

「つまり余を仲間にして七星天使を退治してもらおうという腹か」

「それもあるが、お前一人に全てを押し付けるつもりはないさ。人間の魂が奪われているというのに、同じ人間である私達が何もしないというのは情けない話だからな」

「……貴様ら人間も七星天使と闘うと？　それはやめておくのが無難だ。七星天使は余から見れば脆弱な存在にすぎないが、人間にとって強大な敵であることに変わりはない」

「分かっている。それは身をもって体験した」

「……身をもって？　七星天使と交戦したのか？」

サーシャは自分の左足を指差した。

「先程私は足を負傷していると言ったな。これは七星天使の一人、セアルにやられたものだ」

「！」

セアル。七星天使のリーダーであり、魂消失事件の主犯の名だ。

「私はセアルに戦いを挑んだ。腕にはそれなりに自信があったつもりだが、全く歯が立たなかったよ。逃げるので精一杯という無様な結果に終わってしまった」

「そうか。身の程を弁えていると言ったわりには蛮勇だったな」

「返す言葉もない。【未来予知】でセアルが人間の魂を奪う未来が視《み》えて、いてもたってもいられなくなったものでな。だが七星天使の実力を見誤っていたのも事実だ」

「……そこまで分かっていながら、貴様ら人間が七星天使と闘うと？」

「ああ。私にはその策略がある。『狂魔の手鏡』は聞いたことがあるか？」

狂魔の手鏡？　初めて聞く単語だ。

「その顔は知らないようだな。『狂魔の手鏡』は数百年前に天使への対抗手段として作られた代物だ。それを作ったのが人間なのか悪魔なのか、またどのような技術で作られたのか、今となっては謎だがな」

「天使への対抗手段というからには、その鏡には天使の力を封じる力でもあるのか？」

「その通り。『狂魔の手鏡』に姿を映された天使は人間の赤ん坊並みに力が弱体化し、あらゆる呪文が使用不能になる」

「……なるほど。その鏡さえあれば、貴様ら人間でも天使を打ち倒すことができるということか」

凄い鏡だな。一体どうやってそんな代物を作ったのやら。

「今まで『狂魔の手鏡』は行方が分からなくなっていたが、ついに先日その在処が判明した。だが天使達がこれに気付くのも時間の問題だろう。いや、もしかしたら既に気付いているかもしれない」

「天使共はその鏡を見つけ次第、破壊するだろうな。ならばこんな場所で余と雑談してないで、真っ先にその鏡を取りに行くべきではないか？　その言い方だとまだ入手できていないのだろう？」

僕がそう言うと、サーシャは小さく溜息をついた。

「そう簡単に取りに行けたら苦労しないんだがな。『狂魔の手鏡』が隠されているのは『邪竜の洞窟』と呼ばれる所だ」

「……邪竜の洞窟？」

「その洞窟はレベル７００を超える三体のドラゴンによって統治されている。その他にもレベル三桁のモンスター達がウヨウヨ棲息している。正直私達だけではそいつらをかいくぐって『狂魔の手鏡』を手に入れるのはかなり困難を極めるだろう」

なんかいかにもやばそうな洞窟だな。でもこれで大体話は見えてきた。

「つまり貴様が余を仲間に引き込もうとする一番の理由は『狂魔の手鏡』の入手に協力させる為、ということか」

「長々と説明したが、そういうことだ」

「……随分と回りくどいやり方だな。直接余に七星天使を葬ってほしいとお願いすればいいものを」

「さっきも言ったが、お前一人に七星天使の抹殺を押し付けるつもりはない。それに私も、やられっぱなしでは気が済まない性格でな」

サーシャは自分の左足に目を向ける。

「しかしそれは貴様にとって些か都合がよすぎるな。貴様の仲間になったところで余には何のメリットもない。人間の力など借りずとも、余の力だけで七星天使は殲滅できる」

「そう言うと思ったよ。だが安心しろ、ちゃんと見返りは考えてある」

「……ほう?」

「お前は天使達がどうやって地上と天空を行き来しているか知っているか？」

このサーシャの質問に、僕は喉を唸らせる。そういや考えたことなかったな。天空の聖域とやらは地上からかなり離れた所にあるイメージだし、普通に行き来してたらかなり時間を要しそうだ。

「【瞬間移動】のような呪文を使っているのではないのか？」

「基本、地上と天空の往来に転移系や転送系の呪文は使えない。というか、それが可能だったらお前もとっくにそうしているはずだ」

「……そうだな」

そもそも【瞬間移動】を使って天使達の領域に行くという発想がなかった。

「この世界のある場所に、地上と天空を繋ぐ〝ゲート〟がある。七星天使はそのゲートを使って行き来している」

「……なるほど。貴様はそのゲートの場所を知っているのか？」

「ああ。もしお前が私の仲間になってくれるのならゲートの場所を教えてやろう。お前にとっても悪い話ではないはずだ」

「……！」

ガブリは人々から奪った魂は『七星の光城』に送られると言っていた。その城はほぼ間違いなく天空の聖域内にある。もしゲートの場所が分かれば、そのゲートを使って天空の聖域に向かい、人々の魂を取り返すことができるかもしれない。

「お前が自分の力でゲートを見つけるというのならそれでもいいが、なんせこの世界は広い。【千里眼】を駆使したとしても最低一年は掛かるだろう。私もゲートを発見したのはつい最近のことだ」

だが果たしてそのようなゲートは存在するのだろうか。仮に存在したとして、本当に彼女はその場所を知っているのだろうか。僕を仲間に引き入れる為の真っ赤な嘘、ということも考えられる。

こんなことなら以前襲撃してきた下級天使を何人か捕虜にしておけばよかった。そうすればゲートに関する情報を聞き出せたかもしれない。

「七星天使はあと六人もいる。いくらお前の力が強大でも、六人全員を倒すとなると時間が掛かるだろう。私達と協力すればその時間は大幅に短縮できるはずだ」

「…………」

「私とお前の目的は一致している。仲間になって損はないと思うがな」

僕は少し考える。確かに主犯のセアルを倒したところで魂消失事件が止まるとは限らない。おそらくセアルはガブリ以外の七星天使にも【魂吸収】の呪文を付与している。ならば七星天使全員を葬らない限り、この事件が終わったとは言えないだろう。事件の解決を第一に考えるならば、この人の誘いに乗るのも一つの手か……？

「ま、お前にも色々と思うところがあるだろうし、今すぐ返事をしろとは言わない。だができるだけ早く――あっ」

その時突然、サーシャの全身から眩い光が放たれた。僕は反射的に右腕で両目を覆う。

何だ⁉　一体何が起きた⁉

「……は？」

次に目を開けた時、僕は唖然としてしまった。そこにはさっきまでいたはずのサーシャの姿がなく、代わりに見た目が五、六歳の小さな女の子が立っていたからである。

どうなってんの？　今の一瞬で何が……⁉

「しまった。私としたことが、交渉に気を取られて【急成長】のタイムリミットを忘れていた」

「……まさか、サーシャか？」

「いや違う。私は先程の女の妹……ヤーシャだ」

「サーシャだな？」

「…………」

しばらくして女の子は観念したように溜息をついた。

「バレてしまったものは仕方がない。では改めて自己紹介させてもらおうか」

女の子はコホンと小さく咳払いする。

「私の名はサーシャ。六歳だ」

なんだとおおおおおおおおお!?

僕は心の中で絶叫した。僕は今まで六歳の女の子と話してたのか!?

「さっきまでの私は呪文【急成長】によって一時的に大人の姿になっていた。これが私の本来の姿だ」

「……何故わざわざそんな真似をしていた？」

僕は動揺を表に出さないようにしながら尋ねる。

「そんなもの、子供のまま交渉に臨んだら舐められるからに決まっているだろう」

「……なるほどな」

僕は子供になったサーシャをまじまじと見つめる。

「こら、そんな物珍しそうに見るな」

サーシャがムッとした顔になる。か……可愛い……。

思わず抱き締めたくなるような可愛さ。実際に抱き締めたら事案になってしまうので僕はグッと衝動を抑え込む。そして気が付けば僕は呪文【創造】を発動し、一個の飴玉を生成していた。

「飴、いるか？」

「……お前、私を馬鹿にしているのか？　頂いておこう」

頂くのかよ。こういうところはしっかり子供なんだな。

サーシャは飴玉を受け取った後、僕に一枚の紙を差し出してきた。どうやらこの周辺の地図のようだ。ある地点に赤い丸印が書かれている。

「その丸印は私達のアジトの場所を示している。もし私の仲間になろうという気になったらアジトまで来てほしい」

「……ああ」

僕はサーシャからその地図を受け取った。

「返事はできるだけ早く頼む。一刻も早く七星天使を抹殺したいというのもあるが、私にはあまり時間が残されていないからな……」

時間が残されていない？　どういう意味だろうか。

「では、私はこれで失礼させてもらう」

「待て」

その場から立ち去ろうとしたサーシャを呼び止める。

「貴様、何者だ？　ただの人間にしては所持呪文が多様すぎる上、明らかに知能が六歳のそれではない。本当に普通の人間か？」

怪しい組織から変な薬を飲まされて、見た目は子供頭脳は大人の名探偵になりました、みたいなことはないだろうし。

僕の問いに対し、サーシャは力無く微笑んだ。

「このことはあまり話したくなかったんだがな……。まあいい、話しておこう」

そう呟いた後、サーシャは僕に背を向けた。

次の瞬間、僕は驚くべきものを目にした。なんとサーシャの背中に小さな白い翼が生えたのである。

「貴様、天使だったのか……⁉」

いや待て、おかしい。僕が今まで見てきた天使はどれも背中の翼は二枚だった。だがサーシャの翼は右側だけ、つまり一枚しか生えていなかったのである。

「半分正解だな。私は天使と人間の間に産まれた子供だ」

「何……!?」

更なる衝撃の事実が僕を襲った。

「私の身体には天使と人間の血が半分ずつ流れている。母が天使で、父が人間だ。母は私が産まれた時に亡くなり、私はこの地上で父に人間として育てられた。だから自分のことは人間だと思っている」

「……天使と人間が結ばれるケースは多いのか？」

「ほとんどないと言っていいだろう。実際にあらゆる国の法で禁止されているからな。だが私の両親の愛は法で縛ることなどできなかったわけだ。ロマンチックな話だと思わないか？」

「……そうだな」

実際ちょっと胸が熱くなってしまった。

「だが地上での生活は決して楽なものではなかった。天使と人間の間に産まれた私は人々から異端者として扱われ、これまでありとあらゆる差別を受けてきた」

「……差別、か」

僕は奴隷のリナを引き取った時のことを思い返した。やはりどこの世界でも差別は存在するのか。

しかもこんな小さな子供に……。

サーシャが大人の姿で僕の前に現れたのは、一種の自己防衛という意味合いもあったのかもしれない。

「父はそんな私を必死に庇いながら、とても大事に育ててくれた。何度『私のせいだ』と謝られたことか。だが私はそんな父のことを尊敬し、心から感謝していた」

「……していた？」

「ああ。先日、私の父は七星天使の一人に魂を奪われた」

「!!」

サーシャは悔しさを滲ませた表情で、拳を強く握りしめる。

「どの七星天使にやられたかまでは分からない。分からないのなら一人残らず抹殺するまでだ。奴らには大切な者を奪われた人間の痛みを思い知らせる必要がある……!!」

その言葉からは明確な怒りが感じられた。サーシャが七星天使の抹殺に執着する理由がよく分かった。

「……語りすぎたな。今の話は忘れてくれ」

サーシャはもう一度力無く微笑み、静かに歩き出す。

「ま、天使の腹から産まれた私が天使を抹殺しようとしているとは、なんとも皮肉な話だがな……」

そう言い残し、サーシャは僕の前から姿を消した。

人間からあらゆる差別を受け、天使から大切な父親を奪われる。まるで運命までもがサーシャを敵に回しているように思えて、僕は胸が痛くなった。

＊

僕はガブリによって魂を奪われた女性を両手で抱え、リナの待つ宿に向かう。とりあえず呪文で女性の身体の傷は治したものの、やはり意識は戻らなかった。魂を取り返す以外にこの人を元に戻す方法はないだろう。

「お兄様！」

宿が見えてくると、外に出て僕の帰りを待つリナの姿があった。リナはとても心配そうな顔で僕のもとに駆け寄ってくる。

「リナよ。こんな夜遅くに外に出ていたら危険だぞ」

「す、すみません、お兄様のことを思うと、いてもたってもいられなくなって……。何かあったのですか？」

「七星天使の一人、ガブリと一戦交えてきた。と言っても相手は分身だったがな」

「えっ⁉　だだ、大丈夫でしたか⁉　お怪我は⁉」

「心配するな。見ての通りかすり傷一つ付いていない」

「よ、よかったです……」

リナはとても安心したように息をついた。

「ところでお兄様、その女性は……？」

「ガブリに魂を抜かれた女だ」

「えっ……⁉」

リナは青ざめた顔で女性を凝視する。

「も、もうどうすることもできないのですか……？」

「魂を取り返さない限りはな。朝になったら余が近くの病院まで運ぶ。医者にどうにかできる問題ではないが、他に預けられる所もないだろう。悪いがそれまでリナの部屋に寝かせておいてくれないか？」

「……はい、もちろん大丈夫です」

僕も中身は思春期の男子。意識のない女性と一緒に寝て朝まで理性を保てる保証はないし。

僕とリナは宿の中に入り、女性をリナの部屋のソファーに寝かせ、毛布をかける。それからリナにはまた僕の部屋に来てもらい、事の経緯をリナに説明した。主にサーシャのことを中心に。

「天使と人間の間に産まれた子、ですか……」

「ああ。サーシャは七星天使を抹殺する為、余に『仲間になってほしい』などと言ってきた。己の目的を成し遂げる為なら覇王の力をも利用しようとする心意気には素直に感心したものだ」

「そ、それで、なんとお答えしたんですか？」

「返事は保留にしてあるが、余にも覇王としての立場がある。人間の仲間になるつもりはないが、一時的に協力関係を結ぶくらいはしてやってもいいと考えている」

僕はリナが用意してくれたお茶を口まで運ぶ。

「人間の策に乗じるのは少々癪《しゃく》だが、余の最終目標は人間と悪魔が共存できる世界を作ること。ならば今の内に人間に協力的な姿勢を見せておくことも必要だ。これはその大きな一歩になることだろう」

「はい、私もそう思います」

「……あと、保護欲を掻き立てられたというのもあるかもしれない」

僕の脳裏に子供姿のサーシャが浮かぶ。

「ほ、保護欲……？」

「いや、今のは忘れてくれ」

言っておくが僕は断じてロリコンではない。小さな女の子を可愛いと思うのはごく普通の感情……だよね？

「そういえば、覇王城を出てからアンリ達には何の連絡もしていなかったな」

アンリのことだから多分ものすごく心配してるだろう。僕は念話を使ってアンリに連絡を試みる。まだ寝てないといいんだけど……。

「アンリ、余だ」

『ユート様!!　首を長くしてユート様からのご連絡をお待ちしておりました!!　こちらから連絡しては御迷惑かと思いまして……!!　お身体の方は大丈夫ですか!?　体調は崩されていませんか!?』

ほら、やっぱりものすごく心配してた。

「案ずるなアンリ、こちらは何も問題ない。今まで連絡できずにすまなかったな。覇王城の方は何か異常はないか？」

『はい、特にございません』

「そうか。覇王城に帰還するのはもう少し先になりそうなので、ひとまずこのことを伝えておこうと思ってな」

『えっ……!?』

「ん？　どうしたアンリ」

『……いえ、何でもございません。承知致しました』

急にアンリの声のトーンが下がった。僕としばらく会えないことが分かってショックなのだろうか。

「それとアンリに一つ頼みたいことがあるのだが、よいか？」

『勿論です!!　何なりとお申し付けください!!』

今度は声のトーンが上がった。僕に頼られることが相当嬉しいようだ。

「これは先程得たばかりの情報なのだが、天使が地上と天空を行き来する手段として〝ゲート〟を利用していることが判明した」

『ゲート、でございますか？』

「うむ。そのゲートは人間領のどこかに存在する。そこで覇王軍の悪魔達を使ってそのゲートの場所を特定してほしい。指揮はお前に任せる」

『かしこまりました。必ずやユート様のご期待に応えてみせます』

「……ただし決して悪魔達に無理はさせるな。まだゲート自体が存在すると確定したわけではないのだからな」

『もちろん分かっております』

本当に分かってるのだろうか。魂消失事件の調査を頼んだ時のことを考えると不安でしょうがない。もしゲートを見つけられなかったら悪魔達諸共自害するとか言いそうだ。

「用件は以上だ。夜遅くに連絡してすまなかったな」

『滅相もございません。いつでもご連絡をお待ちしております』

僕はアンリとの念話を切った。

アンリにゲートの探索を依頼したのはあくまで保険だ。七星天使も馬鹿じゃないだろうし、普段から何らかの手段で外部から視認できないようにしている可能性が高い。悪魔達がゲートを発見してくれたらそれが一番だけど、あまり期待はしないでおこう。

「明日、早速サーシャのアジトに向かう。リナには引き続き余と行動を共にしてもらいたいが、よいか？」

「もちろんです！　お兄様とならたとえ火の中ゴミの中、どこまでもご一緒します！」

ゴミの中はちょっと嫌だな、と思う僕であった。

＊

翌朝。再び【変身】の呪文で人間の姿になった僕は、女性を病院に運んだ後、サーシャから貰った地図を頼りにアジトに向かうことにした。リナは半歩下がって僕に付いてきている。

地図を見る限りアジトまでの距離はここからそう遠くなく、徒歩でだいたい一時間弱と思われる。【瞬間移動】を使ってもいいけどまた変身するのは面倒だし、最近まで城の中に籠もりっきりだったのでちょうどいい運動になるだろう。

歩き始めて四十分が経った頃。町を出て草木が生い茂る道を歩いていると、木の幹に背をもたれて腕を組んでいるサーシャの姿を発見した。また【急成長】を使ったのか、大人の姿である。サーシャも僕達に気付いたらしく、こちらに近付いてきた。

「待っていたよ覇王。いや、今はユートと呼んだ方がいいか」

やはり人間に変身した僕の姿も把握済みか。

「……まるで僕達が来ることを予め知ってたみたいだな」

「実は【未来予知】でお前達が来ることは分かっていた。せっかくだから近くまで迎えに行こうと思ってな」

「……便利な呪文だな」

なんだか無性に悔しい。やっぱり【瞬間移動】で直接行けばよかった。

「確かに便利だが、必ずしも万能というわけじゃない。実際に私の本来の姿を見られることは完全に想定外だったからな……」

溜息交じりにサーシャが言った。どうやらあらゆる未来を予知できるわけではないらしい。するとサーシャはリナの方に目を向けた。

「お前がユートの妹か。私はサーシャ。よろしくな」

「リナです。お兄様から色々と話は聞きました。こちらこそよろしくお願いします、サーシャさん」

握手を交わすリナとサーシャ。

「ちなみにこの人、六歳だからな」

「……へ？」

リナの目が点になる。そういや【急成長】の呪文のことはまだ話してなかったっけ。

「も、もう。お兄様も冗談を言うことあるんですね。どこからどう見ても大人の女性じゃないですか」

「冗談じゃないぞ。なあサーシャ？」

「……ああ」

サーシャが頷くと、リナの身体がカタカタと震えだした。

「さ、最近のお子様は、とても成長がお早いのですね……」

「違うんだリナ。実は——」

僕が説明すると、リナは納得した顔で息をついた。

「呪文で一時的に大人になっているのですね。ビックリしちゃいました……」

「僕も最初見た時は驚いたよ。なんせ大人の姿でも全然違和感なかったからな」

むしろ大人の姿の方がしっくりくるくらいだ。

「それはどうも。ついでに一つ頼みがあるのだが、私が本当は六歳だということは秘密にしてもらいたい」

「あっ、じゃあリナに教えたのもマズかったか？」

「まあ、お前の身内くらいなら許そう。それよりお前がここまで来たということは、私の仲間になってくれるということでいいのか？」

僕は首を横に振った。

「悪いけどアンタの仲間にはなれない。僕にも覇王としての立場があるからな。万が一にも僕が人間の仲間になったことが部下達に知られたら大変なことになる」

「……そうか。覇王も色々あるのだな」

「だけど一時的に協力関係を結んでもいいとは思ってる。僕にとっても人間に恩を売っておくのは悪い話じゃない」

人間に手を貸したことがバレたらそれはそれで大変なことになりそうだけど、こっちはまだ誤魔化しようがある。

「一時的な協力関係、か。落とし所としては妥当だな。しかしそれだと『私の仲間になったらゲートの場所を教える』という条件が満たせなくなるが、それはどうする？」

「サーシャの目的は『狂魔の手鏡』を手に入れることなんだろ？　だったらゲートの場所はその目的を果たした時に教えてくれ。鏡さえ手に入れば文句はないはずだ」

「いいだろう。約束する」

やけにあっさり承諾したな。もしかしたら僕とこんなやり取りをすることも既に視えていたのかもしれない。まったく食えない人だ。

「言っておくが僕はまだアンタのことを信用したわけじゃない。アンタが本当にゲートの場所を知っているのか、まだ半信半疑だからな」

「それは少しショックだな。まあ私の身体に天使の血が流れているのは確かだし、疑いたくなるのも無理はない。実は私は七星天使のスパイで、真の目的は『狂魔の手鏡』の入手ではなく破壊だった、なんてこともあり得るからな」

「……いや、そこまで疑うつもりはないけどさ」

「さて。ずっと立ち話というのもなんだし、そろそろ私のアジトに向かうとするか。ここから先は案内しよう」

一旦話を切り上げ、サーシャを先頭に僕らは歩き出す。その途中、サーシャは何度か痛みを堪えるような仕草をすることがあった。セアルとの戦いによって負傷した左足が響いているのだろう。

「その足、後で僕の呪文で治してやろうか？」

「心遣い感謝するが、気持ちだけ受け取っておく。この怪我があるおかげで、私は七星天使への憎しみを常に保ち続けることができるのだからな」

「……そうか」

「あ、あの！　私思ったんですけど……」

そこでリナが間に入ってきた。

「魂消失事件の犠牲者って、もう何百人も出てるんですよね？　だったら各国の偉い人達に協力を仰いだりはできないのでしょうか？　まだ事件のことを知らない人は多いみたいですし、事件の認知度を上げることができれば、犠牲者は大幅に減らせると思うのですが……」

「その偉い人達が、七星天使とグルだったとしたら？」

「……え!?」

サーシャの言葉に、リナは大きく目を見開いた。

「もちろん私も国の上層部に掛け合ったりもしてみたさ。だが結局はお茶を濁されただけだった。私の考えではおそらく七星天使は各国の大臣達に働きかけ、事件の隠蔽工作を行わせている。人々に事件のことがほとんど浸透していないのはそのせいだろう」

隠蔽工作、か。悪魔からの報告を受けた時から七星天使と権力を持った人間が繋がっていることは僕も推察していたが、サーシャも同じ考えだったようだ。

「ど、どうしてそんなこと……!?」

「これまで人間領が悪魔達の侵攻を受けてこなかったのは、七星天使を始めとした天使達の存在があったおかげだからな。それを口実に命令されて首を縦に振るしかなかった、そんなところだろう。なあ覇王様?」

ここで僕に振るのかよ。

「言っとくけど僕は人間領を侵略するつもりなんて全くないからな」

「ほう。そこまで強大な力を持っているにもかかわらず、お前には世界征服などといった野心はないのだな」

世界征服、ねえ。僕の力があれば可能だろうけど、そういう方向に力を使うつもりはない。あくまで僕の理想は人間と悪魔が共存できる世界を作ることだ。

「そんなわけで国を当てにすることはできない。自分の身は自分で守るしかない、ということだ」

「ど、どうしてそこまでして人々の魂を奪う必要が……」

「さあな。それは七星天使から直接聞き出すしかないだろう」

こんな話をしている間に、僕達はサーシャのアジトに到着した。

「随分とデカいな……」

「ですね……」

サーシャのアジトを見て僕とリナは驚いた。そこには一般高校の校舎くらいはありそうな建物が堂々と建っていたのである。もっとこじんまりとした秘密基地っぽい所を想像してた。

「驚いたか？　このアジトはとある大富豪の別荘を改築したものでな。所有者から奪っ――快く譲ってもらったんだ」

「今奪ったって言いかけなかったか？」

「……ま、私の呪文は人の弱味を握ることに関しては最強だからな。長年誰も住んでいなかったようだし、私達に使ってもらった方がこの建物も喜ぶだろう」

サーシャが不敵に笑う。凄く悪い顔だ。

「それとアジトに入る前に一つ頼みがあるのだが、ユートにはこのまま人間の姿を続行してもらいたい。覇王の姿だと子供達が失神してしまうからな」

子供達……？

「まあ僕もそのつもりだったから別に構わないけど、この状態で呪文を使うと【変身】が解けて覇王の姿に戻ってしまう。だから僕は何の呪文も使えない普通の人間ってことにしといてくれ」

「ふふっ。普通の人間、か。承知した」

「あと、子供達って？」

「それは入れば分かる。では行こう」

僕、リナ、サーシャはアジトの中に入る。一階はホテルのエントランスホールのような広い空間が広がっていた。

奥の方からは子供達のはしゃぐ声が聞こえてくる。そのまま足を進めると、そこには滑り台やジャングルジムといった様々な遊具が置かれており、大勢の子供達が楽しそうに遊ぶ光景があった。

さっきサーシャが言ってた子供達ってこのことか。なんだか室内なのに公園に来ている気分だ。

「……ここって保育所も兼ねてるのか？」

「児童養護施設、と言った方が近いな。ここにいるのは七星天使に親の魂を奪われ、身寄りを失った子供達だ。私がその子供達を預からせてもらっている」

そうか。魂消失事件の犠牲者は十代後半から二十代前半が中心。ならば当然そういった子供も出てくるだろう。サーシャがこれほど大きな建物を手に入れたのは、沢山の子供を住まわせる環境が必要だったからか。

「サーシャにもいいところがあるんだな」

「失礼な奴だな。私には元からいいところしかないぞ」

「はは……」

これには思わず苦笑してしまう。

「本当は外で思いっきり遊ばせてやりたいんだがな。こんな事件が起きている最中だし、いつ子供達が標的になるか分からないからな……」

サーシャは目を細くして子供達を見つめる。

「ちなみに子供達には私が六歳ということは秘密にしてある。私を大人だと思っていた方が子供達も安心できるだろうしな。だから絶対にバラすんじゃないぞ」

「ああ、分かってる」

たまにサーシャが六歳ってことを忘れそうになるから困る。どう考えてもやっていることが大人だ。

「あっ、サーシャだ！」

「おかえりサーシャ！」

僕達の存在に気付いたのか、子供達が一斉にサーシャの所まで駆け寄ってきた。まるで売れっ子芸能人のような人気っぷりだ。

「ただいま。みんないい子にしてたか？」

サーシャはその場でしゃがみ、男の子の頭を優しく撫でる。

「サーシャ遊んで！」

「おんぶしておんぶ！」

「はは、お前達はいつも元気だな」

子供達とじゃれ合うサーシャ。なんだか見ていて微笑ましくなるけど、サーシャの実年齢を考えたらなんともシュールな光景である。

「ねえねえサーシャ」

すると一人の女の子が不安げな眼差しをサーシャに向けた。

「どうした？　具合でも悪いのか？」

「……私のお母さんはいつ帰ってくるの？」

「！」

一瞬サーシャの表情が曇る。しかしサーシャはすぐに笑みを浮かべ、その女の子の頭にポンと手を乗せた。

「心配するな。お前のお母さんは少し遠くへ出かけているだけだ。必ずお前の所に帰ってくるから、もうちょっとだけ待っていような」

「……うん！」

女の子が元気に頷くのを見て、サーシャはその子の頭を優しく撫でた。その一方で、サーシャは悔しそうに左手を握りしめていた。

「ねえサーシャ、そこの綺麗なお姉さんとアレなお兄さんは誰？」

子供の一人が僕とリナの方を指差した。アレって何だよどういう意味だ。リナは綺麗と言われて恥ずかしくなったのか、顔を赤くして俯いた。

「ああ、この二人もお前達の遊び相手になってくれるそうだ」

「は⁉」

ちょっと待て聞いてないぞそんなの！　そもそも早く『狂魔の手鏡』を入手しないといけないだろうに遊んでる場合か⁉

「わーい！　遊ぼ遊ぼ！」

「鬼ごっこしよ！　お兄ちゃん鬼ね！」

「……しょうがないな」

僕は観念してそう言った。子供は別に嫌いじゃないし、たまにはこういうのも悪くないだろう。にしてもサーシャの奴、僕を仲間に勧誘したのって子供達の遊び相手が欲しかったという理由もあるんじゃ……。

「実を言うと子供達の遊び相手が全く足りてなくてな。お前が仲間になってくれたら毎日でも遊んでもらうつもりだったのだが」

やっぱりかよ！

まあいい、今だけは覇王ではなく鬼になろう。僕はしばらく子供達と戯れることになった。

*

同時刻。人間領の東地区にて。今日も七星天使による人間の魂狩りが行われていた。

この東地区で魂を狩っているのはミカ。現在ミカは一人の男性を薄暗い路地裏に追い詰めていた。

「た、頼む。どうか命だけは……!!」

恐怖に怯える男性。ミカはポッキーのようなお菓子をポリポリ食べながら、男性にゆっくりと近付いていく。

「お菓子持ってる?」

「……えっ!?」

「美味しいお菓子をくれたら見逃してあげる」

「か、金ならいくらでも出す!!　だから――」

「お金じゃない。お菓子を持ってるか聞いてるの。持ってないの?」

「も……持ってない……」

「そう。じゃあサヨナラ」

ミカは呪文【魂吸収】を発動し、男性のいる地面に紋章を展開させる。

「ひっ……!! た……助けてくれぇ……!!」

男性の身体から魂が抽出される。男性は白目を剥き、ドサリと倒れた。

ミカは表情一つ変えないまま、自分のポケットに手を入れる。しかしそこには何も入っていなかった。

「お菓子、もうなくなっちゃった」

ミカは魂の抜け殻となった男性に背を向け、とぼとぼと歩き出す。

「お腹空いた。どうしよ――カハッ!」

すると突然、ミカは口から血を吐き出した。

「ゲホッ、ゴホッ……」

右手で口を押さえ、苦しそうに咳をするミカ。しばらくすると咳は収まったが、血で赤く染まった右手を見て、ミカは顔をしかめる。

「まだ……死ぬわけにはいかない……」

ミカは建物の壁に手をつき、足をふらつかせながら歩く。しかしその目には確固たる意志が宿っていた。

「お姉ちゃんを……ユナお姉ちゃんを殺すまでは……!!」


人間領の南地区にて。ここでは七星天使のリーダー、セアルが町の中心で堂々と魂狩りを行っていた。

「無駄な抵抗はよせ。大人しくしていれば余計な痛みを感じずに済む」

セアルの目の前では全身傷だらけの男性が地面に這いつくばっていた。

「誰か……誰か助けてくれ……!!」

男性は声を振り絞って助けを求める。だが町の人々はそのすぐ近くを歩いているにもかかわらず、誰も男性に手を差し伸べようとはしなかった。

「なんでだよ……どうして誰も俺に気付いてくれないんだ……!!」

「ワシの【認識遮断】の効力じゃ。この呪文によって今のお前は誰からも認識されない状態にある。よってお前の叫びが人々に届くことはない」

「そん……な……!!」

セアルは【魂吸収】を発動し、紋章を出現させる。

「嫌だ……嫌だあああああ……!!」

男性の身体から魂が抽出される。セアルは辛そうな表情で静かに目を閉じた。

「……悪く思うな。覇王を亡き者にしなければ、いずれ人間は滅ぼされる。世界平和の為の礎となってくれ」

黙祷を終えたセアルは次の標的を求めて町の大通りを進む。すると今度は一人の若い女性に目が止まった。

「……あの女にするか」

次の標的を見定めたセアルは、その女性に向かって右手をかざす。

「！」

するとセアルの視界にその女性と手を繋いで歩く男の子の姿が目に入った。ソフトクリームを食べながら、とても楽しげに女性と喋っている。

「…………」

そんな幸せそうな親子を見て、セアルは静かに右腕を下ろした。親子はセアルの存在に気付くこともなく、その横を通り過ぎていった。

「……ダメだな、ワシは。まだ非情になりきれていない。こういう時だけはガブリの奴が羨ましい」

自分の半端な覚悟を嘆くようにセアルは呟いた。

「ん？」

その時セアルは一人の男に目が止まった。それはティシュ配りのバイトをしているキエルだった。

「……あいつめ、こんな所にいたのか」

キエルは大通りを行き交う人々にポケットティシュを差し出しているが、誰もそれを受け取ろうとしなかった。

「見ろよ、めっちゃ筋肉質のおっさんがティッシュを配ってるぞ」

「どう見ても肉体労働の方が向いてるだろうに、なんでティッシュ配りなんだ」

「あんなおっさんからティッシュを差し出されても絶対ビビッて受け取れないよな」

「お前貰ってやれよ。なんか見ていて可哀想だぞ」

「嫌だよなんで俺が！　殺されたらどうするんだよ！」

周囲の人々からはこんなことを言われる始末。セアルは呆れたように溜息をつき、キエルの所まで歩いていく。

「七星天使ともあろう者が地上でティシュ配りのバイトとは、随分といいご身分じゃな、キエルよ」

キエルはティッシュ配りを中断し、セアルの方に顔を向ける。

「……誰かと思えばセアルか。こんな所で会うとは奇遇だな。しかし悪いが今の俺は戦場に身を置く一人の戦士。邪魔をしないでもらえウグッ！」

セアルはキエルの腹に拳を叩き込んだ。キエルは左手で腹を押さえる。

「……何をするセアル」

「何をするではない!! 立て続けにワシからの念話を無視しおって!! お前には七星天使としての自覚はあるのか!?」

できそこないの子供に説教するようにセアルが怒鳴る。しかしキエルはあくまで平然としている。

「もちろんある。しかし俺は七星天使であると同時に戦場を生きる戦士でもある。この戦いは俺が生きていく上での必要不可欠な――」

「あー分かった分かった。お前のバイトに対する情熱は聞き飽きた」

「そうか。ならばこれを受け取るがいい」

キエルはセアルにティッシュを差し出す。セアルは無言のチョップでそれを地面に叩き落とした。

「……どういうつもりだ」

「それはこっちの台詞じゃ。ワシはこんな物を貰う為に地上に降りてきたのではない」

キエルは少し悲しげにティッシュを拾い上げる。

「では何の為に地上へ来た？」

「人間の魂を狩る為じゃ。ミカとガブリにも別の地区で魂を狩らせている」

「……やはりその事件はお前達の所業だったか。何故そんなことをしている」

「覇王を抹殺する為じゃ」

「！」

キエルの肩が僅かに揺れた。

「もはや覇王を殺すには『幻獣の門』の封印を解く以外に方法はない。その封印を解くには最低でも千の人間の魂が必要じゃからな」

「……そういうことか」

少し驚きつつも、キエルは小さく口角を上げた。

「まさか理由がアイツの抹殺だったとはな……。まったく奇特な運命だ」

「アイツ？　まるで直接会ったことがあるかのような口ぶりじゃな」

「そんなわけないだろう。俺はずっとこの人間領でバイトをしていたのだからな」

無論これはキエルの嘘だった。セアルは疑うような目でキエルを見る。

「……まあいいじゃろう。それよりキエル、お前も魂狩りを手伝え。目標の千に到達するまでまだ時間が掛かりそうじゃからな」

「断る。罪なき人間を手にかけるなど俺の騎士道精神に反する。たとえリーダーの命令であっても聞くつもりはない」

即答するキエルに対し、セアルは小さく息をついた。

「そう言うと思ったわ。昔からお前は頑固じゃったからな。いくらワシが言っても考えを変える気なんてないんじゃろう」

「流石は俺の幼馴染み。よく分かってるじゃないか」

「ぬかせ」

セアルは苦笑し、キエルに背を向ける。

「まあいい、引き続き魂狩りは三人で行うとしよう。ただし邪魔だけはするなよ」

「分かってる。俺もお前のやることにとやかく言うつもりはない」

「……それと、もう一つ」

少し間を置いた後、セアルは口を開いた。

「もしワシの身に何かあった時は……。後のことは頼んだぞ、キエル」

「……ああ」

セアルは静かに歩き出し、キエルのもとから去っていった。

「……さて、ミカとガブリの進捗も気になるところじゃな。久々に連絡してみるか」

セアルは念話を使い、まずはミカに連絡してみる。

「ミカ、私だ。魂狩りは順調か？」

『うん、そこそこ……。ゲホッ、ゴホッ！』

「!? どうしたミカ!? 誰かにやられたのか!?」

明らかにミカの異変が伝わり、セアルは動揺する。

『大……丈夫……ただのお菓子不足……。ゴホッ、カハッ！』

「どう考えても大丈夫な声じゃないだろう……!! 今どこにいる!? すぐに向かう!!」

セアルは魂狩りを一時中断し、【瞬間移動】でミカのいる人間領の東地区に飛んだ。


一方、人間領の西地区にて。

「はあっ……はあっ……クソがぁ……!!」

そこには森の中を徘徊するガブリの姿があった。病人のように顔色が悪く、足をフラつかせながら歩いている。その原因は、昨晩ガブリが【月影分身】の呪文で生み出した二体の分身の内一体が覇王によって葬られたことにあった。

ガブリの本体と分身は痛覚や触覚といった感覚は共有していないが、意識は共有している。つまりガブリは覇王に片腕を潰され、その上【死の宣告】によって殺害されるという残酷な疑似体験を味わい、そのせいでしばらく森の中で藻掻き苦しんでいたのであった。

「【月影分身】は発動に大量のMPを消費しちまう……一体分身を消されるだけで大打撃だってのに……覇王めぇぇ……!!」

怒りに満ちたガブリの目。数分後にようやく胸やけが収まると、ガブリは不気味な笑みを浮かべた。

「覇王の命なんぞに興味はなかったが……面白え。この屈辱は一億倍にして返す。幻獣にはやらせねえ……覇王は俺がこの手で惨殺してやる。ンッフッフッフッフッフッフ……!!」

奇妙な笑い声を放つガブリ。そんなガブリを見て、近くにいたモンスター達は逃げるようにガブリから離れていった。

『ガブリ、ワシだ』

するとガブリはセアルからの念話をキャッチした。

「セアルか。俺のことが恋しくなって声を聞きたくなったのか?」

『用件だけ伝える。至急「七星の光城」に帰還しろ』

「……はあ!? まだ人間共の魂は全然集まってねーだろ!? なんで今帰らねーといけねーんだよ!!」

『状況が変わった。魂狩りは一旦中止じゃ。ワシとミカも帰還するから事情はその時に説明する』

「っざけんじゃねーよ!!　せっかくテンション上がってきたところだったのによお!!」

『ガブリ、これは命令じゃ。もし無視したら……分かっているな？』

そこでセアルからの念話が切れる。

「セアルめ、他の奴らには激甘なクセになんで俺にだけ厳しいんだか。ツンデレかよ」

チッ、とガブリは舌打ちをする。

「わざわざ戻るのもメンドクセーし、もう一体の分身を行かせるとすっか」

すると再びセアルからの念話が繋がった。

『言っておくが分身を行かせるのはナシじゃからな。お前自ら来い』

「……へいへい。分かりましたよリーダー」

苛立った表情でガブリは言った。

斯くしてセアル、ガブリ、ミカは一旦人間界を離れ、「七星の光城」に帰還することになった。

＊

「つ……疲れた……」

子供達と鬼ごっこや隠れん坊などで散々遊んだ後のこと。僕とリナ、サーシャの三人は今、アジトの地下へと続く階段を下りていた。

何が疲れたかって？　今の僕は【弱体化】を解除した状態だったので、僕の高すぎるＡＴＫとＤＥＦで子供達を傷つけないように細心の注意を払いながら遊ばなければならなかったからだ。

例えるなら象と蟻が戯れるようなものだ。サーシャのアジトに子供達がいると予め分かっていたら【弱体化】を自分にかけてから変身したのに。

「すまないな二人とも、子供達の遊び相手になってもらって。おかげで皆もいつも以上に楽しかったことだろう」

「……それは何よりだ」

まあ、たまには童心に返って遊ぶというのも悪くない。子供達の無邪気な笑顔を見ていたら、なんだか僕も元気が湧いてきた。

「情けないな、私は。何の保証もない約束でしか子供を安心させることができないとは……」

サーシャが暗い表情で呟いた。きっと女の子に「（お母さんは）必ずお前の所に帰ってくる」と断言してしまったことを悔いているのだろう。だが確かに、たとえ七星天使を倒して人々の魂を奪い返すことに成功したとしても、一度肉体から分離した魂を再び肉体に戻せるとは限らない……。

いや、こんなマイナス思考ではダメだ。魂を取り戻せば人々は必ず元に戻る、今はそう信じるしかない。そうでないとこのアジトにいる子供達があまりにも可哀想じゃないか。

「ところでサーシャ。昨夜『私にはあまり時間が残されていない』とか言ってたけど、あれってどういう意味だ？」

頭の中を切り替えようと、僕はサーシャに別の話題を振った。

「……私は近い内に目が見えなくなる」

「えっ⁉」

僕は思わず驚きの声を上げた。

「目が見えなくなるって、なんで……⁉」

「【千里眼】も【千里聞】もそれぞれの器官にかなりの負担を強いる呪文だからな。【千里聞】はあまり使ってなかったから耳の方はまだ大丈夫だろうが、【千里眼】は結構な頻度で使っていたので目の方はだいぶ酷使してしまった……」

サーシャはそっと目の下に手を当てる。

「そのせいで私の視力は現在進行形で低下している。【千里眼】を発動していない今ですらな。私の予想では半年から一年後には完全に目が見えなくなっているだろう」

「それ、本当に【千里眼】が原因なのか？　僕も【千里眼】は結構使ってるけど、特に視力が下がったと感じたことはないし……」

「お前のような化け物と一緒にするな。人間と覇王では呪文を使う際のリスクが違いすぎて比較にもならない」

「……なるほどな」

「あまり時間が残されていないと言ったのはそういうことだ。私が視力を失う前に、何としても七星天使を全員抹殺し、奪われた魂を取り戻す」

強い決意に満ちた表情でサーシャは言った。僕だって七星天使を葬るのに半年も掛けるつもりはない。「人間と悪魔が共存できる世界を作る」という僕の悲願を成し遂げる為にも、人々の魂を取り戻す僕の勇姿をサーシャにもしっかりと見てもらわなければ。

「きゃっ⁉」

すると突然サーシャの身体が光り出し、リナが小さな悲鳴を上げた。これは昨日僕も見た、サーシャの【急成長】が解ける合図だ。制限時間を超えて自動的に解けたのか、自分の意志で解いたのかは知らないが、サーシャは大人から子供の姿に戻った。

「んー、やはりこの姿の方がしっくりくるな」

そう言って大きく伸びをするサーシャ。僕からすれば違和感しかないんだけども。

「驚いたかリナ？　これがサーシャの本当の――ん？」

僕はリナが口元を緩ませてサーシャを見ていることに気付いた。

「か……可愛いです……‼」

どうやらリナは子供姿のサーシャにハートを鷲掴みにされたようだ。でも確かに可愛いよな。僕がロリコンだったら色々と危なかっただろう。

「あ、あの！　失礼を承知でお願いなんですけど、抱っこしてもいいですか⁉」

リナが目を星のように輝かせる。こんなにはしゃいでるリナはなんだか新鮮だ。

「……悪いが私は子供扱いされるのがあまり好きではない。だからそういうことをされると――」

「いいってよリナ。思いっきり抱っこしてやれ」

「ありがとうございます！」

「おい待て！　私はいいなんて一言も……‼」

リナは背中からサーシャを抱え、愛おしそうにギュッと抱き締める。

「本当に可愛い……まるでお人形さんみたいです……」

「……ユート、後で覚えてろよ」

サーシャがジト目で僕を睨む。しかしその表情はどこか満更でもなさそうに見えた。別に六歳児を子供扱いすることは何もおかしくないしな。

「ところで僕達ってなんで地下に向かってるんだ？」

サーシャから地下に向かうように言われたのでとりあえず階段を下りてはいるが、その理由はまだ聞いていなかった。

「まずは私の仲間に会わせたいと思ってな。仲間と言ってもメンバーは私を含めて四人だけだが」

「四人？　四人で七星天使に立ち向かうつもりなのか？」

「人数が多ければいいというものでもない。七星天使に対抗するにはそれなりの実力者でなければならない。ただし実力者と言っても、それはあくまで人間という枠の中での話。残念ながら現段階での私達では七星天使の力には遠く及ばない」

「その力不足を補う為に『狂魔の手鏡』が必要というわけか」

「そういうことだ。ま、さすがに四人だけでは心許ないと思ったので、お前に声をかけたわけだ。フラれてしまったがな」

リナに抱っこされたまま、サーシャは苦笑した。きっとその三人もサーシャと同じように、大切な人の魂を七星天使に奪われた境遇にあるのだろう。

「今は地下の訓練場にいる時間だから、こうして階段を下りてもらっている。三人ともお前達と同じくらいの歳だ」

ということはその三人は十六歳前後ってことか。もうサーシャのような年齢詐欺は御免被りたいところだ。

「サーシャは子供の姿のままでいいのか?」

「ああ。仲間には私が六歳であることも、天使と人間の間に産まれた子供だということも既に打ち明けている」

「……ならいいけど。でもひょっとしてその三人もサーシャのように、天使と人間のハーフとかじゃ——」

「安心しろ。三人とも正真正銘、純粋な人間だ。私のような者はそうそういるものじゃないからな」

「……だよな」

純粋な人間という言葉でふと思ったけど、今ここにいるのって、天使と人間の間に産まれたサーシャ、僕の【悪魔契約】によって人間から悪魔になったリナ、そして人間の姿に化けている覇王、すなわち僕。端から見れば全員普通の人間だろうけど、実際はかなりの色物揃いだよな……。

「一つサーシャに頼みだけど、これから会う仲間には僕が覇王ってことは秘密にしておいてくれ」

「……それは別に構わないが、お前が覇王だということが分からなければ覇王のイメージアップには繋がらないんじゃないか? お前の目的は覇王が善良な存在であることをより多くの人間に認知させ、人間と悪魔が共存できる世界を作ることなんだろう?」

そこまで知ってるのかよ。やはり【千里眼】と【千里聞】のコンボは怖ろしいな。監視カメラと盗聴器を取り付けられていた気分だ。

「正体を明かすにはまだ時期尚早だ。打ち明けるタイミングは僕が決める」

「……そうか。お前がそれを望むのならそうしよう」

僕が覇王だとバラしたら、バイトの面接を受けに村まで行った時のように、ただ恐怖に怯えさせるだけだろう。覇王だと打ち明けるのは何かしらの功績を残してからだ。だから今はまだその時じゃない。

「さあ着いたぞ。ここが私達の訓練場だ」

階段を下りた先には高校の体育館ほどの空間が広がっていた。奥のコートでは二人の人間が十メートルほどの距離を置いて向かい合っている。

右に見えるのは茶髪の男子。身長は今の僕と同じく平均的で、いかにもチャラそうである。左に見えるのは水色ツインテールの女子。身長はやや低めで、眠いのかそれとも癖なのか、目が半開きである。

「あの二人がサーシャの仲間か？」

「ああ。男はアスタ、女はスーという名だ。両者ともかなりの実力者で、七星天使に匹敵する――とまではさすがに言えないが、下級天使を倒せるくらいの力は備えている」

サーシャがリナの抱っこから降りながら言う。ちょうど勝負が始まったようなので、ここは二人のお手並みを拝見するとしよう。

「呪文【生類召喚《しょうるいしょうかん》】と【憑依《ひょうい》】を発動」

スーが落ち着いた声で二つの呪文を唱える。するとスーの目の前にどこからともなくワニとクマを合体させたような巨大なモンスターが出現した。

それに驚いたのか、隣りでリナが「ひゃっ！」と可愛らしい悲鳴を上げる。スーはモンスターを呼び寄せる呪文が使えるようだ。

「おおっ。こりゃ倒し甲斐のありそうな奴が出てきたじゃねーか」

それを見てアスタが不敵に笑う。モンスターの体長はアスタの三倍近くあるし、普通の人間ならば一方的にやられるだけだろう。

「こっちも遠慮なくいかせてもらうぜ!!　呪文【電撃祭《サンダー・フェスティバル》】!!」

アスタが呪文を唱えると、黄色い火花のようなものがアスタの身体を纏った。

「あれは……電気でしょうか？」

「そうみたいだな」

リナの呟きに僕が答える。僕が元いた世界ではかなり重宝されそうな呪文だ。この世界はまだ電気を実用化できるほど文明は発展していないようだし。

そんなアスタに臆することなく、スーが召喚したモンスターはアスタに向かって突進を仕掛けた。

「っと危ねえ！」

アスタは素早く横に跳んでそれをかわし、すかさず左手の人差し指と親指を立て、人差し指をモンスターの方に向けた。

「〝雷撃弾《サンダー・バレット》〟!!」

アスタの人差し指の先から電気の塊が放たれ、がら空きになったモンスターの背中に直撃した。あんな風にいつもこの場所で訓練しているのか。

「アスタ！　スー！　すまないが一旦中断してくれ！」

サーシャが大声で言うと、二人の目が僕達の方に向けられた。間もなくスーが召喚したモンスターはその場から姿を消し、アスタが身に纏っていた電気も消えた。

僕達は二人のいるコートの所まで歩いていく。そういやサーシャの話ではあと一人仲間がいるはずだけど、ここにはいないのだろうか。

「なんだよサーシャ、せっかくいいところだったのによ。てかそいつら誰だ？」

「紹介しよう。今日から私達の仲間に加わったユートとリナだ」

「よろしくお願いします。ってちょっと待てサーシャ!!　仲間にはならないって僕言ったよな!?　あとしれっとリナも加えんな!!」

思わずノリツッコミをしてしまう。するとアスタが僕の顔をジロジロと見てきた。

「お前がオレ達の仲間？　なんかいかにも童貞っぽい男だな」

「誰が童貞だ失礼な奴だな！」

「なんだ違うのか？」

「……違わないけどさ」

言っておくけど僕は敢えて童貞なんだからな？　覇王の権力をもってすればいつでも容易く卒業できる。だから泣きそうになるな僕！

「あ、安心してください！　もし気にしているのでしたら、私が、その……!!」

「リナ？」

「……いえ、何でもありません」

リナは顔を赤くして俯いた。リナが言おうとしたことはなんとなく察したけど、一応僕達は兄妹という設定だからそういう発言は問題になりそうだ。

「おおっ!?　こっちの女の子はメッチャ可愛いじゃねーか！　君名前は!?」

「り、リナです」

アスタは頭を下げ、リナに右手を差し出す。

「好きです！　オレと付き合ってください！」

「ごめんなさい！」

速攻で告白して速攻で振られやがった。見た目通りチャラい奴だな。

「あっちゃーマジかよ！　出会ってすぐは急すぎたか！　やっぱ付き合うのはもうちょい時間を置いてからがいいよな！」

「えっ!?　いいえ、その……」

「おいお前、リナが嫌がってるだろ。妹から離れろ」

リナが戸惑っていたので僕が庇ってやった。リナはとても安堵した顔で僕を見つめる。

「は!?　お前リナちゃんの兄貴なのか!?」

「そうだ。言っとくけどリナに変な真似をしたらタダじゃおかないからな。あとちゃん付けはやめろ」

「んだよお前、もしかしてシスコンか？」

「誰がシスコンだ!!」

僕とリナが兄妹というのはあくまで設定だし、これはただ一人の女の子をチャラ男の毒牙から守っているだけだ。断じてシスコンではない。

「しっかし妹の方はすっげー可愛いのに、兄の方はいまいちパッとしねーな。スーもそう思わねーか？」

余計なお世話だと僕が思っていると、スーが僕に顔を近付けてきた。

「な、なんだ？」

「………………」

半開きの目でジッと僕を見つめてくる。よく見たら結構可愛い子なので心臓の鼓動が速くなってしまう。やがてスーの口が静かに開いた。

「……私は嫌いじゃないかも」

「な、なにいいいいい!?　お前こういう男がタイプだったのか!?　嘘だろ!?」

「少なくともアスタよりはいいと思う」

「ば……馬鹿な……!!」

アスタはその場で愕然と膝をついた。まあ、そう言われると僕も悪い気はしない。

「そんなことよりセレナはどこだ?」

ショックを受けるアスタを余所に、サーシャがスーに尋ねる。セレナというのは残り一人の仲間の名前だろう。

「今はお花を摘みに行ってる。そろそろ戻ってくると思う」

スーがそう言った矢先、奥のドアが開いて一人の女の子が入ってきた。

黒髪のロングで、全体的に程よい肉付き、そしてなかなか立派な胸。僕は思わず見とれてしまう。

彼女がセレナか。

「あら、皆集まって何してるのよ?　ていうかその二人は――」

一瞬、セレナの身体が石像のように硬直する。

「あーっ!!」

そして叫びながら僕の顔を指差してきた。いきなり何だ?　ていうかセレナの顔、どこかで見た覚えが――

あっ!?　そうだ思い出した!　この子は昨日僕が喫茶店のトイレでラッキースケベをしちゃった女

の子じゃないか!!　確かあの時のパンツはピンク色だった――ってそれは今関係ないだろ!!

「どうして君がここに!?」

「それはこっちの台詞よ!!　なんでアンタがこんな所にいるわけ!?」

互いに驚く僕とセレナを見て、サーシャは目を丸くした。

「なんだセレナ、ユートと知り合いだったのか？」

「ち、違うわよ!!　こいつは、その……!!」

セレナの顔がみるみるうちに赤くなっていく。きっと僕にトイレシーンを目撃された挙げ句、胸を揉まれた記憶が蘇ってきたのだろう。あの時は本当に悪いことをした。

「と、とにかく！　どういうことか説明してよサーシャ!!」

「こいつはユート。私が声をかけて仲間になってもらったんだ」

だから仲間になるつもりはないんだって。

「こ、この男が仲間!?　そんなの私は認めないわ!!」

「何故だ？　ユートは必ずや私達にとって心強い戦力になる。七星天使を倒すという悲願の成就にも大きく貢献してくれるはずだ」

「そういう問題じゃないの!!　この男は、私に、あんなこと……!!」

涙目で震えるセレナを見て、更に申し訳ない気持ちになってしまう。するとサーシャがイヤらしく笑ってみせた。

「なるほど、だいたい察しがついてきた。見かけに寄らずやるなユート」

「絶対サーシャが考えてるようなことじゃないからな!?」

「……おいテメー。一体セレナに何しやがった……⁉」

アスタがゆらりと立ち上がり、ピクピクと頬を引きつらせる。

「いやその、ちょっと転んだ拍子に、僕の手が胸に……」

「なっ⁉　まさかセレナのおっぱいを揉んだってのか⁉　ちくしょおおおお羨ましいいいいい‼」

オレは未だに手を握ったことすらねえのによおおおお‼」

血の涙を流して絶叫するアスタ。そこまで悔しがらなくても。

「い、言っとくけどワザとじゃないからな⁉　事故だ事故‼」

「ワザとだろうと事故だろうと私の、む、胸を触ったことには変わらないでしょ⁉　この変態‼　スケベ‼」

「……おっしゃる通りです」

反論する余地などなく、僕はただ項垂れることしかできなかった。

「ユート、とか言ったよな？　これで一つだけハッキリしたぜ……‼」

そう言ってアスタはビシッと僕の顔を指差した。

「テメーはオレのハーレムを壊しかねない脅威の存在だ‼　よってオレはお前の加入なんて絶対に認めねえ‼」

「誰がアンタのハーレムよ‼」

セレナがツッコむが、アスタはスルーして続ける。

「だがテメーもこんな理由で追い返されるのは不本意だろう。そこでテメーに一対一の決闘を申し込む‼」

うわ、なんだか厄介な展開になってきた。

「テメーが勝ったら潔くオレ達の仲間として認めてやる！　ただしオレが勝ったら仲間になるのは諦めるんだな！」

なんで僕が仲間にしてくださいとお願いしてる感じになってるんだ。そもそも僕は仲間になるつもりなんてないのに。

「……やめておけアスタ。お前では百回戦ってもユートには勝てんぞ」

「はあ!?　サーシャはこいつの肩を持つってのか!?　オレがこんな奴に負けるわけねーだろ！　いいから決闘だ!!」

呆れたようにサーシャは溜息をつく。

「ユート、すまないがアスタからの挑戦を受けてやってくれ。それでアスタも気が済むだろう」

「……分かった」


というわけで、僕は流されるままアスタと地下訓練場のコートで戦うことになった。

大きさはちょうどテニスコートくらいで、十メートルほどの距離を置いて僕とアスタが向かい合う。

コートの外ではリナ、サーシャ、セレナ、スーの女子四人が見学する。

「ルールは単純にしてシンプル！　足以外のどっかが地面につくか、コートの外に出た奴が負けだ！」

「……単純とシンプルって同じ意味なんじゃ」

「うるさい黙れ!!　オレは必ずテメーを倒し、テメーが奪ったセレナとスーの心を奪い返してやるぜ!!」

「奪われてないわよ!!」

再びセレナがツッコむ。セレナはこのメンバーのツッコミ担当のようだ。

「言っとくが手加減するんじゃねーぞ!!　本気でかかってこい!!」

「……ああ」

僕は建前で承諾した。僕が本気を出したら世界が滅ぶんだぞ、分かってるのか？

「お兄様、頑張ってください！」

リナが健気に声援を送ってくれる。これは元気が湧いてくるな。だけど特に頑張る必要もないだろう。

「ねえサーシャ、本当に大丈夫なの？　アスタは馬鹿だけど実力は確かだし、まともに戦って無事で済む相手じゃないと思うけど……」

「なんだセレナ、ユートの身を案じているのか？」

「なっ!?　だ、誰があんな変態のことなんか!!　私はただ状況を分析してるだけよ!!」

「ま、よく見ておくことだ。変た――ユートは強いぞ」

セレナとサーシャの会話が聞こえてくる。サーシャも僕のこと変態って呼ぼうとしなかった？

「さーて。女の子が四人も見てる前だし、ここはカッコいいところを見せねーとな。悪いがテメーにはオレ様の好感度アップの踏み台になってもらうぜ！」

威勢よく宣言するアスタ。果たしてどちらが踏み台になるのやら。

「それでは勝負、始め！」

サーシャの合図により、僕とアスタの決闘がスタートした。

「早速飛ばすぜ!!　呪文【電撃祭】!!」

アスタの身体が電気を纏う。さっきスーとの訓練の時に見せた呪文だな。一般的に人間が所持できる呪文はせいぜい一つか二つ。僕の勘ではアスタの所持呪文は【電撃祭】の一つだけと見た。

「〝雷撃弾〟!!」

すかさずアスタは右手の人差し指の先から電気の塊を放った。僕は敢えてその場から一歩も動かず、アスタの攻撃を真正面から受けることにした。〝雷撃弾〟は僕の身体に直撃し、周囲に爆風が巻き起こった。

「どうだ!!　オレ様の〝雷撃弾〟の味……は……?」

平然と立っている僕を見て、アスタはポカンと口を開ける。当然今のはノーダメージである。

「……はは、どうやら外しちまったみてーだな。悪運の強い野郎だ。ならば！」

アスタは両手の人差し指を僕に向ける。

「〝W雷撃弾〟!!」

二発の電気の塊が時間差で放たれる。今度も僕は一歩も動かず、二発の〝雷撃弾〟が僕の身体に炸裂した。

「っしゃあ！　今度こそ直撃だぜ……ってはあ!?」

またしても平然と立っている僕を、アスタは信じられない顔で凝視する。もちろん僕のＨＰに変動はない。僕は服についた土埃を軽く手で払った。

「おいおいどうなってんだ!?　なんでオレの攻撃が当たらねーんだよ!?」

「いや、ちゃんと直撃してるぞ。最初の〝雷撃弾〟も、さっきの〝W雷撃弾〟も」

「はあ!?　いやそんなわけねーだろ！　オレの〝雷撃弾〟は大人でも一発で気絶するほどの威力だ

ぞ！　直撃してまともに立っていられるはずがねえ！」

早くも動揺を見せるアスタ。この程度の攻撃ではＤＥＦ９９９９の僕には傷一つ負わせることもできはしない。

「あっ！　さてはこっそり変な呪文を使いやがったな⁉　一体何の呪文だ⁉」

「……呪文なんて使ってない。僕は一つも呪文を所持してないからな」

「な、なにいいいいい⁉　本当なのかサーシャ⁉」

「……本当だ」

サーシャも話を合わせてくれた。もし呪文を使ったら【変身】が解けて僕が覇王であることがバレるし、呪文は一つも持ってないことにしておいた方が都合がいい。所詮相手はただの人間、呪文を使うまでもないだろう。

「くっ……‼　だったらテメーが倒れるまで攻撃をぶち込むだけだ‼　〝雷撃連弾〟‼」

アスタが次々と〝雷撃弾〟を放ってくる。その内いくつかが僕の身体に直撃するが、やはり僕にダメージを与えるには至らない。

「くそっ、すました顔しやがって。むかつくぜ……‼」

するとアスタは徒競走のスタート前のような体勢をとった。

「テメーに生半可な攻撃が通用しないことはよく分かった。ならこれでどうだ‼」

アスタの身体を纏う電気が更に激しさを増す。直後、アスタはフッと姿を消し、一瞬で僕との距離を詰めた。

「〝雷撃拳《サンダー・フィスト》〟‼」

そのスピードを維持したまま、アスタが僕に拳を突き出してきた。しかし――

「なっ⁉」

僕の身体にアスタの拳が届く前に、僕はそれを片手で受け止めた。そのまま僕はアスタの身体を遠くに投げ飛ばした。

「どわっとっと！」

なんとかアスタは着地に成功し、コート内に踏み止まった。もうちょっと強く投げ飛ばすべきだったか。やはりまだ力の調整に慣れていないようだ。

「あ、危ねえ危ねえ。〝雷撃拳〟のスピードに対応するとか、何者だよテメエ……」

頬を伝う汗を拭いながらアスタは呟く。

「こうなったらもう容赦はしねえ。殺すつもりでやってやる‼」

右手を頭上に掲げるアスタ。そして右手の上に電気の塊が生成され、それが徐々に膨らんでいくのが分かった。

「おおっ……⁉」

思わず僕は声を漏らした。なんとアスタが生成した電気の塊は半径十メートルほどにまで成長したのである。

「必殺‼　〝雷撃膨張爆発《サンダー・ビックバン》〟‼」

その巨大な電気の塊が僕に向けて放たれる。避ける時間も場所もなくそれは僕の身体に直撃し、ダイナマイトのような爆発が巻き起こった。

「ちょ、ちょっとアスタやりすぎよ‼　本当に殺しちゃったらどうすんのよ‼」

「心配すんなセレナ。〝雷撃弾〟でビクともしねーような奴だし、せいぜい気絶くらいだろ。なんにせよこれでオレの勝ち――」

途中でアスタの言葉が止まった。僕が未だに倒れていないことに気付いたからだろう。

「ゲホッ、ゴホッ」

ＨＰ　９９９９９９９９７９／９９９９９９９９９９

僕は軽く咳き込みながら自分のＨＰを確認してみる。

まさかこの僕が人間にダメージを与えられるとは。七星天使のウリエルの最期の攻撃に相当するダメージ量だし、なかなか大したものだ。サーシャがアスタ達について「下級天使を倒せるくらいの力は備えている」と言っていたのは嘘ではないようだ。

「ば……化け物かよ……」

「よく言われる」

アスタの顔はすっかり青ざめていた。もう戦意も消失したようだし、そろそろ決着をつけるとしよう。

僕は拳を強く握りしめ、地面に向けて振り下ろした。

「〝破滅一撃《ディストラクション・ブロー》〟!!」

僕の拳が地面に炸裂する。同時に地下訓練場全体が地震でも起きたかのように大きく揺れた。

あ、ちなみにこの技名はたった今考えついたものです。ただ地面を叩くだけじゃ味気ないと思って叫んでみたけど、やっぱり恥ずかしいなこれ。

「うおおっ⁉」

「きゃあっ！」

この揺れでアスタや見学していた女子達の足下が不安定になる。その隙に僕はアスタの背後に回り込み――アスタに足払いをかけた。

「どわあっ⁉」

盛大にズッコケるアスタ。直後に僕が引き起こした揺れも収まった。

「足以外のどこかが地面についた方が負け……だったよな？」

地面に這いつくばるアスタを見下ろしながら僕は言った。

「……ははっ。あっはっはっはっはっは！」

敗れたアスタは地面の上で仰向けになり、大きく笑い出した。

「オレの負けだ！　いやーここまで清々しく負けると逆に気持ちいいな！　全く悔しくない自分が悔しいぜちくしょう！」

「……どっちだよ」

僕は苦笑しながらアスタに手を差し伸べる。アスタはそれを掴んで身体を起こした。

「しっかし何者だよお前？　ただの人間じゃないよな？」

「えっ⁉　そ、それは……」

言い淀む僕を見て、アスタは首を傾げる。

「ま、言いたくないのなら別にいいけどよ。にしても〝ディストラクション・ブロー〟ってどんなネーミングセンスしてんだよお前。思わず噴きそうになったじゃねーか」

「は⁉　お前の〝サンダー・バレット〟とか〝サンダー・ビッグバン〟に比べたらだいぶマシだろ！」

「なんだと⁉　オレのセンスが理解できないようじゃオメーもまだまだだな！」

「それはこっちの台詞だ！」

僕とアスタが啀《いが》み合う中、女子四人がこちらに歩いてきた。

「虚しい言い争いはやめたらどうだ。どっちのセンスも五十歩百歩だぞ」

サーシャが溜息交じりに言う。確かに虚しいだけに思えてきたので、僕とアスタは言い合うのをやめた。

「ビックリしたわ。まさかアスタが手も足も出ないなんて……」

「これでセレナもユートの実力はよく分かっただろう？」

「っ！　ま、まあまあね！　百点満点中の七点といったところかしら！」

えらい低評価を頂いてしまった。軽くショックなんだけど。

「あーあ、可愛いレディ達の前で格好悪いところは見せたくなかったんだけどなー。ま、負けたもんはしょうがねーか」

そう言いながらアスタは僕に右手を差し出してきた。

「約束通りお前を仲間として認めてやるぜ。ってなわけでこれからよろしくなユート。ただしオレのハーレムを譲るつもりはねーからな！」

「いや、僕は仲間にはならないぞ」

「……は？」

アスタがキョトンとした顔になる。

その後僕はサーシャの仲間になるつもりはなく『狂魔の手鏡』を入手するまで一時的な協力関係を結んだだけ、ということをアスタ達に説明した。

「なんだそれ!?　じゃあオレ達が戦った意味ねーじゃんか！　なんでそれを早く言わなかったんだよ！」

「言うタイミングを逃したというか……。そもそもサーシャが『私達の仲間になった』とか嘘をつくからややこしいことになったんだよ」

「ん、そうだったか？」

とぼけたように言うサーシャ。この幼女め……。

「まあ『狂魔の手鏡』を手に入れるまでは仲間ってことでいいじゃねーか。童貞同士仲よくしよーぜ！」

「……そうだな」

お前も童貞だったのかよと心の中でツッコミながら、僕はアスタと握手を交わした。

「ねえ、一つ気になってることがあるんだけど」

するとと今まで黙っていたスーが口を開いた。

「さっきのアスタとユートの戦い、なんだかユートの勝ちみたいな話になってるけど、先に足以外のどこかが地面に付いた方が負けってルールだったから、アスタがコケる前に地面を殴ったユートが負けになると思うけど」

「「「……………」」」

スーの説明に全員が沈黙し、何とも言えない空気になる。

「えっと……。せ、背中が付いた方が負けってルールじゃなかったっけ？」

「ううん。確かに『足以外のどこかが地面に付いた方が負け』って言ってた」

「…………」

あれ？　てことはさっきの勝負って僕の負け？　ドヤ顔でアスタに敗北を言い渡した僕の立場は？　やばい、超恥ずかしくなってきたんだけど。

「そ、そんなことありません！　実はお兄様は四足歩行動物なので手が付いてもセーフなんです！」

リナ!?　どういうフォローの仕方だよ!?

「まあ、なんだ。所詮決闘のルールは建前で、ユートに力を示してもらうのが目的みたいなものだったからな。なあアスタ？」

「お、おう。ルールはオレが勝手に決めたもんだし、オレも一度認めた敗北を撤回するつもりはねえ。だから気にすんなユート！」

挙げ句サーシャとアスタに気を遣われてしまう始末。穴があったら入りたいとはこういう時に使うのだろう。

「そんなことより、私達は『狂魔の手鏡』の入手に向けて協力していく関係になる。互いのことを知る為にも簡単に自己紹介をしようじゃないか」

話の流れを変える為か、サーシャがこんなことを言い出した。

「んじゃ、まずはオレからだ。オレの名はアスタ、十六歳。所持呪文はもう分かってると思うが【電撃祭】だ。趣味は女子の観察、特技は女子の身体を一目見ただけで三サイズを言い当てることが――」

「次、セレナ」

「おいこらサーシャ!!　まだ途中だぞ!!」

僕がセレナの方に目を向けると、セレナはプイッと僕から顔を逸らした。

「どうしたセレナ？　お前も自己紹介を――」

「こんな変態に紹介することなんて何もないわよ！」

セレナは強く言い放った。やっぱり嫌われてるな僕。まあ僕がやらかしたことを考えたら当然の態度なんだけども。そんなセレナを見てサーシャは溜息をついた。

「しょうがない、では代わりに私が紹介してやろう。名前はセレナ、十六歳。この通り容姿は優れていてエロい身体をしているが、驚くことに異性との交際経験はゼロだ」

「余計なこと言わないでよサーシャ!!　てかなんでそのことを知って……!!」

「趣味と特技は料理。一番の特徴はご覧の通りツンデレだ。ユートに対する態度もただの照れ隠しだから気にするな」

「誰がツンデレよ誰が!!　アタシがいつデレたっていうのよ!!」

「ま、こんなところか。最後はスーだ」

えっ、それで終わり？　肝心の所持呪文の説明がなかったんだけど。まあいいかと思いながら、僕はスーの方に目を向けた。

「私はスー、十五歳。所持呪文は【生類召喚】と【憑依】の二つ。呪文を二つ以上所持している人間は非常に珍しい。よって私は神」

自分で神って言っちゃうのか。

「趣味は腹話術、特技は読書。私のことは気軽に〝スー様〟と呼んでもらって構わない」

どこが気軽!? あと趣味と特技が逆になってるよね？ 色々とツッコミ所が多い子だ。

それから僕とリナもそれぞれ簡単に自己紹介をした。と言っても「僕は覇王です」なんて言うわけにはいかないので、当然そこは伏せておいた。

「ところでスーの【生類召喚】って、どんなレベルのモンスターでも呼び出せるのか？」

「うん。だけど単に呼び出すだけじゃ言うことを聞いてくれないから【憑依】でモンスターの意識を乗っ取ることで戦わせてる」

だからアスタとの訓練の時に【生類召喚】と【憑依】を同時に発動してたのか。

「ちなみに【憑依】が有効なモンスターの範囲はレベル５００以下だから、必然的に【生類召喚】で呼び出すモンスターはレベル５００以下ということになる。あと一度に憑依できるのは一体までという制約もある」

「なるほどな。ちなみに【憑依】は人間に対しても使えるのか？」

って、さすがにそれはないか。もし人間にも有効だったら一対一の勝負でスーに勝てる人間は存在しないことに――

「うん、使える。人間にはレベルという概念がないから、どんな人間でも意識を乗っ取ることが可能」

「マジか!?」

「例えばこんなふうに。呪文【憑依】」

スーがセレナの方に顔を向ける。直後、セレナの肩がピクッと揺れたかと思えば、その両目が青白く光り出した。まさかセレナの意識を乗っ取ったのか？

「え？」

セレナは僕の手首を掴み、驚くべき行動に出た。なんとセレナは僕の手を自分の胸まで引き寄せたのである。

「なな、何してんだセレナ⁉　いやスーか⁉」

思わず声が裏返ってしまう。以前触ってしまった時と同様に、凄く柔らかい。無理矢理引き離そうと思えばできるが僕の本能がそれを許してくれず、指が勝手に動いてしまう。なんて反則的な感触なんだ……‼

「……へ？」

するとスーの【憑依】が解けたのか、セレナの目の色が元に戻った。そしてセレナは今の状況を確認し、数秒間固まった。

「あの、いや、これは……」

「きゃあああああああああああー―――――‼」

「痛っ⁉」

セレナのビンタが僕の頬に炸裂した。DEFは99999もあるのでこの程度では痛みを感じないはずなのに、何故だろう、凄く痛い。

「この変態‼　スケベ‼　腐ったもやし‼」

「腐ったもやしは酷くないか⁉　てか今のはスーの呪文のせいだから僕に非はないだろ‼　おいスー何でこんなことした⁉」

「ユートに私の【憑依】の力を知ってもらいたくて」

「それ僕にセレナ胸を揉ませる必要なかったよな⁉」

本音を言うとスーには全力で感謝の言葉を贈りたいんだけど、それは心の中だけに留めておくことにした。

「スー!!　お前なんてことしやがんだ!!」

アスタが真剣な顔つきでスーに怒鳴った。おっ、アスタの意外の一面が……!?

「今ユートにやったことをオレにもやるんだ!!　さあ早く!!」

うん、そういうことだろうと思ったよ。

「アスタは下心が丸見えだからダメ」

「なん……だと……!?」

アスタはこの世の終わりのような表情でガクリと膝をついた。

「もう嫌……なんでアタシばっかりこんな目に……」

セレナはその場うずくまり、声を押し殺して泣いていた。そんなセレナの肩にサーシャがポンと手を乗せる。

「まあいいじゃないかセレナ。別に減るものでもあるまいし」

「よくないわよ!!」

どうしたものかと僕が悩んでいると、スーがツンツンと僕の背中を突いてきた。

「ほらユート、早くセレナに謝って」

「なんで僕!?　謝らないといけないのはスーだろ!?」

まあ5%、いや10%くらいは僕が悪いかもしれないけど、スーに謝れと言われるのは心外だ。

「それじゃ私が【憑依】でユートの意識を乗っ取って代わりに謝ってあげる」

「えっ!?　ちょっと待っ――」

「呪文【憑依】」

まずいと思った時には既にスーが【憑依】を発動させていた。数秒後、スーは不思議そうな顔で首を傾げる。

「おかしい……ユートの意識を乗っ取れない」

そりゃそうだ。今の僕は人間に姿を変えているだけであって、実際はレベル999の覇王。よってスーの【憑依】が効かなくて当然だ。

では何がまずいかって？　それは僕が人間じゃないことがバレるかもしれないってことだ。

「今まで乗っ取れない人間なんていなかったのに、どうして……」

「れ、例外もあるんじゃないか？　スー自身が知らなかったってだけで！」

「……そうかも」

ひとまずスーが納得したのを見て、僕は胸を撫で下ろした。僕が人間じゃないことがバレたら面倒なことになるからな。

それからスーはうずくまるセレナのもとに歩み寄り、しゃがみ込んでセレナと目線を合わせる。

「ごめんセレナ。ちょっとやりすぎた」

「……もうスーとは仲よくしてあげない」

膨れっ面でセレナが言うと、スーはやや困惑した顔になった。

「それはヤだ。セレナとはずっと仲よしでいたい。お願いだから許して」

「…………」

「お願いセレナ。許して」

「……今回だけよ」

セレナは優しく言った。どうやら無事に仲直りできたようだ。このやり取りだけでも二人の仲のよさが伺える。

「でもアンタのことは絶対許さないから!!」

僕を鋭く睨みつけるセレナ。なんというとばっちりだ。

「さて。いつまでもこんな場所で立ち話というのもなんだし、話の続きは昼食を食べながらにしよう」

サーシャが提案した。もう昼食の時間か。

「僕とリナも一緒にいいのか？」

「もちろんだ。その代わり二人にも昼食の準備を手伝ってもらいたい。なんせウチは子供が沢山いるからな」

「……分かった」


僕達五人はアジト内の食堂に向かい、昼食の準備に取りかかる。料理は主にセレナが担当し、他四人はその周辺のサポートをすることになった。材料を見る限り作るのはカレーのようだ。

「料理か……」

ジャガイモを水洗いしている最中、僕はふと呟いた。僕が【創造】の呪文を使うことができたら、料理する手間も掛けずにカレーを生成できるんだけどな。だけど今そうするわけにはいかない。

「お前が思ってることを当ててやろうか？『【創造】の呪文を使えたら、こんなことせずともカレーを生成できるのに』だろう？」

隣りでタマネギの皮を剥いていたサーシャが、周囲に聞こえない程度の声で言った。

「……何の呪文で僕の心を読んだ？」

「今のはただの勘だ。お前がいかにも面倒臭そうな顔をしていたからな」

「別に面倒臭いってわけじゃ……」

図星を突かれた僕を見て、サーシャは小さく笑みをこぼす。

「確かに呪文は便利だし、お前の気持ちは分からなくもない。だが呪文は必ずしも万能というわけではない」

「……どういう意味だ？」

「それはセレナの料理を食べてみれば分かる」

「…………」

しばらく僕はサーシャの言葉の意味を考えていた。


やがてカレーが完成し、僕達は皿をテーブルに運んでいく。子供は三十人以上いるのでかなりの量になった。毎日これをこなすのは大変そうだ。

「では子供達を呼んでくるとするか」

サーシャは【急成長】の呪文で大人の姿になると、一旦食堂を後にした。

「アンタの分はアタシが用意してあげるわ」

「……えっ、本当に？」

これは驚いた。僕はセレナに嫌われてるものとばかり思ってたけど、案外心を開いてくれて――

「はい、どうぞ」

「…………」

セレナに渡された皿を見て僕は言葉を失った。他の皿に比べると明らかにカレーの量が少なく、ほんの二、三口分くらいしかなかったのである。

「……なんか異様に少なくないか？」

「それは完全に気のせいね。言っとくけどおかわりはないから」

「……そ、そうか。気のせいならしょうがないな」

僕は泣きそうになりながら自分の席に着いた。覇王城にいた頃には考えられないような扱いだな……。

子供達が全員食堂に集まり、ようやく食事の時を迎えた。僕はスプーンにカレーとご飯を半分ずつ乗せ、口に運んだ。

「!!」

その瞬間、僕は雷に打たれたかのような衝撃に襲われた。

美味い。ルーは甘すぎず辛すぎず、舌の上にトロリと流れて消えていく。米の食感とも絶妙にマッチしており、噛めば噛むほど味わいが出てくる。ハッキリ言って僕が今まで食べたどのカレーよりも美味しかった。

「どうだユート。美味いだろう？」

「……ああ」

サーシャの言葉に僕は頷くしかなかった。同時にサーシャが「呪文は必ずしも万能というわけではない」と言っていた意味を理解した。なるほど確かに、僕の【創造】でこの味を引き出すのは不可能だろう。

考えてみれば呪文でポンと生み出した即席のカレーが、時間を掛けて作られた手作りのカレーに勝てる道理なんてあるはずもない。惜しむらくはこの量では僕の胃が全く満たされないということか……。

「お、お兄様。もしよければ私のカレーをお分けしますけど……」

そんな僕の心中を察してくれたのか、隣りに座るリナが自分の皿を僕の方に寄せてきた。セレナからあんな仕打ちを受けた直後なので、リナの優しさが凄く身に染みる。

「……いいよ、あまり食欲ないし。それよりカレーはどうだ?」

「凄く美味しいです。ほっぺたが落ちそうになっちゃいました……」

リナも舌を巻いていた。本当は結構お腹は空いてるんだけど、奴隷時代のリナは今の僕の比じゃないくらい酷い目に遭ってきただろうし、美味しいものは腹いっぱい食べさせてやりたいからな。

「……ご馳走様でした」

そして早くもカレーを食べ終えてしまった僕。量に不満はあったものの、味の方は文句なしだった。

セレナには申し訳ないけど、本当にセレナが作ったのだろうかと疑ってしまう。セレナのような女の子って料理が苦手なイメージがあるし。

「セレナって性格は不器用なクセして手先はやたらと器用だよなー」

「余計なお世話よアスタ！」

「顔は可愛いし、スタイルも抜群、おまけに料理上手ときたもんだ。将来はセレナのような嫁が欲しいもんだ。つーか今すぐオレの嫁になってくれ！」

「却下」

「だっはーマジか！　ショックでしばらく立ち直れねーわ！」

セレナに振られたアスタだが、サーシャとスーは特に気に留める様子もなかった。多分日常的に見られる光景なんだろう。

「……ではそろそろ本題に入ろうか。『狂魔の手鏡』の入手作戦についてだ」

このサーシャの発言にアスタ達は喋るのをやめ、スプーンを置く。皆の雰囲気が一変したのが分かった。

「予定通りアスタ達には明朝『邪竜の洞窟』に入ってもらい、『狂魔の手鏡』を入手してきてもらう。っと、ユート達にはまだ伝えてなかったな」

「ああ。でもどうして朝なんだ？」

「その時間帯が洞窟内のモンスター達の活動が最も鈍くなるからだ。『狂魔の手鏡』の入手確率はできるだけ高い方がいいからな」

「……なるほど。サーシャは一緒に来ないのか？」

「私には足の怪我があるからな。洞窟の入口までは付いていくつもりだが、作戦に参加はできない。子供達の面倒も見ないといけないしな」

少し離れたテーブルで楽しそうに食事をしている子供達に目をやりながらサーシャは言った。

「そして皆も聞いたと思うが、この作戦にはユートとリナも参加することになった」

「へっ⁉　わ、私もですか⁉」

驚いた声を上げるリナ。

「ん、違ったか？　その為にユートが連れてきたものとばかり思っていたが」

「わ、私はただお兄様に付いてきただけで、その……」

リナは困惑した顔で僕の方を見る。

「リナ自身はどうしたいんだ？」

「！　私は……」

僅かな沈黙の後、リナは顔を上げた。

「私も参加したいです。いえ、参加させてください」

リナの目は強い覚悟に満ちていた。

「足を引っ張るだけかもしれませんが、お兄様が頑張っている時に私だけ安全な所でジッと待ってるなんて、できません」

「……そうか。なら一緒に頑張ろう」

「はい！」

リナを参加させるのは正直少し不安だけど、リナは僕との【悪魔契約】によって大幅にステータスが上がってるし、僕が与えた【災害光線】の呪文もある。そんじょそこらのモンスターに負けることはないだろう。

それにリナがここまでハッキリと自分の意志を見せるのは初めてのことだし、兄としてはできるだけ尊重してやりたい。

「決まりだな。ではユート、リナ。よろしく頼――」

「私は反対よ!!」

するとサーシャの言葉を遮るように、セレナが立ち上がって叫んだ。

「ご、ごめんなさい。やっぱり私なんかが参加するのはおこがましいですよね……」

「あっ、ち、違うの！　今のはリナじゃなくて、あの男に向けて言ったの！」

セレナがビシッと僕の顔を指差した。

「何故だセレナ？　ユートの実力はお前も地下訓練場で目の当たりにしたはずだ」

「そうそう。なんせユートはこのオレを倒しやがったんだからな。ぜってー力になってくれるぜ」

「そういうことを言ってるんじゃない!!　だ、だって私はこの男に二回も辱めを受けたのよ!?　そんな奴と協力なんてできっこないわ!!」

一回目はともかく、二回目は僕のせいじゃないと思うな……。

「セレナ、今はそんなことを言ってる時では――ッ！」

すると突然サーシャは言葉を中断し、こめかみの辺りを手で押さえた。

「おっ？　また〝例のアレ〟かサーシャ？」

「……ああ。すまない皆、少しだけ静かにしてくれ」

そう言って、サーシャは目を閉じて腕を組む。急にどうしたんだ？

「今、サーシャの【未来予知】が発動してる」

正面に座っていたスーが小声で言った。サーシャが【未来予知】の呪文を持っていることは昨日聞いたが、今のはどう見ても意図的に発動したようには見えなかった。

「サーシャの【未来予知】は発動タイミングを選べない。いつどこで発動するか、それはサーシャ自身にも分からないらしい」

「……なるほど」

スーの説明に僕は納得した。勝手に発動する呪文というのも存在するのか。便利な力だと思ってたけど、それを考慮すると案外そうでもないかもしれない。誰かと戦ってる最中に発動したら凄く邪魔そうだ。

待つこと約三十秒。サーシャは静かに目を開けた。

「終わったみてーだな。今回はどんな未来が視えたんだ？」

「う、うん……」

アスタの問いに対し、サーシャはやや動揺した様子で言葉を濁した。

「……悪い未来なのか？」

「そんなことはない。むしろどちらかと言えばいい未来だ。だが、これは果たして言っていいものか……」

何故かサーシャは僕とセレナを交互に見ている。

「んだよ、ますます気になるじゃねーか。勿体ぶらずに教えてくれよ。いい未来なら問題ねーだろ？」

「……そうだな」

サーシャはコホンと咳払いした後、言った。

「ユートとセレナ。二人がキスをする未来だ」

「「ぶーっ⁉」」

僕とセレナは盛大に噴き出してしまった。

「ユートとセレナがキスだとぉ⁉　なんでオレじゃなくてユートなんグハッ‼」

「何言ってんのサーシャ⁉　笑えない冗談はやめて‼」

セレナがアスタを突き飛ばしてサーシャに詰め寄る。

「冗談ではない。私が【未来予知】に関して嘘をつくことはない。こういうことは一度でも嘘をついたら信用されなくなってしまうからな」

「そんな……‼　絶対あり得ないわ‼」

正直僕も信じられない。僕とセレナが、キス……⁉

「おめでとうセレナ。私は応援してる」

「スーは黙ってて！　仮に百歩譲ってキ、キスするとしても、転んだりぶつかったりした拍子の事故とかそういうオチよね⁉」

「いや、明らかに意図的なキスだった。セレナがユートに求める形でな」

しかもセレナの方から⁉

「わ、私が自ら望んでこいつとキスをするっていうの⁉」

「そうだ。おそらくそう遠くない未来だな。つまりセレナ、お前は近い内にユートに惚れることになるわけだ」

「……‼」

絶句するセレナ。こんなに僕のことを毛嫌いしているセレナが僕のことを好きになるなんて、とても信じられない。

「こんな……こんな……!!」

セレナは身体を小刻みに震わせ、涙を溜めた目で僕を睨みつける。

「こんな男を好きになるくらいなら……死んだ方がマシよー!!」

そう言い放つと、セレナはもの凄い速さで食堂から飛び出していった。それを見てサーシャは溜息をつく。

「やはりこうなったか。だから話していいかどうか迷ったんだが」

「……この場を和ませる為の冗談、ではないんだよな？」

「さっきも言っただろう。私が【未来予知】に関して嘘をつくことはない」

「……その【未来予知】が外れることは？」

「ほぼないな。視たい未来を自分で選べない代わりに、的中率は驚きの99％だ」

マジか。ということは本当に、僕はセレナとキスを……!?

「ううっ。お兄様とセレナさんがそんなことになるなんて、私はどうしたら……」

「落ち着けリナ。まだそうと決まったわけじゃない」

とは言ったものの、的中率99％ならもはや確定と言って差し支えないだろう。それにアスタも言ってたように、セレナは可愛いしスタイル抜群だし料理上手だし、僕への態度を除けば完璧な女の子だ。もしセレナが高校の生徒で、女子人気投票が行われたらブッチギリの一位になるだろう。

そんなセレナに好意を抱かれるのは、僕としても悪い気はしない。というか普通に嬉しい。あのツンがデレに変わったセレナはさぞ可愛いことだろう――

そこで僕はふと我に返り、疚しい考えを追い出すように首を振った。

ダメだ、何を考えている。僕は悪魔の頂点に君臨する覇王なんだ。人間のセレナとそういう関係になるわけにはいかない。セレナにとってもそれが一番だ。

「ユートてめえ……よくもオレのセレナを寝取りやがったな……!!」

先程セレナに突き飛ばされたアスタがユラリと立ち上がった。

「……まだ寝取ってないし、そもそもアスタのものでもないだろ」

「うるせえ黙れ!! これからオレのものになる予定なんだよ!! オレの【未来予知】でもそう視えてんだ!!」

「アスタは【未来予知】なんて持ってないはず」

スーの容赦ない一言に、アスタはぐぬぬという顔をする。

「とにかくお前が現れてからオレのハーレムは滅茶苦茶だ!! 今度もう一回オレと決闘しろ!! 次こそ叩きのめしてやらあ!!」

「……何度やっても結果は同じだと思うぞ」

「んだとぉ!? 上等じゃねーか!!」

そこでサーシャが軽く手を叩いた。

「私の予知のせいで話が脱線してしまったが、今はキスだのハーレムだので争っている場合ではない。明日のことだけに集中しろ」

「……だな」

アスタは自分の席に座り直した。確かに今はセレナのことより『狂魔の手鏡』の方が重要だ。僕は一度深呼吸し、気持ちを切り替えた。

「では話を戻そう。先程も言った通り、お前達には明朝に『邪竜の洞窟』に入り『狂魔の手鏡』を入手してきてもらう。『邪竜の洞窟』はこのアジトから歩いて二、三時間ほど歩いた場所にあるので、出発は深夜になる」

セレナが不在のまま、サーシャは話を続ける。

「だから日が沈む前に風呂に入り、出発まで寝ておくことを推奨する。睡眠不足で力が出せなくなっては困るからな。ユートとリナはアジトの空いている部屋を勝手に使ってもらって構わない」

「……ならお言葉に甘えようかな」

「『邪竜の洞窟』までの道は私が案内する。あとは結構歩くので飲み物と軽い食料を持っておいた方がいいかもしれないな。それは私が用意しよう」

なんだか小学生の頃の遠足を思い出すな。実際は全然違うけど。

「とまあ、説明はこんなところだろう。悪いが誰かセレナにも後でこのことを伝えてやってくれ」

「なら私が伝えとく」

スーが小さく手を挙げて言った。

「さて、何か質問のある者はいるか？」

「……一つ、聞いておきたいことがある」

そう言ったのは僕だった。

「なんだユート？」

「今の話と直接的には関係ないけど、アスタ達も七星天使を抹殺する為にサーシャの仲間になったんだよな？　それはやっぱり、誰か大切な人の魂を七星天使に奪われたから……なのか？」

「……ああ、そうだ」

アスタがこれまで見せたことのない、暗然たる表情で答えた。

「オレは七星天使に親友の魂を奪われた。ガキの頃からずっと一緒に過ごしてきた、兄弟同然の奴だった。オレは絶対に七星天使を許さねえ……!!」

アスタは胸の前で強く拳を握りしめる。

「オレは七星天使に復讐すると誓った。奴らをこの世から抹消し、必ずアイツの魂を取り返してみせる……!!」

怒りを滲ませた声で、アスタは強く宣言した。アスタもサーシャ同様、七星天使にかけがえのない人の魂を奪われてしまったのか……。

「それじゃ、スーも？」

僕の問いにスーはコクリと頷く。そして懐から一枚の紙を出し、無言で僕に差し出してきた。きっとこの紙にスーの大切な人の顔が――

「ん？」

その紙を見て僕の頭上にクエスチョンマークが浮かんだ。その紙に描かれてあったのは人ではなく、小犬のような動物だったのである。

「……スー、これは？」

「名前はメラトスハクトリノ。私が飼っていたペット」

「いや、そういうことを聞いてるんじゃなくて……」

つーか長いな。そんな恐竜っぽい名前を付けなくても。

「七星天使による魂狩りが始まった頃にちょうど、私のメラトスハクトリノが行方不明になった。きっとこれも七星天使の仕業に違いない」

「……言っちゃ悪いけど、それ七星天使関係なくないか？」

「そんなことはない。メラトスハクトリノはとても賢くて優秀だったから、七星天使が脅威を感じて魂を奪ったに違いない」

「は、はあ……」

「もちろん冗談だけど」

冗談かよ！　何この無駄なやり取り！

「私は皆のように、七星天使に大切な人の魂を奪われたりはしていない」

メラトリなんとかが描かれた紙を懐に戻しながらスーが言う。

「それじゃ、どうしてスーはサーシャの仲間になったんだ？」

「特別な理由はない。ただ、人々の幸せを壊す七星天使が許せなかった。そして自分の力を誰かの為に役立てたいと思ったから」

口調こそ落ち着いているが、スーの言葉からも揺るぎない意志が感じ取れた。

「だから私の願いは、サーシャやセレナ、子供達に大切な人との時間を取り戻してあげること。あとアスタも」

「オレはついでかよ⁉」

僕はスーに尊敬の念を抱いた。誰かの為に行動を起こすというのは言うほど簡単ではないはずだ。

しかも相手は七星天使。いくら許せないと思っても、そいつらと戦う覚悟を決めるのはなかなかできることではないだろう。

「……セレナはどうなんだ？」

この場にセレナがいないのでサーシャに聞いてみる。たとえいたとしても絶対に答えてくれないだろうけど。

「セレナは姉の魂を奪われたそうだ」

「！　姉の……」

「セレナは物心つく前に父親を事故で、母親を病で亡くし、祖母と姉の三人で暮らしてきたと話していた。祖母も去年に亡くなったらしく、セレナにとって姉が唯一残された家族だったんだ」

その姉さえも七星天使の手によって失われてしまったのか。今のセレナの心境を思うと胸が苦しくなった。

「そういやなんでユートはサーシャの仲間になったんだ」

「えっ⁉　それは、まあ、僕もスーと似たような理由かな……」

僕は適当にごまかしておいた。僕（覇王）のイメージアップを図る為、なんて言えないよな。なんだかサーシャ達の話を聞いた後だと、自分の考えが少しだけ浅ましく思えてしまう。

「ではそろそろ解散にしよう。各自部屋に戻って出発まで十分に身体を休め、英気を養っておくように」

こうして僕達は食堂を後にした。結局セレナは最後まで戻ってこなかったな……。

先程のサーシャの話にも出た通り、僕とリナはアジト内の適当な部屋を借りることにした。一階と二階は主に子供達の居住スペースになっていたので、僕は三階の一番奥の部屋、リナはその隣りの部屋に決めた。中はお世辞にも広いとは言えなかったが、一人が寝るには十分だろう。

さて。アスタとの戦いで身体が少し汚れたし、早速風呂に入るか。そう思って部屋を見回してみたところ、トイレも風呂もないことに気付いた。ここは人数が多いからそういうのは共同で利用しているのだろう。きっとこのアジトのどこかに大浴場っぽい所があるに違いない。

というわけで、僕は部屋を出て浴場の場所を確認しに行くことにした。しかしサーシャ達も部屋には風呂やトイレがないことくらい教えておいてくれたらよかったのに。

「ようユート。こんな所で何してんだ？」

階段を下りて一階を適当にうろついていると、途中でアスタに会った。

「部屋に風呂がなかったから、どこにあるか探してる最中だ」

「風呂ならこの階の奥にデッケーのがあるぜ。この先を真っ直ぐ行って左に曲がったところにある」

「そっか、助かる」

やはり誰かに教えてもらうのが一番だな。このアジトってかなり広いし、何を探すにしても時間が掛かってしまう。

「……もしかして女湯を覗きに行くつもりか？」

「お前と一緒にするな」

「なんだと⁉　オレが女湯を覗くような変態に見えるってのか⁉」

「うん、ものすごく見える」

むしろ何故見えないと思ったのか。

「おいおい、オレを見かけで判断してもらっちゃ困るぜ。まあこれまで何度も覗こうとして全部失敗に終わってるんだけどよ。セレナは警戒心が強いからなー」

案の定かよ。

「あー、サーシャの【千里眼】がマジで羨ましいぜ。あの呪文がありゃ風呂もトイレも覗き放題だからな。ユートもそう思うだろ？」

「……そうだな」

実は僕も【千里眼】が使える、なんて言えないよな。

「オレもこの後すぐ風呂に行くから、また男湯でな」

「ああ」

アスタと別れ、僕は服を取りに行こうと自分の部屋に向かう。その途中、僕が二階から三階への階段を上っていた時だった。

「あっ」

今度は三階から下りてきたセレナと鉢合わせになり、互いの足が止まった。ここでセレナに会うのは全く予想してなかった。

「…………」

野犬のような鋭い目つきで僕を睨むセレナ。原因はサーシャが【未来予知】で視たと言っていた〝例のこと〟だろう。それと昨日の喫茶店のトイレで起きたことをまだ怒っているというのもあるかも――

そこで僕は、その時のことをまだセレナに謝っていないことに気付いた。そうだ、もしまた会うことがあったらちゃんと謝罪しようと思ってたんだ。不可抗力とはいえセレナの胸を触ってしまったことは紛れもない事実だし、ここはしっかり謝ろう。

「その、昨日は本当にごめん。ワザとじゃなかったんだ」

「…………」

セレナは無言で睨み続ける。ダメだ、まったく許してくれる気配がない。ここは一つジョークで場を和ませてみよう。

「代わりと言っちゃなんだけど、僕の胸を揉んでいいからさ」

「ふざけないで!!」

余計に怒らせてしまった。そりゃそうだ。

「言っとくけどアタシはその程度の謝罪で許すつもりはないから!!」

「……その程度、か」

僕は小さく笑みをこぼした。いいだろう、そこまで言うなら僕にも考えがある。もはや手段を選ぶつもりはない。見せてやろう、僕の力を……!!

「な、何よ……!?」

僕の全身からただならぬ気配を感じ取ったのか、セレナが警戒する様子を見せる。僕は覇王、思い通りにならないことなどない。さあ刮目しろセレナ!!

「本当に悪いことをした!! 許してくれ!!」

僕は階段の踊り場で正座をし、手のひらを地につけ、額を地にこすりつけた。

そう、土下座である。MPを一切消費せず、かつ最大の謝罪の表現、それが土下座。我ながら完璧な方策だ。

「ちょ、ちょっと！　アタシは別にそこまでしてもらうつもりは……!!」

僕の（土下座という名の）攻撃を受け、セレナが動揺した声を出した。ふっ、どうやら効いてるようだな。これでセレナも僕を許すしかなくなるだろう。僕はセレナの反応を見てみようと顔を上げた。

「……あ」

その時、僕の視界に〝あるもの〟が映った。

現在の状況は僕が階段の踊り場で土下座をし、そこから五段先にセレナが立っている。セレナはスカートで、地下訓練場にいた時はスパッツを穿いていたが、今はそれも脱いでいる。

つまり――バッチリ見えたのである。

「っ!!」

セレナもそのことに気付いたらしく、慌ててスカートを両手で押さえた。そして顔を真っ赤にしながら僕を睨みつけてくる。

「……見たでしょ」

「………………」

「なんとか言いなさいよ!!」

「……今日は水色なんだな」

バキッ!!

セレナの跳び蹴りが僕の顔面に炸裂し、後頭部が後ろの壁に激突した。僕がドＭだったらここで「ありがとうございます!!」とお礼を言ってただろうけど、残念ながら僕は痛みを喜びに変えられるほど器用じゃない。

「ほんっと最低……!!」

セレナは踊り場で倒れる僕の横を通り過ぎ、下の階へと下りていく。

「待ってくれセレナ!! 今のも不可抗力で――」

僕が言い訳をしようとすると、セレナは足を止めて振り返り、僕の顔を指差した。

「今後アタシに近付いたり話しかけたりしたらタンスの角に小指を百回ぶつけてもらうから!!」

そう言い放ち、セレナは僕の前から去っていった。想像しただけで痛そうな罰だ。

「いてて……」

僕は後頭部をさすりながら立ち上がる。僕だったから多少の痛みで済んだものの、普通の人間だったら今ので死んでたかもしれないぞ。

それにしても、どうしてセレナとだけこういうラッキースケベ的なイベントが頻発するんだろう。この二日でもう三回（喫茶店のトイレ、アジトの地下訓練場、そして今回）も起きてる。まあ、僕としては嬉しい限りなんだけども……。

なんにせよ、これで一層セレナに嫌われてしまったことは間違いない。土下座したところまではよかったのに、結果的に更に関係を悪化させてしまった。明日は『狂魔の手鏡』の入手に向けて協力していくわけだし、セレナともできるだけ仲よくなりたいんだけど。いや、そもそもセレナは僕を仲間として認めてないんだっけか……。

しかしここまでセレナとの関係がこじれてくると、サーシャが【未来予知】で視たという〝例のアレ〟がますます疑わしくなってくる。本当にこんな調子でセレナは僕のことを好きになるんだろうか。

「……ん？」

ふと足下に目をやると、何かペンダントらしき物が落ちていることに気付き、それを拾い上げた。多分セレナが僕に跳び蹴りをした拍子に落としたのだろう。きっと大切な物だろうし、早く届けないと。

だが階段を下の方まで覗きこんでみても、既にセレナの姿はなかった。どこに行ったのかは分からないけど、一階か二階のどちらかにいるはずだし、探してみるか？

でもさっきあんなことがあったばかりだから凄く気まずいし、それ以前にセレナに近付いたら「タンスの角に小指を百回ぶつける刑」が執行されてしまうので、そもそも届けることすらできない。どうしたものか……。

「ユート、こんな所で何してるの？」

上の方から声がしたので顔を上げてみると、スーが階段を下りてくるのが見えた。左手に持っているのは絵本のようだ。

「スーこそ、そんな本を持ってどこに行くつもりなんだ？」

「子供達のところ。皆に絵本を読み聞かせてあげるのが私の日課だから」

「……そうなのか。でも今日くらいは休んでもいいんじゃないか？　サーシャも明日に備えてしっかり休むように言ってたし」

「大丈夫。これは私の楽しみの一つでもあるから」

「……そっか」

ここで僕に考えが浮かんだ。そうだ、スーに頼めばいいんだ。

「スー、悪いけど後でこれをセレナに渡しといてくれないか？」

僕は先程拾ったペンダントをスーに差し出した。

「これ、セレナの？」

「ああ。さっきここで拾ったんだけど、僕ってセレナに嫌われてるだろ？　だから渡そうにも渡せなくて困ってたところなんだ」

「……分かった。私が責任をもって――」

するとスーは言葉を止め、何かを企むような顔を浮かべた。

「やっぱり断る。ユートが拾ったのならユートが自分で届けるべき」

「は⁉　たった今分かったって言ったよな⁉」

「気が変わった。ユートがそれを届けてあげればセレナの好感度も上がるはず。セレナは未来の彼女なんだし今の内にポイントを稼いでおかないと」

「なんでそうなる⁉」

「ユートとセレナがキスするってことは、セレナがユートの彼女になることはほぼ確定してると言っていい。むしろキスまでしておいて彼女にしてあげなかったらセレナが可哀想だと思う」

無意識に口から溜息が出てしまう。

「スーは本当にセレナが僕のことを好きになると思ってるのか？」

「思ってる。サーシャの【未来予知】に外れはないから。私も応援してる」

「応援してると言われても……」

「セレナの部屋は四階の一番奥だから。それじゃ頑張って」

「あっ、おい！」

スーはペンダントを受け取ることなく、僕の前から去っていった。スーの奴、絶対楽しんでるだろ……。

こうなったらサーシャかアスタに頼むか？　でも二人が今どこで何をしてるのか分からないし、こんなことで探すのも面倒だ。となると他に方法は——

「……よし、これでいこう」

僕はペンダントを持ったまま一旦自分の部屋に戻り、大きな鏡の前に立った。

セレナは僕が話しかけることも近付くことも許してくれない。ならばセレナに僕が僕だと分からなければいい。つまり【変身】の呪文で別人に姿を変える方法だ。

問題は誰に変身するかだけど、セレナにペンダントを返しに行く途中で本人に遭遇するとマズいので、今どこにいるのか分からないアスタやサーシャに変身するのは些か危険が伴う。となると、ここはスーに変身するのが一番だろう。子供達に絵本を読み聞かせているのなら遭遇することもないはずだ。

思えば人間時代の僕以外に変身するのは初めてだな。男が女の子に変身するってちょっとアレな気がするけど。

「呪文【変身】！」

僕はスーに姿を変えるべく【変身】の呪文を使い、鏡に映る自分の姿を確認した。

うーん……なんか違う。これはスーではなくスーに似た人だ。本人はもっと可愛かったはずだ。

呪文【変身】は僕が脳内に浮かべた姿がそのまま反映されるので、正確なイメージが必要になる。

今までは人間時代の僕にしか変身していなかったのでイメージが楽だった上、この世界に阿空悠人を知る人がいないので多少違ってても問題はなかった。

だが今回変身するのはスーなので、セレナに違和感を持たれないように変身しなければならない。長年の付き合いならともかく、スーは今日出会ったばかりの女の子なので、正確にイメージするのが非常に難しい。

更に容姿だけじゃなくスタイルも変えなくてはならない。特に問題は胸だ。スーの胸はお世辞にも大きいとは言えなかったけど、決して貧乳というわけでもなかった。よって胸の膨らみ加減にも神経を使ってしまう。

てか、なんかこれって余計に面倒なことをしているような……気のせいだなうん。

「……こんなもんかな」

鏡の前で格闘すること約十分。ようやく納得のいく姿に仕上がった。うん、どこからどう見てもスーだ。胸がちょっと大きい気もするが問題ないだろう。あとはセレナにペンダントを渡しに行くだけだ。もっと他にいい方法があったんじゃないかと思ったけど、今は気にしないでおこう。

スーの姿になった僕は、セレナのペンダントを持って部屋を出た。確かセレナの部屋は四階の一番奥って言ってたよな。

「！」

四階に上がると、ちょうど廊下を歩くセレナの姿を発見した。やばい、なんだか緊張してきた。絶対に僕だとバレないようにしなければ。とにかくスーになりきるんだ！

「あら、スーじゃない。もう絵本の読み聞かせは終わったの？」

セレナが僕の方に近付いてくる。よし、今のところバレてない。後は口調に気を付けるだけだ。スーの喋り方は淡々としていて、いかにも女の子って感じではなかった。あまり口調の真似には自信がないけど、やるしかない。

「こ、こんにちは、セレナ」

「こんにちは……ってなんで挨拶？　ていうかスー、なんか声変じゃない？」

「!!　そ、そう？」

ちなみに【変身】は声帯も変えることができるので、一応スーの声が出るようにしたつもりだったが、どうやら少し本人のものと違ったようだ。

「ちょ、ちょっと発声練習してたら、喉を痛めちゃって。ゴホッ、ゲホッ」

「発声練習!?　なんでそんなことしてたの!?」

「明日に向けて気合いを入れようと……。ゴホッ、ゴホッ」

「そ、そう。せっかく可愛い声してるんだから喉は大事にしなさいよ？」

「ありがとう。それよりセレナ、これ」

僕はセレナに例のペンダントを差し出した。

「えっ!?」

セレナはそれを見て声を上げた後、慌てた様子でポケットの中を確認する。どうやらペンダントを落としていたことに気付いたようだ。

「それ、どこに落ちてたの!?」

「階段の踊り場」

「全然気付かなかった……。きっとユートの嫌がらせね！　さっきすれ違った時に隙を見てアタシのポケットからペンダントを抜き取ったに違いないわ！」

「そんなことするか!!」

「……え？　急にどうしたの？」

「あ、いや……」

いかん、つい叫んでしまった。今はスーであることを忘れるな。

「そ、それよりセレナ、ほら」

「うん。ありがとう」

セレナはペンダントを受け取ると、とても愛おしそうに胸の前でそれを握りしめた。

「それ、大事な物なの？」

「……アタシの誕生日にお姉ちゃんがくれた、アタシの宝物なの」

「！」

セレナのお姉さんは七星天使に魂を奪われたとサーシャが話していた。きっとお守りのようにいつも持ち歩いているのだろう。

「ていうか前にこのこと話さなかったっけ？」

「っ！　ご、ごめん。すっかり忘れてた」

「ふふっ。スーって何でもすぐ忘れちゃうもんね」

そう言って、セレナは目を細めてペンダントを見つめる。

「これをなくしちゃってたら、しばらく立ち直れなかったと思う……。だからスー、本当にありがとう」

優しく微笑むセレナを見て、僕の心臓が大きく高鳴った。セレナは元々可愛いけど笑顔は更に可愛い。僕は主にセレナの怒った顔しか見たことがなかったからな。こんな可愛い笑顔を見せられるのならずっと笑顔でいてほしいものだ。

「それじゃセレナ、また後で」

用も済んだし、自分の部屋に帰って阿空悠人の姿に戻ろう。そう思った矢先だった。

「待ってスー。これから一緒にお風呂に行かない？」

「……え？」

セ、セレナと一緒に、お風呂……⁉

「どうしたのよ、変な顔して。まだ入ってないでしょ？」

「う、うん。でも……」

「あっ、もしかしてまた自分の下着をどこにしまったか分からなくなったんでしょ。ほんとスーは忘れっぽいんだから」

「そうじゃなくて……」

「大丈夫、アタシも一緒に探してあげるわよ。ほら、部屋に行きましょ」

セレナは僕の腕を掴んで歩き出す。

これはマズいことになった。スーに変身してると言っても、男の僕がセレナとお風呂に入るわけにはいかない。しかし中身が思春期男子の僕としては、当然セレナと一緒に入りたいという気持ちはある。どうする……⁉

そして気付けば僕は四階の奥から二番目の部屋にいた。どうやらここがスーの部屋のようだ。

タンスの上やベッドにはぬいぐるみが置かれており、床は本や小物などで少し散らかっている。何の許可もなく女の子の部屋にいるので、なんだかとても申し訳ない気持ちになった。

「どうしたのよ、そんな所に突っ立って。スーも探したら？」

「いや、その……」

タンスの引き出しを上から順番に開けていくセレナ。さすがに女の子のタンスの中を漁るわけにはいかない。

「あっ、下着発見。今日はこれでいいでしょ？」

「ぶほっ!?」

セレナが白色のパンツを見せてきたので、僕は思わず噴き出してしまった。あ、あれが普段スーが穿いてる……!!

「？　スー、さっきから様子が変じゃない？」

「そ、そんなこと、ない」

僕は必死に動揺を隠して答えた。

それからセレナはシャツや寝間着も見つけ出し、布に包んで僕に渡してくれた。僕をスーだと思い込んでるとはいえここまでしてくれるなんて、きっとセレナは根っからの世話好きなのだろう。

「それじゃ浴場に行きましょうか」

セレナも自分の着替えを持ち、僕と一緒に一階の浴場へと向かう。って向かったらダメだろ。このままだと本当にセレナと風呂に入ることになってしまう……!!

この状況から抜け出す方法はただ一つ。それは【瞬間移動】を使ってこの場から退散すること。他の呪文を使うと【変身】が解除されてしまうが、同時にセレナの前からはいなくなるので覇王の姿を見られる心配はない。

セレナにとっては近くにいたはずのスーが突然姿を消すことになるので不自然極まりないだろうけど、もはやそんなことを言ってる場合ではない。今ならまだ間に合う、【瞬間移動】を使うんだ。さあ早く!!

しかし結局【瞬間移動】を発動することはできず、僕とセレナは女湯の前に到着してしまった。やはり煩悩に抗うことはできなかったようだ。

「日が沈む前にお風呂に入るって、なんだか不思議な気分よね」

「う、うん……」

脱衣所に入ると早速セレナが服を脱ぎ始めたので、僕は慌ててセレナに背を向けた。もうここまで来たら覚悟を決めるしかない。背後から聞こえる衣擦れの音に妄想を掻き立てられつつ、僕も服を脱ぐことにした。

「……あっ」

とここで、僕は重大なことに気付いた。

僕が【変身】によって変えたのは容姿や髪型、声帯だけで、胸以外の服に隠れた部分には手を加えていなかった。

つまり――〝アレ〟は僕の下半身に付いたままなのである。

僕の額から大量の汗が流れる。やばい、凄くやばい。〝コレ〟を見られたら一発で僕がスーじゃないことがバレてしまう。とにかく絶対に見られないようにしなければ。僕は服を全部脱いだ後、急いで下半身をタオルでぐるぐる巻きにした。

「何してるのスー？」

「へっ⁉　いやこれは――」

セレナの声に僕は反射的に振り返る。すると既に服や下着を全て脱ぎ終えた、生まれたままのセレナの姿が僕の目に飛び込んできた。

「……‼」

豊かな胸の膨らみに、芸術的な身体のライン。思わず喉が鳴るような健康的な肉体を、セレナは惜しげもなく晒していた。この光景に僕は目が釘付けになり、言葉を失ってしまった。

「？　どうしたの、急に固まっちゃって」

「……はっ！」

我に返った僕はすぐにセレナから目を逸らす。バッチリ見てしまった。セレナの、裸を……‼

「な、何かで隠した方がいいと思う」

「今更何言ってんのよ、お風呂に入る時のアタシはいつもこうじゃない。それよりスーこそ今日に限ってどうしてタオルを巻いてるの？　いつもはスッポンポンなのに」

「きょ、今日はなんだか恥ずかしい気分だから」

「ふふっ、どんな気分よそれ。あら？」

急にセレナが無言になったのでチラッと前を見てみると、セレナが不思議そうな顔で僕の胸を見つめていることに気付いた。

「ど、どうしたのセレナ？」

「……スーの胸って、そんなに大きかったっけ？」

「!!」

しまった、やっぱちょっと大きくしすぎたか⁉

「わ、私もセレナに追いつこうと、色々と努力してるから。多分その成果が出たんだと思う」

「へー、スーでもそういうこと気にするのね。ま、アタシに追いつくにはまだまだ時間が掛かるでしょうけど！」

セレナが得意気に胸を張り、二つの膨らみが大きく上下に揺れる。その威力に僕は思わず噴き出しそうになった。

「……んん？」

次にセレナは僕の下半身に注目した。

「こ、今度はどうしたの？」

「……なんかタオルがちょっと浮いてない？」

「!!」

ああっ、男の生理現象が!!　僕はすぐに両手でタオルを押さえ、セレナに背を向けた。これは自分の意志ではどうしようもない。

「……スー？」

「えっと、ちょっとタオルを浮かせる手品の練習をしてただけ！」

「このタイミングで⁉　まあいいけど……」

僕の苦しい言い訳にもセレナは納得してくれたようだ。ここまで僕がスーじゃないことがバレてないのは奇跡と言っていいだろう。

「それよりほら、早く入りましょ」

「えっ、あっ……」

僕はセレナに腕を引っ張られ、浴場まで連れて行かれた。幸いなことに僕とセレナ以外誰もいない。旅館にある温泉のように広くてなかなか立派な浴場だが、今はそんなことに感心する余裕はなかった。

「それじゃまずは身体を洗いっこね」

「えっ⁉」

そんな僕に追い打ちをかけるようにセレナが言った。セレナが全裸というだけでもヤバいのに、その上身体を洗い合うだと⁉　それはさすがに理性を保たせる自信がないので断るしかない。

「そ、そういうのは私、ちょっと苦手かも……」

「何言ってんのよ、毎日やってることじゃない。昨日はアタシから洗ってあげたから今日はスーが先ね」

そう言いながらセレナは鏡の前に置いてあった桶にお尻を乗せた。いくら仲がいいからって年頃の女の子が毎日身体を洗い合ったりするか普通⁉

「ほらスー、早くしてよ」

「……う、うん」

セレナに促されるまま、僕はスポンジにボディシャンプーを垂らし、セレナの後ろに腰を下ろす。

そして僕は心臓をバクバクさせながら、泡立てたスポンジでセレナの背中を洗い始めた。

目を見張るほどの綺麗な肌と、女の子特有のいい匂いが僕の煩悩を更に刺激してくる。やばい、なんだか頭がクラクラしてきた。

「スー、どうしてさっきから背中ばっかり洗ってるの？　ちゃんと前の方も洗ってよ」

「えっ⁉　そ、それは……!!」

だって前の方を洗うってことは、セレナのあんなところやこんなところに触れるってことじゃないか。そんなことしたら僕の理性もいよいよ限界を迎えてしまう。

「……やっぱり今日のスー、なんか変じゃない？」

「そ、そんなこと、ない」

このままだと僕がスーじゃないことがバレる怖れがある。やはりやるしかないのか……⁉

そうだ、僕はもう引き返せないところまで来ている。ここまできたら最後まで隠し通すしかない。

悪く思わないでくれセレナ！

僕が意を決してセレナのお腹の方に手を伸ばそうとした、その時――

「!!」

突然浴場のドアが開いた。そこに立っていたのはスー本人だった。セレナと同じく、生まれたままの姿で。まさかの事態に僕は一瞬硬直してしまった。

「あらスー。悪いけどアタシ先に入って――え？」

ポカンとした顔のセレナ。それから僕とスーの顔を交互に見比べる。

「……私がもう一人？」

スーは僕を見て不思議そうに首を傾げている。セレナは勢いよく桶から立ち上がった。

「ちょ、ちょっとどういうこと!? なんでスーが二人――」

「呪文【瞬間移動】!!」

僕は最後の手段である【瞬間移動】を使い、アジトの自分の部屋に緊急避難した。同時に【変身】が解除され、覇王の姿に戻った。

「……余としたことが、情欲に負けてしまうとは」

僕は頭を抱える。なんだか今頃になって罪悪感が湧いてきた。だが僕も中身は健全な男子、一体誰が責められようか。そもそもお風呂に入ろうと誘ったのはセレナの方だし……いや、これはただの言い訳だ。

覇王の姿の時はちゃんと自制できてたはずなのに、どうも人間に変身すると思春期男子の面が強く出てしまうようだ。こういうことは二度とないようにしよう。

それから女湯の様子が気になった僕は、今一度【変身】で阿空悠人に姿を変え、部屋から出て一階に下りてみることにした。無論再び女湯に突入するつもりはなく、ただ入口付近を通ってみるだけだ。

「!」

一階の廊下を歩いていると、寝間着姿のセレナが血相を変えて走ってくるのが見えた。

「ユート!! どっかで怪しい男とすれ違わなかった!?」

「あ、怪しい男?」

「スーの偽者が現れたのよ!! しかもその姿を利用して女湯まで入ってきて……!!」

今目の前にいる、なんて言えないよな。するとセレナが疑いの目で僕を見ていることに気付いた。

「まさかアンタが犯人じゃないでしょうね？　アンタも変態だし十分考えられるわ」

誰が変態だとツッコもうとしたけど、今の僕に否定する権利はなかった。それに犯人は紛れもなく僕なんだし。

「ま、そんなわけないわよね。アンタは呪文を使えないってサーシャも言ってたし、アンタにそんな度胸があるとは思えないもん」

「あ、ああ……」

なんか勝手に納得してくれた。僕は呪文を使えないという設定がこんなところで活きてくるとは。

「男に裸を見せたことなんて一度もなかったのに……しかもアタシの身体まで洗ったりして……絶対に許せない……!!」

涙目で身体を震わせるセレナ。本当にごめんなさい。

「とにかく怪しい男を発見したらすぐアタシに報告して！　分かった!?」

「わ、分かった……」

セレナは僕のもとから走り去っていく。僕はセレナの背中を見送りながら、深々と頭を下げたのであった。

＊

日が沈み、外が暗くなり始めた頃。僕達が『邪竜の洞窟』に向けて出発するのは深夜なので、サーシャが勧めていたように今から就寝することにした。多分他の皆もそうしているだろう。

僕は【変身】で人間の姿を維持したまま、部屋のベッドに入る。やはり元人間としてはこの姿の方が落ち着くからな。さすがに覇王城にいる時には無理だけども。

そんなこんなで、ベッドに入って三時間が経過した。

「……全然眠れない」

僕は上体を起こして呟いた。まだ眠い時間帯じゃないというのもあるけど、一番の原因は何と言っても女湯での出来事だった。

あの時の興奮が今でも続いていて、目を閉じればセレナとスーの裸体が浮かんできてしまう。あと五時間ほどで出発だというのに、このままでは睡眠不足の状態で『狂魔の手鏡』の入手に臨むことになってしまう。

とりあえずトイレに行こうと思い、僕は部屋を出た。廊下はすっかり暗く、お化けでも出そうな雰囲気だ。確かこの階のトイレはこの廊下をずっと歩いて左に曲がった所だったはず……。

「ん?」

その途中、ある部屋の隙間から光が漏れていることに気付いた。子供達の部屋は一階と二階だけだし、出発メンバーの中の誰かがまだ起きてるってことになる。

セレナとスーは四階の部屋だったし、リナは僕の隣りの部屋なので違う。ということはアスタかサーシャのどっちかだな。

ドアが少し開いていたので、その隙間からこっそり覗いてみる。中にいたのはサーシャだった。また【急成長】を使ったのか大人の姿になっており、何かの作業をしている最中のようだ。

「サーシャ、入っていいか？」

「うおっ⁉」

するとサーシャは身体をビクッとさせ、素早く僕の方を振り向いた。

「な、なんだユートか。急に声がしたからビックリしたぞ」

「はは、ごめんごめん」

サーシャの驚いた顔は新鮮だなと思いながら、僕は部屋に入った。

「まだ入っていいとは言ってないぞ」

「駄目だったか？」

「……まあ、別に構わないが。適当な所に座ってくれ」

その言葉に甘え、僕は近くに置いてあった椅子に腰を下ろした。

「早めに寝た方がいいと言ってた本人が、まだ起きて何をやってるんだ？　もう出発の準備は終わったんだろ？」

「子供の一人が遊んでいる時に服を破いたそうでな。それを縫っているところだ」

よく見るとテーブルの上には針や糸などの裁縫道具が置かれていた。大人の姿になっているのは、その方が作業しやすいからだろう。

「……数時間後には出発なんだし、サーシャも休んだ方がいいと思うけど」

「構わんさ。私は『狂魔の手鏡』の入手作戦には不参加だからな。お前こそ早く寝たらどうだ？」

「そうしたいのは山々なんだけど、どうにも寝付けなくて……」

「なるほど。だが今の内にしっかり寝ておかないと作戦の最中に支障をきたすかもしれないぞ。覇王といえど眠気は難敵だろうしな」

「そうだな……」

僕はサーシャの部屋を軽く見回してみる。裁縫道具の他に、絵本や玩具など小さな子供に関係する物が数多く置かれている。

「こら、あまり乙女の部屋をジロジロ見るな」

「あっ、ごめん」

僕は視線をサーシャの方に戻した。六歳で乙女と呼べるかは甚だ疑問だけども。

「……一人で三十人以上の子供の面倒を見るのは大変じゃないか？」

「セレナ達も色々手伝ってくれてるし、一人というわけじゃないさ。でもまあ、大変なのは確かだな。正直疲労は溜まっている」

育児に疲れた母親のような顔でサーシャは言う。

「だったら尚更休んだ方がいいんじゃ……」

「心配するな。これくらいで音を上げる私ではない」

「……ならいいんだけどさ」

「それよりアスタ達とはどうだ？　やはり覇王のお前としては人間から対等に扱われるのは不服かな？」

悪戯っぽい顔で尋ねるサーシャに、僕は首を横に振る。

「そんなことない。むしろ逆かな」

「逆？」

「覇王に転生する前は普通の人間だったから、人間として接してくれた方がやっぱり落ち着くし気持ちも楽になる。覇王という肩書きは僕には荷が重い」

「ふっ、お前もお前で苦労してるみたいだな」

「まあな」

さて。これ以上作業の邪魔をするのは悪いし、そろそろ自分の部屋に戻ると——

「待てユート」

部屋から出ようとした僕をサーシャが呼び止めた。

「少し前にスーの偽者が現れる騒ぎがあったようだが……犯人はお前だな？」

「うっ⁉」

案の定サーシャにも伝わってたか。口籠もる僕を見て察したのか、サーシャは大きく溜息をついた。

「やはりそうか。【変身】の呪文が使えるのはお前くらいしか考えられないからな。しかもその姿を利用してセレナと風呂にまで入ったそうじゃないか」

「……はい」

「まったく、この大事な時に何をやってるんだ。性的欲求を満たすのは今日じゃなくてもよかっただろう」

「……はい」

もはや頷くことしかできなかった。

「だいたいお前も【千里眼】を使えるのだから女の裸などいつでも見られるだろうに。それだけでは飽きたらず直接見てみたくなったのか？　まあセレナは女の私から見てもかなりの上玉だし、気持ちは分からないでもないが」

「い、言っとくけどスーの姿に変身したのはちゃんと理由があったんだからな⁉　セレナと風呂に入ったのも、なんというか、成り行きでそうなったというか……」

「では疚しい気持ちは全くなかったんだな？」

「……いいえ」

再び溜息をつくサーシャ。

「セレナには【変身】が使える知り合いの女に私から頼んでサプライズを仕掛けてもらった、と説明しておいた。もちろんそんな人物は存在しないが」

「……それで納得したのか？」

「自分でも無理がある説明だと思ったが、セレナはああ見えて純粋だからな。それでも納得させるまでだいぶ苦労した」

まあ、スー本人が現れるまで僕が偽者だと気付かなかったくらいだしな……。

「言っておくがお前の為じゃないぞ。お前が犯人だとバレたら呪文を使えないはずのユートが呪文を使ったことになって面倒なことになるし、騒ぎが大きくなると明日の作戦に影響が出かねないと思ったからだ。感謝するんだな」

「……恩に着るよ」

サーシャに大きな借りができてしまった。でも借りを作るのはあまり好きじゃないし、今すぐこの場で返すとしよう。

「呪文【倦怠快癒《けんたいかいゆ》】！」

サーシャの身体が淡い光に包まれる。【万能治癒】が身体の異常を治す呪文に対し、【倦怠快癒】は身体の疲れを取る呪文だ。さっき疲労が溜まってるって言ってたからな。

「これで気休めにはなるだろう」

呪文を使ったことで【変身】が解け、僕は覇王の姿に戻る。するとサーシャは小さく笑みをこぼした。

「お節介な奴だな。だがおかげでだいぶ楽になった。とりあえず礼は言っておく」

「なに、余はただ借りを返しただけだ。それより忘れてはおるまいな？　『狂魔の手鏡』を入手した暁に、地上と天空を繋ぐゲートの場所を教えるということを」

「もちろん覚えている。ちゃんと約束は守るから安心しろ」

「……ならばよい」

サーシャが本当にゲートとやらの場所を知っているのか未だに半信半疑だけど、今は『狂魔の手鏡』の入手に集中するとしよう。

「ところでユート。前から気になっていたが、その口調の切り替えは意識してやっているのか？」

「……無意識だ」

廊下に誰もいないことを確認し、僕は覇王の姿のままサーシャの部屋を出た。

さて。まだ全然眠くないし、元の姿に戻ったついでに一度覇王城に帰ってみようかな。城の当主が二日も不在というのもどうかと思うし、アンリがまた何かやらかしてないか心配だ。色々と報告したいこともあるし。

「呪文【瞬間移動】！」

直後、僕は覇王城の大広間に帰還した。たった二日振りなのに、なんだか随分久々に帰ってきた気分だ。とりあえず僕は玉座に腰を下ろした。

「……ん？」

目線を下に落としてみると、なんとそこには膝をついているアンリの姿があった。当然僕が帰還することは誰にも伝えてない。ということは、アンリは誰もいないこの大広間でずっと膝をついていたのか……？

「ハッ！　ユート様、お帰りになられたのですね!?」

僕の存在に気付いたらしく、アンリが顔を上げて僕を見る。間もなくその目からはポロポロと涙がこぼれ始めた。

「この時が来るのを一日千秋の思いで待ちこがれておりました。これほど幸せを実感したことはございません……!!」

「……うむ。余も嬉しいぞ」

二日会わなかっただけなのに、まるで十年振りの再会のようなリアクションである。そんなに僕のことが恋しかったのか。

「うっ……」

すると目眩でもしたのか、アンリが体勢を崩して片手を床につけた。

「どうしたアンリ？　大丈夫か？」

「も、申し訳ございません。ユート様のお顔を見て安心したのか、急に空腹が襲ってきてしまいました……」

「空腹？　ちゃんと食事はしているのか？」

「いえ。ユート様が人間領での調査に尽力しておられる時に、ユート様の一番の側近である私がのうのうと食事をするのは失礼に当たると思い、ユート様が帰還なさるまで断食すると決めておりました」

それに何の意味が⁉　別にご飯を食べるのは失礼でも何でもないよね⁉　忠誠心の高さがおかしな方向に行ってるよ‼

「余が不在だからといって断食などする必要はない。ちゃんと飯は食べろ。せっかくの綺麗な肌を保てなくなったらどうする」

「き……綺麗な肌……⁉　ユート様が私の肌を綺麗だと……‼」

アンリは目をハートマークにしたまま気を失い、パタンと床に倒れた。なんか前にもあったなこういうこと。今回は極度の空腹も要因の一つだろうけど。

僕は【万能治癒】の呪文をアンリにかけ、気絶状態から復活させた。

「ハッ！　ま、まさか私は気を失っていたのですか⁉　申し訳ございません、ユート様に余計なお手間を……‼」

「気にするな。それよりまずは空腹を満たせ。呪文【創造】！」

僕は一個のホットドックを生成し、アンリに差し出した。

「これを私に……？」

「うむ。所詮呪文で出した物だから味は保証しないがな。それともホットドックはあまり好きではないか？」

「そんな、滅相もございません!!　私の一番好きな食べ物はたった今ホットドックになりました!!　もはやこのホットドックを食べる為に生まれてきたと言っても過言ではありません!!」

そんな大袈裟な。

「ううっ。美味しい、凄く美味しいです……!!」

「それは何よりだ」

アンリは涙を流しながら僕が生成したホットドックを食べる。なんだか山で遭難して数日間何も食べていなかった人を見ているようだ。

悪魔達がいつも食べているのは紫色のドロドロしたスープだったりネズミのような生物の死骸だったりとグロテスクなものばかりだったからアンリの口に合うかどうか不安だったけど、一応人間の食べ物も大丈夫なんだな。

「特にこのウィンナーの絶妙な太さと固さが堪りません。流石はユート様のホットドックです……!!」

なんかいかがわしく聞こえるんだけど。まあ、それはそれとして。

「アンリ、お前に話しておきたいことがある。食べながらでいいから聞いてほしい」

「えっ!?　た、食べながらユート様のお言葉を聞くなど、そのような無礼を働くわけにはゴホッ、ゲホッ！」

「慌てるな。余は気にしないからゆっくり食べてもらって構わない」

「お、お心遣い、痛み入ります……」

僕は人間領に出向いた結果、人間の魂を奪っていたのは七星天使だったと判明したことをアンリに話した。

ちなみに僕が一時的にサーシャ達の仲間になったことは当然秘密だ。覇王である僕が人間と協力関係を結んだとアンリが知ったら卒倒しかねないし。

「七星天使が人間共の魂を……。天使が利用しているという〝ゲート〟の捜索を昨日私に依頼したのは、そのような背景があったからなのですね」

「そういうことだ」

「ですが、何故七星天使はそのようなことを？」

「それはまだ明らかになっていない。しかし何らかの目的があって人間の魂を集めていることは確かだろう。人間を守る為――ゴホン。余の餌である人間共を横取りされない為にも、奴らは必ず滅ぼさなければならない」

「はい、私もそう思います」

危ない危ない、一瞬本心が出そうになった。覇王である僕が「人間を守る為」なんて発言したら大問題になってしまう。

「それでアンリよ。依頼した〝ゲート〟の捜索の方はどうなっている？」

僕が尋ねると、アンリは暗い表情で俯いた。

「……誠に申し訳ございません。現在覇王軍の悪魔五千体を動員して探させておりますが、未だに発見の報告は上がっておりません」

「そうか。ならばよい」

元々あまり期待していなかったので、僕は大してガッカリしなかった。やはり〝ゲート〟は天使達が何らかの呪文で外部からの認識を遮断させているか、もしくはよほど見つかりにくい場所に存在しているか……。

いずれにせよ『狂魔の手鏡』の入手に協力する見返りにサーシャから聞き出す方法が一番早そうだ。

「もし本日までに発見できなかった場合、ユート様のご期待に添えなかった罪を償うべく五千の悪魔共々自害しようと――」

「しなくてよい！」

思わず声を荒げてしまった。やっぱり一度帰ってきて正解だったよ。危うく覇王軍の悪魔を大量に失うところだった。

「余が城にいない間、何か異常などはなかったか？」

「はい、特には……。あっ」

「ん、何かあったか？」

「いえ、異常ではないのですが、一つ報告がございました。本日ユナが任務を終えて城に帰還するとのことです」

「！」

ユナか。確かアンリ、ペータに続く三人目の滅魔の名前だったはず。どんな悪魔か気になっていたし、ちょうどいいタイミングに帰ってこられたな。

「おそらくもう間もなく帰還すると思われます。私から念話でこの大広間に来るように伝えておきましょう」

「うむ、頼んだ」

それから待つこと三十分。もう間もなくと言ったわりには遅いなと思っていると、大広間の扉をノックする音がした。僕が「入れ」と言うと、扉が静かに開いた。

姿を現したのは、紫色の長髪にスラリと背が高い、凛とした顔立ちの女の子。彼女がユナか。いかにも真面目そうな子で、もし彼女が高校生だったら生徒会長でもやってそうな雰囲気を醸し出している。

しかしこの子も可愛いな。アンリといいペータといい、滅魔の容姿レベルの高さには驚かざるを得ない。

「あぐっ!?」

なんて思っていた矢先、彼女は扉の段差の部分で躓き、盛大に転んでしまった。しばらく呆然となる僕。なんか外見の印象と違う？

「……ユナはああ見えてかなりのドジッ子です」

アンリが呆れ顔で言った。意外だ、全然そうは見えないのに。やはり何でも外見で判断するのはダメだな。

「失礼致しました、覇王様……」

ユナが鼻を手で押さえながら立ち上がる。

「派手に転んだようだが、大丈夫か？」

「……お言葉ですが、今のは転んだわけではありません」

いや転んだよね？　思いっきり「あぐっ!?」って声出てたよね？

「四滅魔の一体である私が、覇王様の御前でそのような醜態を晒すことなどあってはなりません。今のは大広間の床の強度を確かめるべく、敢えて顔をぶつけてみただけのことでございます」

めっちゃ苦しい言い訳してきた！

「見苦しい言い訳をするなユナ。ユート様の荘厳な存在感に圧倒され、つい足下が狂ってしまったと正直に言ったらどうだ」

それも違うと思うよ⁉

「……久し振りねアンリ。相変わらず元気そうでなによりだわ」

「お前もな。それよりユナ、まずはユート様にご挨拶しないと失礼だろう」

「！　申し訳ございません、覇王様」

ユナはアンリと軽く言葉を交わした後、僕のもとまで歩いてきた。

「お初にお目にかかります。四滅魔の一体、ユナです。私が想像していた通り、いえそれ以上の崇高なるお姿に感服いたしました」

僕の目の前で膝をつくユナ。他の悪魔達と同じく僕への評価が無駄に高い。例によって僕のことは覇王様呼びだし、まずはそこを直してもらおう。

「ユナよ。悪いが余のことは覇王ではなくユートと――」

「分かっております。今後は〝神〟とお呼びすればよろしいのですね？」

全然分かってない！

「冗談はよせユナ。ユート様は神をも超越したお方であるぞ。神などという不相応な名で呼ぶことはユート様への侮辱に他ならない」

「確かに、アンリの言うとおりね」

僕のハードルがどんどん上がっていく。

「……とにかく、余のことはユートと呼べばよい」

「かしこまりました、ユート様」

ほんの数時間前までアスタ達から普通の人間として扱われてたから、様を付けられることにも違和感を覚えてしまう。僕としては呼び捨てでも全然構わないんだけど、ここでの僕は覇王だからそういうわけにはいかないだろう。

「それよりユナ、予定ではもっと早くこの大広間に来るはずだっただろう。一体どこで油を売っていたんだ」

「……覇王城に敵が紛れ込んでないか巡回していただけよ。決して迷子になっていたわけじゃないわ」

「はぁ、また城内で迷子になったのか。ボケた老人じゃあるまいし、いい加減大広間の場所くらい覚えろ」

「ま、迷子じゃないって言ってるでしょ⁉　だいたいこの城って迷路みたいになってて訳分かんないし……‼」

「見苦しい言い訳をするなと言っているだろう。それもユナの悪い癖だ」

「…………」

ユナは顔を赤くし、無言で俯いた。なんとなく二人の関係性が分かってきた気がする。

「それはそうと、任務を終えて帰還したということは『ヒュトルの爪』はちゃんと手に入れたのだろうな？」

「愚問ねアンリ。当然じゃない」

前にもアンリが話していたが、改めて僕から説明しよう。

アンリを除く三人の滅魔は、僕が覇王として転生する前から『闇黒狭霧』の生成に必要な四つの材料を集める為に覇王城を出ていた。その中の一つが『ヒュトルの爪』である。先日ペータが『ガンドルの牙』を持ち帰ったので、これで材料は二つ目となる。

この『闇黒狭霧』は人間の死体を半悪魔に変えるという怖ろしいものであり、僕が人間を滅ぼした後これを利用して世界を支配する、というのがアンリ達の計画である。しかし当然ながら僕に人間を滅ぼす気なんてない。

だが四つの材料が全部揃って『闇黒狭霧』が完成したら、嫌でも僕が人間を滅ぼす流れになるだろう。だから絶対に揃わないでくださいお願いします、というのが僕の本音だ。その前に何としても悪魔と人間が共存できる世界を築き上げなければ。

「ユート様、『ヒュトルの爪』でございます。どうぞお納めくださ――え？」

するとポケットに手を入れたユナの顔が、みるみるうちに青ざめていくのが分かった。

「ない、ないわ!!　『ヒュトルの爪』がない!!」

「……ユナ、まさかとは思うけど途中で落としたりは――」

「そ、そんなはずないでしょ!?　身体のどこかに絶対あるわ!!　申し訳ございませんユート様、少々お待ちください!!」

「っ!?」

突然ユナが服を脱ぎだしたので僕は思わず噴き出しそうになった。いくら何でも動揺しすぎだろう。

「ユナよ、慌てる必要はない。落ち着いて探すのだ」

という僕の声も届かず、とうとうユナは全裸にまでなってしまった。反射的に顔を逸らした僕だが、目だけはどうしても向いてしまう。可愛くてスタイルのいい女の子の裸なんだからしょうがない。

それにしても今日は女の子の裸を目にする機会が多くて理性を抑えるのに苦労してしまう。多分一生忘れられない日になっただろう。

「あっ、あったわ!! よかった……!!」

服のどこかに挟まっていたのか、ユナは深く安堵の息を漏らした。僕としてはなくしてくれていた方が好都合だったので少しガッカリしてしまう。

「ユート様、こちらが『ヒュトルの爪』でございます」

「……うむ」

ユナから五センチほどの銀色の爪を受け取る。これが『ヒュトルの爪』か。こっそり捨てたりしちゃダメかなあ。

「それよりユナよ。早く服を着たらどうだ」

「……ハッ!? ももも、申し訳ございません!!」

ようやく我に返ったのか、ユナは顔を真っ赤にして服を着始めた。本当にドジッ子なんだな。

「まったくユナは。ま、ユート様の前で服を脱ぎたくなる気持ちは分かるけど」

アンリの場合は違う意味だよね？

「とりあえず、任務ご苦労だったなユナ。これからよろしく頼む」

僕はユナに右手を差し出す。しかしユナは一瞬右手を出そうとしたものの、すぐに何かを思い出したような表情で手を引っ込め、どこか悲しげに俯いた。

「……申し訳ございませんが、そのお手を取ることはできません」

ガーン!!　という効果音が僕の背後で響いた。ショックのあまりしばし言葉を失ってしまう。僕そんなに手汗凄かった!?

「どういうつもりだユナ!!　お前は自分が何をしたのか分かっているのか!?　その行為はユート様に対する最大の侮辱だ!!　今すぐ自害せよ!!」

アンリが大声で怒鳴るが、ユナが動揺する様子はない。それからユナは僕に向かって深々と頭を垂れた。

「今の私の非礼は決して許されるものではございません。いかなる処罰をもってしても償うことはできないでしょう。もちろんユート様が自害せよとおっしゃるのでしたら、謹んで自害させていただきます」

「……よい。お前の罪を全て許そう」

「……宜しいのですか？」

「うむ」

正直ダメージは大きかったけど、握手を拒否されたくらいで自害させるほど僕の心は狭くない。セレナの態度に比べたら全然大したことないし。

「ユート様の慈悲深さに心から感謝します。それでは失礼させていただきます」

ユナは一礼し、大広間の扉に向かって歩き出す。アンリの方に目をやると、鬼のような形相でユナの背中を睨みつけていた。

「……少々お待ちくださいユート様。この私が今すぐユナに自害という名の罰を――」

「よいのだアンリ」

「で、ですがユート様!! ユナはあろうことかユート様が差し出された手を拒んだのですよ!? 私であればユート様のお手の感触が一生残るくらいの勢いで握り返すというのに……!!」

それもどうかと思うけど。

「やはりユナの非礼は万死に値します!! 今すぐ自害させるべきです!!」

「聞いていなかったのか？ 余はユナの罪を全て許したのだ」

「し、しかし……!!」

「余の為を想うお前の気持ちは分かる。だが余に二言はない。どうかお前もユナを許してやってほしい」

「……かしこまりました」

まだ納得のいかない様子だったが、アンリは頭を下げた。僕はユナが扉の向こうに消えるまで、その後ろ姿を静かに見つめていた。

「さて。話は変わるが、余はこの後再び人間領に戻るつもりだ。まだやるべきことが残っているからな」

「……え？」

アンリの顔からサーッと血の気が引いていく。

「そ、それはつまり、また当分お会いできなくなるということでしょうか……!?」

「案ずるな。明日中には戻ってこられるだろう」

後はセレナ達と『狂魔の手鏡』を入手するだけだし、多分一日も掛からないだろう。しかし一向にアンリの顔色が戻る気配はない。

「……大丈夫かアンリ？」

「いえ、その、これ以上ユート様がいないことの辛さに耐えられる自信がなくて……」

たった一日なのに⁉

「やはり私も人間領に連れて行ってくださいませんか⁉」

「それはできない」

アンリを人間領に連れて行くなんて羊の群れに狼を放つようなもんだし、その上僕が人間と協力してることがバレたらどうなるか分かったもんじゃない。

「な、何故リナ様はよくて私はダメなのですか？　もしかしてユート様は私のことがお嫌いなのでしょうか……」

今にもアンリが泣きそうな顔になる。僕に心酔しすぎるというのも困りものだ。

「馬鹿なことを言うな。余はお前のことを心から信頼している。お前が城にいるからこそ余は安心して人間領に赴くことができるのだ」

「ほ、本当でございますか……⁉」

「うむ。お前には迷惑をかけることになるが、その代わり余が戻ってきたらお前の望みを何でも一つ叶えてやろう」

僕がそう言うと、アンリの顔色が一瞬で元に戻った。

「何でも⁉　何でもでございますか⁉」

「そうだ」

「……かしこまりました。それでは身体をキレイにして、ユート様のご帰還をお待ちしております」

アンリが頬を赤く染めてモジモジしながら言った。どんな望みかだいたい想像つくような……まあいいか。


大広間を出た僕は、覇王城の中を適当に闊歩することにした。すぐにサーシャのアジトに戻ってもよかったけど、なんせ二日も城にいなくてこの後またいなくなるので、僕が健在であることを皆に示しておく必要があると思ったからである。

「ユート様だ！」

「ユート様がお通りになられるぞ！」

城内の悪魔達は僕とすれ違う度にその場で膝をついてくる。未だに慣れないんだよな、これ。普通に「こんちはっす！」って挨拶するだけでもいいのに。

「ん？」

ある程度城内を歩き回り、そろそろサーシャのアジトに戻ろうかと思った時だった。ふとテラスの方に目をやると、そこには一人夜空を見上げるユナの姿があった。その表情はどこか寂しげに見える。

僕はテラスまで行き、ユナに声をかけてみることにした。

「！　ユート様」

「そのままでよい」

膝をつこうとしたユナを僕は右手を出して制止する。

「綺麗な夜空だな」

「……はい」

僕はユナの隣りに立ち、一緒に夜空を見上げる。生前の日本の夜空に比べたら何百倍も美しい。

「……先程お前が余の手を拒んだのは何故だ？」

「！」

「何か特別な理由があったのだろう？」

「……流石はユート様。何でもお見通しなのですね」

いやまあ、ただの勘だけどね？　ただ、ユナが何の理由もなく僕の手を拒むような子には見えなかった。

「よければ余に話してはくれないか、その理由を」

「それは……」

「ま、どうしても話したくないというのなら、余も無理に聞き出すことはしない」

「…………」

しばらく沈黙が流れた後、ユナは意を決した顔で僕の方を見た。

「いえ。偉大なるユート様に仕える身として、隠し事など以ての外です。ただしこれを話せば、ユート様は私を激しく嫌悪することになると思われます」

「構わん。話してくれ」

「……かしこまりました」

胸の前で強く手を握りしめるユナ。緊張と不安が入り交じった表情で、ユナは恐る恐る口を開けた。

「私は――悪魔と天使の間に生まれた子です」

「!!」

それは予想以上に衝撃的な真実だった。ユナもサーシャと同じ……!? いや、サーシャの場合は人間と天使の間に生まれた子だった。悪魔と天使という相反する存在の間に生まれた子、それがユナ……!!

「私の身体には天使の血が半分流れています。そのような忌むべき者に触れてはユート様の高貴なお手を汚してしまうと思い、咄嗟に拒んでしまいました」

そういうことだったのか、と僕は納得した。

「……そのせいで、今まで何度も辛い思いをしてきたのだろうな」

「はい。私はこの悪魔領で生を受け、二年後には妹も生まれました。父は悪魔、母は天使だったのですが、母は天使であることを隠し、四人で平穏な生活を営んできました」

ユナは静かに自分の身の上を語り始める。

「しかし私が七歳の時、その生活は一変しました。とうとう母が天使であることがバレてしまったのです。それから父と母は異端者として殺されてしまいました」

「……!!」

「父と母はその身を犠牲にし、私と妹を逃がしてくれました。しかし当然ながら私達を受け入れてくれる場所などあるはずもなく、私達は数年間、誰の目も触れることのない森の中で過ごしました」

僕は胸が苦しくなった。人間と天使の間に生まれたサーシャですら差別を受けてきたと言っていたんだ。悪魔と天使なら、その差別は一層酷いものになるだろう。

「……妹はどうなったのだ?」

僕が尋ねると、ユナは再び夜空を見上げる。その目は夜空の遥か先を見つめているように思えた。

「妹は――今も生きています。名前はミカ。現在の七星天使の一人です」

「!!」

更なる衝撃が僕を襲った。

「私は両親を失ってからの数年間、ミカと二人で肩を寄せ合って生きてきました。森の中は凶暴なモンスターも多く、呪文を持たないミカと私にとって過酷な環境でしたが、それでもなんとか生きる術を身に着けました」

「……一つも呪文を所持していないのか？」

「はい。原因はおそらく私の身体に流れる血でしょう。天使と悪魔はいわば光と闇。決して相容れることのない二つが共存しているという矛盾が、呪文の介在を妨げているのだと思います」

人間と天使の間に生まれたサーシャは呪文を多数所持していたが、やはり悪魔と天使では全く事情が違うようだ。

「ミカは甘い物が大好きで、とても優しい子でした。そして何よりミカは私にとって大きな心の支えでした。ミカがいなかったら、私はとっくに生きることをやめていたでしょう……」

その頃の出来事を思い起こすように、ユナは目を細くする。

「そんな妹が、何故今では七星天使の一人になっている？」

僕が尋ねると、ユナは暗い表情で俯いた。

「森の中で生活を始めてから約四年後のことです。ある時私とミカの前に一人の男が現れました。名前はウリエル、七星天使の一人です」

「ウリエル？」

ここであいつの名前が出てくるのか。僕が殺したから今はもうあの世にいるけど。

「ウリエルは私達にこう言いました。『お前達の両親を殺し、このような森に追いやった悪魔共が憎いだろう。私に付いてくれれば悪魔共への復讐に手を貸してやる。ただし連れて行けるのはどちらか一人だけだ』と……」

二人とも連れて行くと言わないあたりが何ともあいつらしい。

「しかし私もミカも特に悪魔達を恨んではいませんでした。これは私達の運命で、仕方のないことだと割り切っていましたから。全く憎しみがないと言ったら嘘になりますが、何よりそのような復讐は天国の両親を悲しませることになる、そう思っていました」

「では、その時のウリエルの誘いは断ったのか？」

僕の問いに、ユナは首を横に振った。

「一方で私は思いました。果たしてこのまま森の中で生活を続けることが本当の幸せなのだろうかと。ミカだけでもこの森を出て、衣食住の満ち足りた場所で生活を営むことはできないものかと。そう思った私は、ミカを無理矢理ウリエルに引き渡したのです」

ユナの拳が小刻みに震え始める。

「お姉ちゃんの裏切り者――それが最後に私が聞いたミカの言葉でした。今でも夢に出てきます。あの時の私の判断は本当に正しかったのだろうか、と……」

正しいか正しくないか、それはとてもじゃないが僕には判別できない。その時のユナの心境は僕には想像もつかなかった。

「きっとミカは私のことを恨んでいるでしょう。だからもう一度、ミカに会いたい。そして一言、謝りたい……」

声こそ小さかったが、その言葉には確かな意志が宿っていた。

「その為にはずっと森に籠もっていてはダメだと思い、数年間の修業を経て、私は森を出ました。その頃には私のことを覚えている者はおらず、私は悪魔として現在の地位まで上りつめたのです」

僕は胸が熱くなった。呪文を全く使えないユナが滅魔の地位を獲得するには相当な努力を要しただろうから。

「……だが、我々はいずれ七星天使と対峙することになる。その時お前は妹と相見えることになるやもしれん」

「はい。もしミカが私の命を奪うつもりで挑んできたならば——私も覚悟を決めます」

「………」

生き別れた二人の姉妹が、方や七星天使の一人、方や四滅魔の一人になるとは、なんと数奇な運命だろうか。

「……長々と退屈な話をしてしまい、申し訳ございませんでした」

「退屈なことなどない。話を聞かせてくれて余は感謝している」

自分の秘密を他者に打ち明けることはかなりの勇気が必要だっただろう。同じく秘密を抱える身として本当にそう思う。

「覇王軍の中にこのことを知っている者は他にいるのか？」

「いえ、自分の身の上を話したのはユート様が初めてでございます」

「……そうか」

するとユナは僕の前で膝をついた。

「私は悪魔でも天使でもない、いわば不純物です。本来ならば私のような者がユート様の配下に、ましてや滅魔の地位に就くことなどあってはなりません。もしユート様が私を配下として相応しくないとおっしゃるのでしたら、私は潔くこの城を去らせていただきたいと痛っ⁉」

僕はユナの頭にチョップをかました。

「ユート様、何を……⁉」

「愚か者め。余がそんなくだらないことを言うと思うのか。二度と自分のことを不純物などと口にするな」

「で、ですが……‼」

「よく聞けユナ。お前は自分の身体に流れる血に劣等感を抱いているようだが、余にとっては些末な問題でしかない。お前もアンリ達同様、ただの可愛い配下の一人だ」

「……‼」

ユナの目が涙で潤む。だいたいそんなことを気にしてたら、中身が人間で覇王の僕はどうなるんだって話だ。

そして僕は、改めてユナに右手を差し出した。

「いけませんユート様、私に触れたらユート様の高貴なお手が……‼」

「何だ？　お前の手は溶解液でも出すのか？」

「そういうわけでは……」

「ならば何の問題がある。それとも純粋に余の手を取るのが嫌なのか？」

「め、滅相もございません‼」

「なら早くしろ。これ以上拒むようなら、余の手に触れたくないが為の言い訳と解釈するぞ」

「……で、では」

恐る恐る手を差し出すユナ。僕はその手を強く握りしめた。

「お前の身体に流れる血は、半分が父親で半分が母親のものだ。その血に劣等感を抱くのではなく誇りに思えるようになれ。余からの命令だ」

「……はいっ」

ユナの頬を涙が伝う。そしてユナも僕の手を強く握り返してくれた。

なんだか柄にもないことをしてしまったな。思い返せば結構恥ずかしいことを言っちゃった気がするけど、これでユナも少しは気持ちが楽になったことだろう。

それから僕は【瞬間移動】でサーシャのアジトに戻り、明日の『狂魔の手鏡』入手作戦に備えて就寝することにした。

＊

ユートがサーシャのアジトに戻った時とほぼ同時刻。セアルに人間領からの撤退を命じられ『天空の聖域』に帰還したガブリは、呑気に口笛を吹きながら雲の上を歩いていた。

やがてガブリが『七星の光城』に着くと、その入口では苛立った顔のセアルが腕を組んで待ち構えていた。

「遅いぞガブリ!! 今までどこをほっつき歩いておったのじゃ!!」

「けっ、命令に従ってやっただけでもありがたく思えっての。それで? 魂狩りを中断させてまで俺をここに呼びつけた理由は何だ?」

「……付いてこい」

それからセアルは『七星の光城』内のある部屋の前までガブリを連れてきた。

「入れ」

「あぁ? ここってミカの部屋じゃねーか。いいのかよ、乙女の部屋に野郎を入れちまってよぉ」

「いいから入れ」

「へいへい」

ミカの部屋に入るセアルとガブリ。そこにはベッドで寝込むミカと、その様子を心配そうに見守るラファエの姿があった。

「ラファエ、ミカの容態はどうじゃ?」

「……依然として苦しそうです」

ミカは明らかに呼吸が乱れており、額からは大量の汗が噴き出ていた。

「はっ。なんだミカの奴、張り切りすぎて熱でも出しちまったのか? で、俺を呼んだ理由は何だよセアル?」

「そんなもの、ミカの容態を見れば一目瞭然じゃろうが」

「……あぁ⁉　まさかこいつのお見舞いの為に呼んだってのか⁉　冗談じゃねえぞ、俺はこいつの保護者じゃねーんだ――うおっ⁉」

セアルは無言で手刀を繰り出し、ガブリはそれをギリギリでかわした。

「つぶねーなぁオイ‼　仲間を何だと思ってやがる‼」

「こっちの台詞じゃ。それが苦しげな仲間を目の当たりにして出てくる言葉か？」

「いやいや実際そうだろ！　城にはラファエが残ってたんだからわざわざ俺を呼ばなくてもラファエに看病させりゃいいだけの話じゃねーか！」

ガブリの主張に対し、セアルは首を横に振る。

「ワシやラファエがいくら手を尽くしても、ミカの容態がよくなることはなかった。となるともはや呪文に頼る以外に方法はない。七星天使の中で回復系の呪文を使えるのはお前とイエグだけじゃからな」

「だったらイエグを呼べばいいじゃねーか。何で俺なんだよ」

「イエグは『狂魔の手鏡』の破壊任務を継続中だと何度言えば分かる。『狂魔の手鏡』の破壊は我々にとっての最優先事項、蔑ろにはできん」

チッ、と舌打ちをするガブリ。

「分かったら早くお前の呪文でミカを治せ」

「寝言は寝て言えってんの！　こちとらただでさえＭＰが枯渇してんだよ！　なんで残り少ないＭＰをこんなガキの為に使わないといけねーんだ‼」

「……そうか。ならばワシが力ずくでも使わせて――」

「あーハイハイ分かったよ！　やりゃあいいんだろやりゃあ！」

ガブリはいかにも面倒臭そうな顔で、ベッドで寝込むミカに右手をかざした。

「呪文【月光《げっこう》の恩恵《おんけい》】」

ガブリの右手から溢れ出た光が、ミカの身体を包み込む。やがてミカの呼吸は落ち着きを取り戻し、汗も次第に引いていった。

「ったく、これで満足かよ」

「あ、ありがとうございます、ガブリさん……!!」

ラファエはガブリに深く頭を下げた。

「あーあ、柄にもねーことをしちまったぜ。つーかなんでミカはこんなことになったんだよ？」

「元々身体が弱いミカに地上の空気が合わなかったのか、それとも呪文を持たないミカにワシが【魂吸収】の呪文を与えたせいか……。何にせよハッキリとした原因は不明だ」

「そう言えばミカさん、呪文を一つも持っていませんでしたね。天使であれば最低でも一つは呪文を使えるものなのに、どうしてミカさんは……」

ラファエの疑問に対しても、セアルは首を横に振る。

「分からん。ミカを連れてきたウリエルなら何か知っていたかもしれんが、あいつはもうおらんからな……」

ウリエルが死んだ今、ミカが天使と悪魔の間に生まれた子だという事実を知る者は誰もいなかった。

「とりあえずミカへの【能力共有】は解除しておいた。しばらくこの部屋で安静にしてもらおう。これからはワシとガブリの二人だけで魂狩りを行うことになる」

「おいおい大丈夫かぁ？　まだ人間の魂は目標の半分も集まってねーんだろ？」

セアルは腕を組み、考え込む様子を見せる。

「そうじゃな。ミカが抜けたとなると魂狩りのペースは確実に落ちる。これは新たな七星天使の擁立も視野に入れておいた方がいいかもしれん」

「くっ、ウリなんとかが死んでちょうど空席もできたことだしな。下級天使共の間でオーディションでも開催するか？」

「……普通はそうなるじゃろうが、ワシは地上にも目を向けた方がいいと考えている」

「は⁉　まさか人間共の中から七星天使を選抜する気かよ⁉」

セアルの予想外の発言に、目を見開くガブリ。

「あくまで可能性の話じゃ。地上で魂狩りを行っていた時、勇敢にもワシに戦いを挑んできた女がおった。当然ワシには勝てなかったが逃げ足も速く、このワシが魂を奪い損ねることになった。確か名前はサーシャとか言っておったか……」

「ほう、大した女じゃねーか。まさかそいつを七星天使にするつもりか？」

「いや。確かに優秀な女じゃったが、我々に匹敵するほどの実力ではなかった。せめてワシにかすり傷一つでも負わせることができたら考えたんじゃがな」

セアルは言葉を続けながら、ミカの傍まで歩み寄り、額にそっと手を当てる。

「だがもしかしたら地上にはそれ以上に優秀な人材がいるかもしれん。もっとも七星天使に見合う者となると、可能性は限りなくゼロに近いじゃろうが……」

セアルは安心した顔でミカの額から手を離した。

「だいぶミカの熱も引いたようじゃ。ガブリの回復呪文が効いたんじゃろう」

「そういやまだセアルから感謝の言葉を聞いてねーなぁ」

「調子に乗るな。お前は当然のことをしただけじゃ」

「おいおいそりゃねーだろ！　わざわざ地上から戻ってきて貴重なＭＰまで消費してやったってのによぉ！」

不満を言い放つガブリだがセアルはスルーし、部屋のドアの方に身体を向けた。

「さて。城に戻ってきたついでに『魂の壺《つぼ》』の様子を見てくるとするか」

「魂の壺？　ああ、俺らが奪った人間共の魂が収められてる壺のことか」

「そうじゃ。ガブリとラファエも一緒に来い」

「ぼ、僕もですか？」

「ああ、お前にも一度見せておきたい。少しの間だけならミカから目を離しても大丈夫じゃろう」

「……分かりました」

セアル、ガブリ、ラファエの三人はミカの部屋を出て、魂の壺が置かれている最上階へ向かった。

七星の光城の最上階に来たセアル達三人。その中央には半径十メートル以上ある巨大な灰色の壺があった。これが『魂の壺』である。

セアルが指を鳴らすと、壺の下の方から淡い光が灯り、壺の内部で数多の〝白く光るもの〟が彷徨っているのが透けて見えた。ラファエは驚愕の表情で魂の壺を見つめる。

「この白いものが全部……人間の魂……!?」

「ああ。今のところ特に異常はなさそうじゃな」

「しかしこの大きさで大丈夫かぁ？　途中で魂が入りきれなくなったりしねーだろうな」

「問題ない。ちゃんと千の魂が入るよう計算して作られてある」

その壺の中から〝複数の音〟が三人の耳に流れてくる。

『ここから出して……』

『元の身体に戻りたい……』

『あの子に会わせて……』

それはいくつもの人々の〝声〟だった。それを聞いたラファエの身体が小刻みに震え始める。

「せ、セアルさん、この声は一体……!?」

「肉体と引き裂かれた魂が叫びを上げておるのじゃろう。あまり聞いていて気持ちのいいものではないな……」

「そうか？　俺の耳にはとても心地よく響いてくるけどなぁ」

「……相変わらず悪趣味な奴じゃ」

楽しげな笑みを浮かべるガブリに対し、悲痛な表情を浮かべるラファエ。それからラファエは拳を強く握りしめ、恐る恐る口を開けた。

「もう……やめましょうよ……!!」

「あぁん？　何か言ったかラファエ？」

「もうやめましょうよ!!　こんなこと!!」

本人の口から出たとは思えないほどの大声でラファエは叫んだ。

「覇王を倒さなきゃいけない、それは分かります!!　けど何故その為に無関係な人間達が犠牲にならないといけないんですか!?　おかしいですよそんなの!!」

「オイオイオイオイ、いい加減にしろよラファエ……」

ガブリが苛ついた顔でラファエの胸ぐらを掴んだ。

「ゲホッ……ガブリさん……!?」

「いつまで脳内お花畑のお姫様みてーなことほざいてやがる。つーかオメー、前々から俺達のやることに対して何かと反抗的だよなぁ。もしかして覇王のスパイか？」

「そ、そんな!!　僕はただ……!!」

「控えろガブリ。序列ではお前の方がラファエより下じゃろう」

ガブリは舌打ちをし、ラファエから手を離す。それからセアルはラファエのもとに歩み寄り、その肩に手を乗せた。

「お前の気持ちは分かる。だが覇王を滅ぼし、地上に平和をもたらすには他に方法がないんじゃ」

「で、でも、大勢の犠牲の上に成り立つ平和なんて……!!」

「お前をここに連れてきた理由、分かるな？　この壺を見せることで、お前にもこの現実をきちんと受け止めてもらう為じゃ。どうか分かってほしい」

「……!!」

ラファエは自分の感情を抑え込むように、唇を強く噛みしめた。

「かーっ！　相変わらずラファエには甘い甘い！」

「何か言ったかガブリ？」

「何でもねーよ」

セアルから目を逸らすガブリ。するとその直後、セアルは〝ある者〟からの念話をキャッチした。

『私よセアル。久し振りね』

それは七星天使の一人、イエグからだった。

「イエグか。任務の方はどうなっている？」

『その任務の報告よ。ようやく「狂魔の手鏡」が封印されている場所を特定したわ。どうやら「邪竜の洞窟」ってところにあるみたい』

「！　そうか、よくやってくれた。では引き続き頼む」

『ええ。美しく任務を遂行してきてあげる』

イエグからの念話が切れると、セアルはガブリの方に目を向けた。

「ガブリ、お前は人間領に戻って魂狩りを再開しろ」

「あぁ？　オメーはどうすんだよ？」

「ワシは他にやることができた。イエグがついに『狂魔の手鏡』が封印された場所を突き止めたそうじゃからな」

「やっとかよ。あの女、地上で宝石やら何やらを買い漁ってたせいで任務が滞ってたんじゃねーだろうなぁ」

『狂魔の手鏡』には天使のステータスを大幅に弱体化させ、更には呪文を封じ込める力が秘められているので、その鏡の破壊はセアル達にとっての悲願であった。

「そこでワシもその場所に向かい、イエグと合流しようと思う」

「ククッ。イエグ一人だけじゃ心配ってか？」

「あいつの腕を疑うわけではないが、万が一にも悪魔達の手に渡りでもしたらワシらは終わりじゃ。『狂魔の手鏡』はここで確実に破壊しておく必要がある」

「んなこと言って、本当は人間の魂を狩るのが辛くなってきたもんだから、それから逃れる為の言い訳ができたとか思ってんじゃねーだろうなぁ？」

ガブリが品のない笑みを浮かべながら言うと、セアルは無言で腕を組んだ。

「おやっ⁉　言い返さないってことはもしかして図星か⁉　おいおい七星天使のリーダーともあろうお方がそんなメンタルで大丈夫かぁ⁉」

「無駄口を叩く暇があったらさっさと人間領に戻れ。ワシも鏡の破壊が完了したら魂狩りを再開する。それまで勝手な真似をしたら承知せんぞ」

「へいへい、了解しましたよっと」

適当に手を振りながら、ガブリはこの場を去った。

「セアルさん、僕は……？」

「ラファエはミカの看病を続けてくれ。熱が下がったと言っても、なんせガブリの回復呪文じゃからな。また容態が悪化しないとも限らん」

「……分かりました」

「さて、ではワシも行くとするか」

斯くしてセアルとガブリは地上に向かった。一人この場に残ったラファエはしばらくの間、数多の人間の魂が閉じ込められた『魂の壺』を静かに見つめていた……。

一方その頃、人間領の『邪竜の洞窟』前にて。暗闇の中、背中に白い翼を生やした一人の女が降り立った。

「ここが『邪竜の洞窟』……。あんまり美しくなさそうな所ね」

長い金髪をなびかせ、全身にいくつもの宝石を身に付けたこの女こそ、七星天使の最後の一人、イエグである。

「あーあ、ホント暗いのってヤダ。せっかくの宝石が美しく輝けないもの」

そんなことをぼやきながら、イエグは『邪竜の洞窟』の中へ悠然と歩いていく。

「さて。『狂魔の手鏡』がどれだけ美しく壊れるか、楽しみだわ。ふふっ……」

＊

日付が変わり、不気味なほどに静まり返った深夜。いよいよ『狂魔の手鏡』が封印されているという『邪竜の洞窟』に向けて出発する時が来た。サーシャ、セレナ、アスタ、スー、リナ、そして僕の六人はアジトの外に集まっていた。

「しっかり眠れたかユート？」

「ん……まあまあかな」

両腕を軽く前に伸ばしながらアスタに返事をする。アジトの部屋に戻ってベッドに横になったらなんとか眠ることはできた。と言っても二時間ちょっとくらいだけど。でも身体の調子は悪くないし、作戦に支障をきたすことはないだろう。

洞窟にはレベル700を超えるドラゴンが三体も棲息しているとサーシャが言ってたし、おそらく戦闘は免れない。気を引き締めて挑まなければ。

「じゃんけんぽん。あっち向いてホイ」

「あっ!? ま、また負けちゃいました……」

一方リナは何故かスーとあっち向いてホイをして遊んでいた。多分スーから誘われて仕方なくやることになったと思われる。今やらなくてもと思ったが、緊張を解すという意味では効果的かもしれない。

「！」

不意にセレナと目が合った。が、すぐにプイッと逸らされてしまう。やっぱりまだ嫌われてるな……。

だけどこれから『狂魔の手鏡』の入手に向けて力を合わせないといけないわけだし、こんな状態では駄目だ。そう思った僕は、勇気を出してセレナに声をかけることにした。

「や、やあセレナ。体調の方はどうだ？」

「はい、アタシに話しかけたから『タンスの角に小指を百回ぶつける刑』ね。昨日言ったでしょ？」

「それまだ続いてんの!?」

「当然よ。ま、いきなり百回はキツいだろうから今日のところは特別に八十回で許してあげるわ」

「回数の問題じゃなくて！　つーか昨日廊下ですれ違った時は普通に話してたよな!?」

「そ、それとこれとは話が別よ!!　とにかく今すぐタンスを持ってきて八十回小指をぶつけなさい!!　さあ早く!!」

「お、横暴だ……」

そんな僕とセレナを見かねたのか、サーシャが一回大きく咳払いをした。

「はいそこ、痴話喧嘩《ちわげんか》はそれくらいにしておけ。そろそろ出発するぞ」

「これのどこが痴話喧嘩よ!!」

結局セレナとはギクシャクしたまま、僕達は『邪竜の洞窟』を目指して歩き出した。これからドラゴンと戦うことになるかもしれないのに、果たしてこんな雰囲気で大丈夫なんだろうか。何とかなることを祈るばかりだ。


夜空に浮かぶ星々の光を頼りに歩くこと、約三時間。途中でアクシデントに見舞われることもなく、僕達は無事に洞窟の前に到着した。

「ここが『邪竜の洞窟』か……」

入口は思ったより狭く、幅は五メートルもないだろう。この洞窟のどこかに『狂魔の手鏡』が封印されているというわけか。

「私の【千里眼】で予め封印場所を把握できればよかったんだが、洞窟内は非常に暗いため【千里眼】では何も見えない。よって皆には手掛かりのない状態で洞窟に入ってもらうことになるが……」

「問題ねーよ。その方が宝探しみたいで楽しいしな。そんじゃ早速突入しようぜ！」

「待てアスタ、話はまだ終わって――」

しかしサーシャの声は届かず、アスタは洞窟の入口に向けて突っ走る。

「んぎゃっ⁉」

が、何故かアスタは入口の手前で逆方向に大きく吹っ飛ばされてしまった。

「痛ってぇ！　何だこりゃ⁉」

「どうしたアスタ？　何をされたんだ？」

僕はアスタのもとに駆け寄って尋ねる。

「こっちが聞きてーよ！　何か知らねーけど弾き飛ばされたんだよ！」

「えっ……？」

するとサーシャが洞窟の入口まで歩き、そっと手を伸ばした。やがて何かに気付いたらしく、サーシャは大きく目を見開いた。

「これは……‼」

「サーシャ、何か分かったの？」

セレナの問いに、サーシャは静かに頷く。

「何らかの呪文によって洞窟の入口に見えない障壁が張られている。アスタはその障壁に弾かれたようだ」

「見えない障壁……？」

「しかもこの障壁は外側からではなく内側から張られている。つまり先に洞窟に入った者がいることになる」

「!!」

僕達の間に衝撃が走った。

「おそらくこの障壁が張られてからそれほど時間は経過していない。まさか七星天使に先を越されたか……!?」

サーシャの推測が場の空気を更に緊迫したものにする。しばしの沈黙の後、アスタが口を開けた。

「考えすぎじゃねーか？　まだ七星天使の仕業と決まったわけじゃねーだろ。俺達のように『狂魔の手鏡』を使って七星天使をブッ倒そうとしてる同志かもしれねぇ」

「アタシもアスタの意見に賛成ね。こんなタイミングで七星天使が出てくるなんて、偶然にも程があるわ」

「だといいが……」

アスタとセレナはそう言ったものの、僕はサーシャと同じく嫌な予感を抱いていた。もし本当に七星天使がこの洞窟に入ったとしたら、狙いは確実に『狂魔の手鏡』を破壊することだろう。

「なんにせよ障壁が張られたままということは、そいつはまだ洞窟内にいることになる。転移系呪文を使える奴でもない限りはな」

「で、でも、この障壁があったら私達は洞窟に入れないのでは？」

「心配するなリナ。この程度の障壁なら……」

そう言いながらサーシャは右手を前にかざした。

「呪文【解呪】！」

直後、ガラスの割れるような音が響く。障壁を張っていた呪文が解除されたようだ。

「おっ、流石はサーシャだな」

「それとお前達にこれを。呪文【蛍光】！」

続けて呪文を唱えるサーシャ。すると僕達それぞれの目の前に、ピンポン球くらいの丸い光がポンと出現した。サイズは小さいが割と明るい。

「これで真っ暗な洞窟も歩けるだろう。ただしこの【蛍光】はお前達のＭＰを少しずつ消費することで光を放つ呪文なので、ＭＰの残量には注意してほしい。両手で包み込めば光は消えるから、いざという時はそうしてくれ」

「ありがとうサーシャ。助かるわ」

僕ほどではないにしろ、本当にサーシャって呪文が多彩だな。

「サーシャ。もしアスタ達の言うように『狂魔の手鏡』を狙っている人がいて、その人と洞窟内で遭遇した時はどうしたらいい？」

スーの質問に、サーシャは腕を組んで考え込む様子を見せる。

「協力できそうな相手なら協力し、そうでないのならその者よりも早く『狂魔の手鏡』を手に入れるしかないだろう」

「協力を拒まれたとして、もし先に『狂魔の手鏡』を取られたら？」

「……その時は、不本意だが力ずくで奪うしかないな。ただしくれぐれも殺すような真似はしないでくれ」

「うん、分かってる」

同じくセレナ達も頷く。しかしサーシャは依然として険しい表情を浮かべていた。

「問題なのは、洞窟にいるのが七星天使だった場合だ。もしお前達が七星天使と戦うことになったら……」

「心配すんなって。オレ達は五人もいるんだ、仮に七星天使の一人と戦闘になっても何とかなるだろ」

「そうよ。アタシ達を信じてサーシャ」

「もちろん信じている。だが決して油断はするな」

それからサーシャは僕に目配せをした。いくらセレナ達が強かろうと、おそらく七星天使には敵わない——サーシャもそれを理解しているのだろう。その時は僕がセレナ達を守るしかない。

「それよりサーシャはそろそろアジトに戻った方がいいんじゃない？　子供達が起き出す時間に間に合わなくなっちゃうし」

「……そうだな。他力本願になって申し訳ないが、後のことは頼んだぞ」

「任せとけ！　必ず『狂魔の手鏡』を持ち帰ってやるぜ！」

斯くして僕、リナ、セレナ、アスタ、スーの五人はサーシャに見送られながら『邪竜の洞窟』の中へと足を踏み入れたのであった。

番外編　覇王の過去

あれは一体、いつの夜だったか。僕は覇王城の自室で、窓から夜空を眺めていた。無数の星が銀砂のように細かく煌めきを放っている。

こうしていると、時々ふと考える。どうして僕は、覇王としてこの世界に転生したのだろうか、と……。

いくら考えても、やはり答えは出なかった。それもそのはず、何の手掛かりもないのだから。僕は覇王に転生した意味を知ることもないまま、この世界で生きていくことになるのだろうか――

「ヒッヒッヒ。今宵も良い夜空じゃのう」

「!?」

いつの間にか、僕のすぐ隣りに見知らぬ婆さんが立っていた。魔女のような雰囲気を漂わせ、目元が隠れるくらい深くローブを被っている。

「貴様、何者だ!?」

僕は反射的に婆さんから距離をとった。あんな近くにいたにもかかわらず、全く気配を感じなかった。そもそもいつ、どうやってこの部屋に入った……!?

「安心せい。別にお前さんに危害を加えるつもりはないからの」

確かに、この婆さんから悪意のようなものは感じない。だからと言ってそう簡単に警戒を解くわけにはいかない。

「答えろ。何者なのかと聞いている」

僕は掌の上に【覇導弾】を一つ発生させ、軽く脅しをかける。しかし婆さんが怖れる様子は微塵もない。

「ヒッヒッヒ。ワタシはただの占い師じゃよ」

「……占い師が余に何の用だ？」

「ふーむ。特に用はないんじゃが、気まぐれってやつかのう。せっかくじゃ、お前さんのことを占ってやろうかえ？」

僕は【覇導弾】を解除し、右手を下ろす。

「去れ。余は占いなんぞに興味はない。今なら見逃してやる」

「おや、そうかい？　お前さんは己に関して知らないことが多いはずじゃ。それを少しでも知りたいとは思わんかねえ？」

「……!!」

確かに、何故僕は覇王として転生したのか、そもそも覇王とは何なのか、分からないことが多々ある。まさかそんなことまで占いで見通せるというのか。

「ヒッヒッヒ。その顔は図星のようじゃのう」

「…………」

無意識に僕は、婆さんの前まで足を運んでいた。

「どうやらその気になったようじゃな。では始めるとしよう。やはり占い師といえばこれじゃな」

そう言って、婆さんは懐から水晶玉を取り出した。

「この水晶玉をよーく見つめるんじゃ」

「……それで何か分かるのか？」

「なに、ちょっとお前さんの過去を覗かせてもらうだけじゃ」

「余の、過去……？」

言われるまま、僕は水晶玉を見つめてみる。間もなく何とも言えない不思議な感覚が襲ってきた。まるで水晶玉の中に意識が吸い込まれていくような――


「……!?」

いつの間にか、僕は見知らぬ場所に立っていた。

燃え盛る大地。吹き荒れる爆風。そこは地獄絵図と呼ぶに相応しいほどの凄惨な光景が広がっていた。何だここは。どうして僕はこんな所に……？

「ヒッヒッヒ。驚かせてスマンのう」

僕のすぐ隣りには、婆さんが不敵な笑みを浮かべて立っていた。

「……これは貴様の仕業か？　一体何をした？」

「言ったじゃろう、お前さんの過去を覗かせてもらうと。ここはお前さんの記憶の中じゃよ」

「何……!?」

これが僕の過去だと？　僕には全く覚えがない。こんな壮絶極まりない光景であれば、一度見たら絶対に忘れないはず――

やがて僕は理解した。ここは〝阿空悠人〟の過去ではなく〝覇王〟の過去であると。つまりこれは、僕の魂が宿る前の覇王の記憶なのだろう。

「これはどれくらい前の出来事だ？」

「数千年前、とだけ言っておこうかの」

「数千年……!?」

大昔に覇王が滅んだという逸話は聞いたことがあったが、そんなにも前に覇王は存在していたのか。

それにしてもこの臨場感、まるで過去にタイムスリップでもしたかのような感覚だ。

「酷い有様だ。一体誰がこんな真似を……なっ!?」

後ろを振り向いた時、思わず僕は声を上げた。異形の姿を成した超巨大生物がそこに存在していた。

なんだこいつは……!?

「此奴は幻獣。世界を壊滅させるほどの力を備えた化け物じゃよ」

「幻獣……!?」

こんな生物が存在するのかと、僕は自分の目を疑ってしまう。この凄惨な光景はこいつの所業というわけか。

そして幻獣と向かい合う一つの影がある。その姿にはハッキリと見覚えがあった。今の僕と——覇王と全く同じ姿をした者が、そこにいた。

「あの男の名はガレス。後に〝覇王〟と呼ばれる者じゃ」

「……!!」

つまり彼こそが、正真正銘の覇王……!!

《ここまで我と対等に渡り合ったことは褒めてやろう。だがいい加減諦めたらどうだ?》

大気を震撼させるほどの威圧的な声で、幻獣が言葉を発した。

「くっ……黙れ!! 呪文【大火葬】!!」

全身傷だらけのガレスが呪文を詠唱し、巨大な炎の渦が幻獣の身体を包み込む。【大火葬】は僕がウリエルとの闘いでも使用した呪文だ。

《無駄だ……貴様では我を葬ることはできぬ!!》

幻獣は右腕を大きく振り、その風圧で炎の渦を掻き消した。

《そろそろ楽にしてやる。呪文【天界雷撃】!》

幻獣が呪文を詠唱する。直後、轟音と共に上空から雷撃が迸り、ガレスの身体に炸裂した。

「がはっ……!!」

地面に倒れるガレス。彼が本当に後の覇王であれば、僕と同等の力を有しているはず。その彼が追い詰められるほどに、幻獣とは強大な存在だというのか。

できることなら助けに入りたい。だがここはあくまで記憶の中であって、僕らは過去に来たわけではない。単に録画映像を見ているようなものだ。だから彼を助けたくてもそれはできない。しかし何もできずにただ黙って見ていることしかできないというのは、何とも言えない歯痒さがあった。

「ヒッヒッヒ。なに、心配はいらんよ」

そんな僕の心中を読んだかのように、婆さんが言った。

「ガレス!!」

そこにシルクハットを被った一人の男が現れ、ガレスのもとに駆けていく。

「しっかりしろガレス!! 大丈夫か!?」

「……ジェネシスか。まあ、なんとか生きてる」

「よかった……!!」

ジェネシスと呼ばれた男は心の底から安堵した表情を浮かべる。どうやらガレスの仲間のようだ。

「それよりジェネシス、人間達の避難は完了したか？」

「ああ。君に言われた通り、この大陸にいる人間は全てラルアトスに避難させた」

「そうか。流石だな」

この二人のやり取りに、僕は違和感を覚えた。ラルアトスというのは僕が転生した世界のことだ。僕が今見ているのはラルアトスのどこかの光景とばかり思っていたが、ジェネシスの発言から察するに、ここはラルアトスではないことになる。では、ここは一体どこの世界なんだ……？

「だが所詮は気休めだ。幻獣が他の大陸にまで侵攻を開始したら、これ以上人間を守るのは無理だ……!!」

「安心しろジェネシス。こいつは俺がここで仕留める」

「無茶だ!! いくら君でも幻獣を倒すことなどできない!! その証拠に君の身体はもうボロボロじゃないか!!」

「……では、どうしろと？」

「この世界のことは諦めてラルアトスに帰ろう!! このままだと君は死ぬぞ!!」

ジェネシスの必死の訴えに、ガレスは首を横に振った。

「悪いが、それはできない」

「何故だ!? 我々とこの世界は何の関係もないじゃないか!!」

「確かにな。だがたとえ無関係であっても、一つの世界が破滅していくのを見過ごすことなんて俺にはできないんだ」

「……!!」

説得は無駄だと悟ったのか、それ以上ジェネシスは反対しなかった。

「なーに、大丈夫だ。ちゃんと最終手段は考えてあったからな。ジェネシス、お前の【魂吸収】で俺の魂を肉体から切り離してくれ」

「な、何を言ってるんだ⁉」

「心配すんな。俺なら魂が抜けたって一分は活動できる自信がある」

「そういう問題じゃない‼　肉体と魂を切り離したらどうなるか分かってるだろ⁉　一体何を考えて――」

ハッとした顔をするジェネシスを見て、ガレスは微笑を浮かべた。

「流石は俺の親友。俺の考えに気付いたか」

「だ、駄目だ‼　そんな真似をすれば、君は……‼」

「分かってる。だが幻獣を葬るには、もうこの方法しかないんだ」

「しかし……‼」

「俺一人の命と、世界中の人間の命。どちらが重いかなんて比べるまでもないだろ？　たった一人の犠牲で世界が救えるのなら安いもんだ。だから頼む」

「……‼」

苦悶の表情で俯くジェネシス。そして――

「呪文……【魂吸収】‼」

目に涙を溜めながら、ジェネシスがその呪文を発動した。

「ぐっ……‼」

ガレスの魂が具現化された状態で肉体から抽出される。そしてガレスは自らの魂を右手で鷲掴みにした。

「おおおおっ!!」

最後の力を振り絞るように、ガレスは幻獣に向けて疾駆する。

《ふん。何をするつもりか知らぬが、悪足掻きは見苦しいぞ》

悠然と構える幻獣に、ガレスは大きく跳躍する。

「極上の晩餐だ……受け取れえ!!」

なんとガレスは自身の魂ごと、右手を幻獣の体表に突き刺した。ガレスの狙いは自らの魂を幻獣の体内に注入することだったのだ。しかし何故そんな真似を……!?

「あの男の魂には幻獣にも匹敵するほどの強大な力が宿っておる。それを幻獣の体内に注入することで幻獣の力を飽和状態に陥らせる……それがあの男の狙いじゃよ」

最初から全てを知っているかのように、婆さんが説明した。目には目を、力には力を、というわけか。

《!?　まさか貴様……!!》

幻獣が気付いた時にはもう遅かった。幻獣の肉体が力に堪えきれず膨張を始め、次々と暴発する。

《ぐおおおおっ……!!》

幻獣の絶叫が響き渡る。確実に効いているが、息の根を止めるまでには至っていない。

《やってくれたな……!!　だがこの程度で我を葬れるとでも――》

「思ってないさ。呪文【魂の監獄】!!」

ガレスが呪文を詠唱すると、この場に巨大な紫色の〝門〟が出現した。

「今のお前なら、この呪文に抗うことはできないはずだ」

《貴様、一体何を……!?》

「どうやら俺ではお前を葬ることはできそうにない。だからお前はこの呪文で〝封印〟させてもらう」

《馬鹿な……我を封印するだと!?》

間もなく門の扉が重々しい音と共に開かれる。

《お……おのれえええええええええ!!》

巨大な門がブラックホールのように幻獣の肉体を呑み込んでいく。

《許さん……許さんぞ……!!　覚えておけ……我は必ず蘇る……!!　貴様への恨み……忘れはせぬぞおおおおおお……!!》

断末魔の残響を轟かせながら、幻獣はガレスの【魂の監獄】によって深き闇の中に封印された。

「うっ……」

直後、ガレスは糸が切れた人形のように地面に倒れ込んだ。

「ガレス!!　しっかりしろガレス!!」

ジェネシスが駆け寄り、ガレスの身体を起こす。ガレスは力の抜けた笑みを浮かべていた。

「はは……ちょっと無茶をしすぎたかもな……」

「まったくだ!!　待っていろ、今すぐ回復呪文を――」

ガレスはジェネシスの手を握り、小さく首を横に振る。

「無駄だ。今の俺は残滓みたいなものだ。魂を失った以上、俺はもう生きられない。それくらい、分かってるだろ？」

「……!!」

ジェネシスの頬を大粒の涙が伝う。

「そんな顔をするな。俺達は一つの世界を救ったんだぞ？　だから笑ってくれ。最期に見るのが親友の泣き顔というのは、なんだか切ないじゃないか」

「君を失って……笑うことなんて……!!」

ガレスの目から、徐々に光が失われていくのが分かる。

「……そろそろ、眠る。じゃあな、ジェネシス……」

「ガレス!!　ガレス!!」

ジェネシスが何度呼びかけても、ガレスから声が返ってくることはもうなかった。ジェネシスの悲しみに満ちた叫び声が、どこまでも遠くに響き渡った――

視界が暗転する。気が付けば、僕と婆さんは暗闇の中に立っていた。

「幻獣が封印された後、ガレスの肉体は親友のジェネシスの手によって、故郷であるラルアトスに手厚く埋葬された。ガレスは一つの世界を救った英雄として、人々から覇王と呼ばれた」

「………」

「それから数千年後、悪魔共が復活の儀式によって覇王を蘇らせようと考えた。しかし魂の抜けた肉体を蘇らせたところで意味はなく、儀式は失敗に終わるはずじゃった。じゃが……」

「僕――阿空悠人の魂が入り込んだことで、覇王は現世に復活を果たした……というわけか」

無意識に僕は人間の口調になっていた。大昔に存在した覇王がどのようにして滅んだのか、その経緯は理解できた。だが、それでもやはり分からないことがある。

「何故だ……どうして僕の魂が、覇王の身体に宿ったんだ？」

「さてのう。もしかしたら、お前さんには何か重大な使命があるのかもしれんな」

「使命？　使命って何だ⁉」

「ヒッヒッヒ……」

婆さんは不気味に笑うだけで、何も答えようとしない。やがて婆さんの身体が陽炎のように薄らいでいき、暗闇の中に溶けていく。

「待て‼」

そう叫んだ時には、婆さんの姿は完全に消えていた。そして間もなく僕の意識は遠のいていった。


目が覚めると、僕は自室のベッドで横になっていた。

「…………」

ゆっくりと上体を起こし、部屋の中を見回す。いつの間に眠っていたのだろうか。何か夢を見ていた気がするが……思い出せない。

僕はベッドから下りて、窓の傍まで歩み寄る。心なしか、夜空の星はいつもより輝いて見えた。

あとがき

皆さんこんにちは。著者のダイヤモンドです。まずは本書を手に取っていただきまして誠にありがとうございます。

ウェブサイト「小説家になろう」にて本作品を連載していたところ、出版社様から声を掛けて頂き、出版の運びとなりました。

こうして本という形で世に出すことができたのは、大勢の読者の皆様が支えてくださったおかげです。この場を借りて心よりお礼申し上げます。

ペンネームのダイヤモンドの由来は……特にありません。「小説家になろう」に登録の際、適当につけました。僕自身はダイヤモンドのような輝きは放ってないですが、ダイヤモンド同様ハンマーで叩かれたら砕けます。

もう少しまともなペンネームにすればよかったとちょっと後悔もしましたが、別に変えるほどでもないかなと思い、そのままのペンネームで出版することにしました。本書の値段はダイヤモンドほど高くはないのでご安心を。

いやしかし、改めて本作品を読み返してみると【災害光線《ディザスター・キャノン》】やら【絶対障壁《アブソリュート・バリア》】やら、我ながら厨二全開だなーと思わず苦笑いがこぼれてしまいます。これ十年後くらいにまた読み返したら、恥ずかしさのあまり悶絶するやつですね。まあ、どの呪文も僕の感性から生まれたものなので愛着はありますけどね。二巻以降はますます厨二全開になっておりますので乞うご期待！

では最後に。素晴らしいイラストを描いてくださった、はるなさやつぐさん、出版に至るまで力を尽くしていただいたＴＯブックス編集部の皆様及び担当のＯ編集、そして読者の皆様、本当に感謝しています。またお会いしましょう！

新作予告！
プログラム知識を活かして異世界魔法に革命を起こすよ！
リアのプログラム
著 足高たかみ
イラスト 椋本夏夜

超絶ブラック企業のOLプログラマーが
幼女転生!!
神童セフィ下剋上
2017年
8月10日
発売!

「小説家になろう」発、
話題沸騰の新作！
やれやれ、
子ども《美少女》の世話くらい
大したことはない
2017年
8月10日
発売!!

美少女孤児たちとひとつ屋根の下、
ネバーランド・ハーレムファンタジー!!
お腹すいたー
さすがマサツグ様!
ふぇぇ……
著 初枝れんげ イラスト パルプピロシ
異世界で孤児院を開いたけど、なぜか誰一人巣立とうとしない件

さあ、本を売ろう！
やってくる！
夏の素材採集も！

印刷の試行錯誤を乗り越えて
本の販売会を開催!
熱い夏が
神殿長のお仕事は!
また、倒れたいのか?
す、すみません…
本好きの下剋上
司書になるためには手段を選んでいられません
第三部 領主の養女Ⅳ
香月美夜
miya kazuki
イラスト:椎名 優
you shiina
『本好き』シリーズ最新刊
好評発売中!
www.tobooks.jp/booklove

祝「本好きの下剋上」3周年！
本好きの下剋上　ふぁんぶっく
単行本未収録キャラクター設定資料集ほか、
香月美夜先生、椎名優先生、鈴華先生の豪華
書き下ろし収録!!
体裁:B5サイズ　頁数:64頁　定価:1,500円(税抜)
ローゼマイン工房紋章キーホルダー
香月美夜先生自らデザインを考案！　重厚な
金属製がお洒落！
仕様:ストラップ付き／金属製　色:ニッケル
サイズ:3 cm × 3 cm の円形　定価:600 円(税抜)
好評発売中！
が
詳しくは「本好きの下剋上」特設サイトへ！
http://www.tobooks.jp/booklove/

TOブックス・
オンラインストア
限定企画
続々登場!

TOブックス
幕中!!
第1〜4巻
好評発売中!!
本立て!!
ニコニコ静画にて好評無料配信中!
http://seiga.nicovideo.jp/comic/booklove

ビブリアファンタジー開
5巻の書きおろしは
豪華2
本好きの
下剋上
司書になるためには
手段を選んでいられません
第一部 本がないなら
作ればいい！
原作：香月美夜
miya kazuki
漫画：鈴華
suzuka
イラスト原案：椎名 優
you shiina
コミック最新
第5巻
8月1日
発売！

HP999999999の最強なる覇王様

2017年8月1日　第1刷発行

著　者　ダイヤモンド

協　力　株式会社MARCOT
発行者　本田武市

発行所　TOブックス
〒150-0045
東京都渋谷区神泉町18-8　松濤ハイツ2F
TEL 03-6452-5678（編集）
0120-933-772（営業フリーダイヤル）
FAX 03-6452-5680
ホームページ　http://www.tobooks.jp
メール　info@tobooks.jp

印刷・製本　中央精版印刷株式会社

本書の内容の一部、または全部を無断で複写・複製することは、法律で認められた場合を除き、著作権の侵害となります。

落丁・乱丁本は小社までお送りください。小社送料負担でお取替えいたします。

定価はカバーに記載されています。

ISBN978-4-86472-592-7
©2017 Diamond
Printed in Japan